# Cruzeiro do Amor

# Cruzeiro do Amor

## VINICIUS GROSSOS

LIVROS DA ALICE

Copyright © Vinicius Grossos, 2024

Direitos de edição da obra em língua portuguesa no Brasil adquiridos pela LIVROS DA ALICE, selo da EDITORA NOVA FRONTEIRA PARTICIPAÇÕES S.A. Todos os direitos reservados. Nenhuma parte desta obra pode ser apropriada e estocada em sistema de banco de dados ou processo similar, em qualquer forma ou meio, seja eletrônico, de fotocópia, gravação etc., sem a permissão do detentor do copirraite.

EDITORA NOVA FRONTEIRA PARTICIPAÇÕES S.A.
Av. Rio Branco, 115 — Salas 1201 a 1205 — Centro — 20040-004
Rio de Janeiro — RJ — Brasil
Tel.: (21) 3882-8200

---

**Dados Internacionais de Catalogação na Publicação (CIP)**
---

G878c  Grossos, Vinicius
        Cruzeiro do amor/ Vinicius Grossos. – Rio de Janeiro: Livros da Alice, 2024.
        232 p.; 15,5 x 23 cm.

        ISBN: 978-65-85659-11-6

        1. Ficção. I. Romance.

                                            CDD: 869
                                            CDU: 82-31
---

André Felipe de Moraes Queiroz – Bibliotecário – CRB-4/2242

CONHEÇA OUTROS LIVROS DA EDITORA:

Para Lady Lisboa, que me ensinou muito sobre o amor e foi minha maior companheira durante a escrita deste livro. Espero que esteja muito feliz no paraíso dos cachorrinhos.

# CARTA AO LEITOR

Essa possivelmente é a carta que mais teve versões excluídas e que mais demorei a escrever. Sempre quando acabo um livro, eu já sei exatamente o que quero falar com vocês. Mas, desta vez, tive certa dificuldade em colocar em palavras o que eu já sabia aqui dentro de mim.

Este livro crava um marco temporal pessoal muito importante para mim. Dez anos atrás, em maio de 2014, comecei minha carreira lançando de forma independente o livro *Sereia negra* (sei que esse assunto traz gatilhos, porque a maioria esmagadora não tem esse livro, mas eu juro que desta vez irei arrumar isso; só um pouco mais de paciência comigo, ok?).

E aqui estamos. O tempo foi generoso comigo. Me sinto mais pronto, mais maduro, mais certo de onde quero chegar. E, acima de tudo, mais corajoso para tomar decisões difíceis e defender minha obra, meu legado, minha arte.

E essa coragem, quem me deu, foi você.

Você me empurrou, me fortaleceu, me fez dar passos importantes.

Talvez você tenha feito isso por mim sem nunca termos nos visto pessoalmente. E é isso o que a família que *a gente escolhe* faz, né?

A gente cuida um do outro. A gente incentiva um ao outro. A gente comemora as vitórias, chora as derrotas, e se ergue. Juntos.

Você, meu leitor, é minha família.

A família que eu escolhi.

E independentemente do motivo de você ter me escolhido também, me sinto na obrigação de entregar o meu melhor, romper minhas próprias barreiras, enfrentar meus próprios medos, porque sei que você vai segurar a minha mão.

*Cruzeiro do amor* é sobre isso.

É uma comédia romântica que eu espero que faça vocês suspirar por aí e torcer pelo casal? Definitivamente sim. Mas, além disso, CDA (já abreviei) fala sobre pertencimento, sobre encontrar sua própria família e sobre não desistir dos seus sonhos.

Neste livro, enquanto lê-lo, quero que você se sinta seguro para ser quem você é. Quero que você sinta cada emoção, absorva cada palavra, como um conselho de um querido amigo.

Quero que os personagens deste livro se tornem parte da sua família, do seu ciclo de amigos. Quero que quando você estiver para baixo, pensando em desistir de algum sonho, eles estejam com você, te apoiando, te fazendo se erguer e tentar mais uma vez.

Quero que caso você não se sinta acolhido pela sua família de sangue, eles sejam sua família por escolha. Que te abracem, entendam seus medos, suas inseguranças, e façam você enxergar todo o potencial que existe aí dentro do seu coração.

Juro por tudo, você pode ser a estrela mais brilhante da porra da sua cidade! Do mundo inteiro! Vocês fazem eu me sentir assim. E meu desejo é retribuir esse sentimento e fazer vocês se sentirem assim também.

Vamos juntos iluminar toda essa merda?!

Embarca comigo nesse Cruzeiro?

Com amor,
Vini

# 1
# ALESSANDRO

Sinto como se esta semana de junho estivesse predestinada a ser a pior da minha vida, e olha que ela ainda tem alguns dias para me surpreender. Por mais que minha combinação astrológica me faça parecer uma pessoa extremamente dramática, com Sol em Câncer e ascendente em Peixes, eu não conseguia expressar com palavras toda a dor e desespero de ver minha vida desmoronando de forma tão grandiosa!

— Alessandro, volta pra Terra! — Melina estala os dedos a minha frente.

Pisco algumas vezes antes de focar o rosto da minha melhor amiga.

Estamos sentados em um café no centro da cidade. Para uma manhã de quinta-feira até que está bem movimentado, lotado de estudantes de classe média alta e alguns executivos, desses que certamente postam textões motivacionais no LinkedIn sobre as maravilhas de se começar a trabalhar antes das seis da manhã.

— Você sabe que acabou pra mim, né? — falo, engolindo o nó que se forma na minha garganta.

Tenho tentado assumir o gosto da derrota há alguns dias, sem nenhum sucesso. Parece que estou tomando suco sabor terra adubada.

— Acabou nada. — Melina joga os dreads turquesa para trás e dobra as pernas, bebericando o café expresso por um breve segundo enquanto mantém o dedo indicador da outra mão estendido para prender minha atenção. — Nós vamos dar um jeito. Confia nesta preta!

— Que jeito, amiga? — Eu me curvo ainda mais sobre a mesa, feito um caramujo gay.

O silêncio fica ali, ricocheteando entre nós. A fumaça que sai da xícara do meu café com leite parece tão frágil quanto o meu futuro. Por mais otimista que Melina seja, até ela sabe que estamos em um beco sem saída.

— Nós não vamos perder essa publi — diz ela com energia, desviando o olhar para a janela de vidro e encarando a cidade, como se a resposta para o nosso problema estivesse ali, bem na nossa frente. — Não podemos perder. Estou juntando dinheiro para colocar silicone, você sabe! E suspeito que depois disso vou me sentir confortável para vender pack de pezinho na internet e fazer uma grana extra.

— Mas o que o silicone tem a ver com os seus pés?

— Meu querido... — Melina bate com o dedo indicador na cabeça. — Confiança. Peitos tamanho médio me darão a confiança que meus peitos extrapequenos não me dão. É tudo psicológico.

Antes que você comece a julgar a gente pelo desespero em perder essa publicidade como se fôssemos blogueiros fúteis demais, deixa eu fazer um resumo do que rolou, pode ser?

Meu nome é Alessandro, mas sou conhecido por mais de um milhão de seguidores na internet como *QueerAndro* (um trocadilho que mistura meu nome com a palavra "queer" e sonoramente lembra "criando". Eu, inclusive, tenho muito orgulho de ter pensado nisso sozinho). Fiquei famoso nas redes sociais com um perfil que fala sobre livros voltados para a comunidade LGBTQIAP+.

No começo, quando criei a conta, há quase um ano, era apenas um hobby. Uma forma de expressar em vídeos curtos as minhas opiniões sobre as histórias que eu lia e dar dicas para outras pessoas. E não sei por que, mas as pessoas gostaram de mim. Gostaram *realmente* de mim. E o meu perfil teve um aumento absurdo de seguidores e engajamento que fez com que eu me tornasse um dos maiores influenciadores de cultura pop da atualidade.

E, então, a minha vida mudou... Eu, com 25 anos, formado em publicidade e propaganda, trabalhando totalmente infeliz como redator em uma agência focada em empresas farmacêuticas, sem carteira assinada, sem benefícios e com um chefe que feria ao menos dez direitos humanos por dia, encontrei na internet uma forma de rentabilizar o que eu mais curto fazer, que é ler, e arrisquei tudo em nome disso.

No dia em que pedi demissão, Evandro, o dono da agência, apenas deu um tapinha no meu ombro e disse:

— Quando seus planos derem errado, você tem o e-mail do RH, né? — falou, e então baforou a fumaça do cigarro de filtro vermelho na minha cara.

Eu queria mandá-lo tomar no olho do cu necrosado dele e dizer que naquela merda de empresa nem Recursos Humanos a gente tinha, porém apenas sorri, acenei um tchauzinho e fui embora, seguindo a política da minha mãe de sair de qualquer empresa sempre deixando a "porta aberta", mesmo que fosse a porta do inferno.

Com tempo livre e uma grana que eu tinha juntado por três meses, pude me dedicar ainda mais à criação de conteúdo, e então os convites para publicidade começaram a chegar. Divulgação de filmes, séries, eventos, tudo em torno da comunidade LGBTQIAP+, e a minha vida começou a andar.

Obviamente não era uma grana substancial, com a qual eu poderia passar alguns meses sabáticos em Maldivas ou comprar um apartamento de um quarto que não parecesse um cativeiro em São Paulo, mas dava para me virar e ter saúde mental sem precisar me endividar com instituições financeiras ou agiotas e não me sentir um grande fracassado que tentou a vida na cidade grande só para morrer na praia.

Um mês depois do meu pedido de demissão, o número de convites era tão grande que eu não estava dando conta de cuidar dessa parte burocrática e ainda idealizar, roteirizar, filmar e editar meus vídeos sozinho, então chamei a Melina para me ajudar.

Melina se tornou minha melhor amiga anos atrás, quando eu entrei na tal agência. Ela fazia parte da equipe de atendimento e nossa primeira conversa foi nos fundos da empresa, quando eu fui chorar escondido e a encontrei lá, chorando também.

— Dia difícil? — Tentei puxar papo. Era apenas a minha primeira semana e eu estava carente de amigos.

— Aqui todos os dias são difíceis, bebê — ela respondeu de um jeito sombrio, sem sorrir —, e sempre pode piorar.

— Hum. Entendi — falei, sem entender de verdade.

Ali foi a primeira vez que meu cérebro acendeu o sinal de alerta de que eu não fazia ideia do buraco em que estava me metendo.

— Olha — Melina voltou a falar, apontou para mim e realmente entendi aquilo de que a situação sempre podia piorar —, tem um negócio muito estranho no seu nariz. Melhor limpar antes de voltar.

Melina saiu rindo, enquanto eu queria muito voltar ao ventre da minha mãe apenas para não viver a cena constrangedora de ter um catarro verde, da cor de uma alface, saindo do meu nariz. Porém, hoje acho linda a história de uma amizade verdadeira que começou com um aviso tão singelo.

O fato de sermos as únicas minorias numa empresa de cinquenta pessoas (eu, gay e gordo, e Melina, bissexual e negra) fez com que nossos laços se estreitassem e eu a convidasse para ser minha "empresária", cuidando de toda a parte de negociação de publicidades que envolvia a minha nova carreira.

Eu ficava com oitenta por cento do lucro e Melina com vinte, o que, veja só, cobria o salário de bosta que ela recebia. Tudo estava indo bem, melhor do que esperávamos. E isso só se comprovou quando recebemos a melhor proposta de nossas vidas até então: uma publicidade para criar conteúdo em um transatlântico que sairia do porto de Santos, em São Paulo, em direção a Búzios, no Rio de Janeiro. Seriam quatro dias e três noites de festas, shows, intervenções artísticas, bebidas e comidas liberadas para comemorar o Dia dos Namorados. Tudo isso voltado para o público LGBTQIAP+. A grana que eles me ofereceram para participar do cruzeiro pagaria facilmente alguns meses das minhas despesas básicas. A única regra era levar meu namorado. O que em um primeiro momento era ótimo. Até que parou de ser ótimo. E então passou a ser uma tragédia! Porque, até domingo, eu realmente namorava...

Eu e Raul estávamos juntos há dois meses. Nos conhecemos no Tinder, e a conversa evoluiu para além de "oi, tudo bem?", o que já era mais do que noventa e cinco por cento dos *matches* que eu tinha dado até então.

Ele se mudou para a cidade para estudar educação física e morava numa república, apelidada carinhosamente de Mofadinha, que não tinha assento no vaso sanitário e a descarga só funcionava eventualmente, por isso acabava passando a maior parte do tempo no meu apartamento. Não que eu me incomodasse, muito pelo contrário, eu curtia muito. Era quase um casamento, sem precisar recitar os votos em voz alta ou convidar sua tia-avó Palmira que vai reclamar da falta de músicas religiosas na festa e que vai querer encher a bolsa de docinhos mesmo sendo diabética.

Só que como eu criava muito conteúdo para a internet e Raul estava sempre por perto, partindo do pressuposto que um apartamento de 40m² não é lá tão espaçoso, meus seguidores começaram a se interessar pelo conteúdo dele (fotos sem camisa). O que esperar de gays, né?

Raul é alto, tem pele marrom-escura, tanquinho, peitoral amplo e cabelo curtinho. Ele é realmente um grande gostoso. O tipo de cara que faz sucesso nas redes sociais com o mínimo esforço. E eu, como a grande emocionada que sou, obviamente não soube separar o profissional do pessoal e me deixei levar, incluindo Raul nos meus conteúdos.

Meu público adorava a gente como casal e não vi problema na época, já que estava completamente apaixonado.

Só que o perfil do Raul começou a crescer de maneira astronômica, na mesma velocidade com a qual ele parecia perder o interesse em mim. Dizem que para os gays o tempo passa bem mais rápido, então imagino que nosso namoro de dois meses significou duas décadas para ele.

Melina tentou me alertar algumas vezes. Falava para eu não ir com tanta sede ao pote. Mas quem disse que eu conseguia ouvir? Eu só queria lamber cada gota do suposto pote.

Até que tudo culminou no fatídico domingo desta semana, onde eu peguei Raul na cama!!!!!!! Do meu apartamento!!!!!!! Com outro cara!!!!!!! Pelados!!!!!!! Fazendo posições que meu corpo desconhece!!!!!!!

Fiz um escândalo. Gritei, chorei, expulsei ele da minha casa. Mas a dor que Raul deixou no meu peito e o rasgo profundo na minha autoestima, já abalada, pareciam feridas que eu carregaria para sempre.

Passei o domingo, a segunda, a terça e a quarta chorando no colo da Melina, intercalando as lágrimas com vídeos dos barracos mais icônicos de programas de auditório da TV brasileira e amaldiçoando toda e qualquer ereção futura do Raul. Só que agora é quinta-feira e o chifre parece até doer menos em comparação a abrir mão da melhor oportunidade de trabalho que me apareceu desde que virei influenciador.

— Alessandro! — Melina está praticamente gritando para chamar a minha atenção. — Mano, para de ficar olhando pro nada, como se estivesse quebrando a quarta parede. Você não está em um episódio de *Modern Family*.

— Perdão. — Encolho os ombros e beberico mais um pouco do meu café com leite. — Tá, eu já tomei minha decisão. Eu — pigarreio — vou me humilhar e pedir pro Raul fingir ser meu namorado neste fim de semana para não perdermos a publicidade — disparo bem rápido, na esperança de que não soe tão ruim.

Melina se curva sobre a mesa, com o rosto apoiado nas mãos de unhas longas. Ela me encara bem nos olhos, e acho que está pensando se me dá ou não um soco.

— Tá louca, bicha? Fazer isso está fora de cogitação, a não ser que eu mesma embarque nesse navio e jogue você em alto-mar, correndo o risco de ser presa por homofobia. — Ela se levanta e coloca sua bolsinha no ombro. — Vem. Vamos lá pra casa. Eu tenho uma ideia melhor.

## 2
# BENÍCIO

Dona Sônia fumou dois cigarros enquanto me olhava entediada, esperando eu fazer minha pergunta.
   Eu: Nada de promoção hoje, né?
Insisto, fazendo minha expressão de gatinho assustado e encolhendo os ombros. Sônia apenas sopra a fumaça com força, parecendo um dragão.
Estamos os dois sentados em banquinhos de madeira, na calçada de uma avenida movimentada. Há uma pequena tenda branca acima da gente, nos protegendo do sol. Entre nós dois, tem uma mesinha de madeira com um cinzeiro, algumas pedras coloridas e o baralho de tarô.
A questão é que eu tinha me enganado. Quando vi o anúncio de leitura de tarô, tipo, ontem, Sônia estava fazendo uma promoção de duas perguntas por vinte reais. Hoje, o mesmo valor valia para uma pergunta só. Sônia me explicou que tinha algo a ver com a lua, mas eu não entendi muito bem.
   Dona Sônia: Vamos, moleque. Você está me fazendo perder tempo.
Ela deixa a guimba no cinzeiro, ao lado das cartas separadas em três pequenos grupos. Solto um suspiro.
   Eu: Desculpa. É que vim preparado para fazer uma pergunta sobre amor e outra sobre trabalho... Mas, sinceramente, trabalho é minha prioridade. Vou fazer um teste hoje, sabe? Eu sou ator, dona Sônia. Vim de Minas Gerais tentar alguma coisa aqui em São Paulo e está tudo um caos... Pensei que a situação iria melhorar, mas, nossa, eu tive tantos

testes marcados que foram cancelados. E a galera nem aí, não quer saber de nada. Cancela o trem na sua cara sem nem pedir desculpas ou dar qualquer explicação... E mais do que isso. Eu preciso de grana para realizar o sonho de uma das pessoas que eu mais amo. Então as coisas precisam começar a dar certo, porque senão...

Ela segura a minha mão, quase como se quisesse tampar a minha boca.

Dona Sônia: Você quer saber sobre o teste de hoje, né, criança? Então fecha os olhos e se concentra nisso.

Eu: Certo.

Respiro fundo e fecho os olhos, tentando me concentrar. Mas começo a sentir minha bunda dormente por ter ficado tanto tempo sentado no banquinho.

Eu: É para eu pensar como se estivesse fazendo o teste ou só comemorando o resultado positivo?

Dona Sônia: Só pense no teste.

Eu: Mas será que isso não afeta o resultado?

Dona Sônia: Só. Pense. No. Teste.

Eu: Sim, sim! Estou pensando, dona Sônia. Minha pergunta é por que dizem que o pensamento positivo sempre afeta nosso destino e...

Dona Sônia: Chega! Por Deus! Só escolhe uma carta de cada um dos montinhos. Anda, moleque. Rápido! Não tenho o dia todo!

Eu: Tá, tá! Não precisa se irritar.

Toda minha concentração foi por água abaixo. Me sinto ainda mais ansioso com a mão pairando sobre cada grupo de cartas. Qual escolher? E se eu escolher a carta errada? E se tudo der errado por causa disso?

Respiro fundo, fecho os olhos e puxo três cartas do baralho. Abro os olhos e vejo dona Sônia as virando para cima e analisando cada imagem com um olhar cirúrgico, como se juntasse as peças de um enigma em sua cabeça.

Dona Sônia: Opa!

Ela diz, quase que imediatamente, desgrudando duas cartas que acabaram saindo juntas de um mesmo montinho.

Tudo o que consigo ver é uma carta com coração vermelho e outra com um rato.

Eu: Não percebi que eram duas! Qualquer coisa eu posso puxar outras cartas e...

Dona Sônia: Silêncio, menino!

Dona Sônia faz um gesto com a mão, como se espantasse um mosquito. Ela então deixa as duas cartas do primeiro montinho em uma primeira linha: o Navio e o Sol. Abaixo, as duas que saíram juntas: o Coração e o Rato.

Dona Sônia: Seu jogo está incrível, menino.

Eu: Sério?

Ela coça o queixo, olhando as imagens, e então me encara com curiosidade. Abro um sorriso, mal conseguindo conter minha alegria. Sempre me considerei um grande azarão, mas vai que tudo mudou?!

Dona Sônia: A carta do Navio.

Ela bate com o dedo na primeira.

Dona Sônia: Fala muito sobre mudanças internas e externas, sobre a busca de novos rumos, novos horizontes. Fala também de bons negócios, de viagens de trabalho...

Ela bate na segunda carta.

Dona Sônia: E seu jogo vem junto com a carta do Sol. Ela é considerada a melhor carta do baralho. Fala muito de dinheiro, de sorte, de criatividade, de sucesso...

Eu: Meu Deus!

Dou um pulo de animação que quase derruba a mesa. Dona Sônia abre e fecha a boca, provavelmente engolindo uma dezena de ofensas.

Eu: Desculpa!

Volto a me sentar.

Eu: Estou muito feliz. Quer dizer, vou passar no teste!

Dona Sônia: É. Nada é certo nessa vida, a não ser a morte. Mas seu jogo está favorável... E veio também com a carta do Coração. Não sei se você está em busca de um amor, mas provavelmente ele está por perto.

Seu sorriso então some.

Dona Sônia: Você só precisa prestar atenção nisso aqui.

Ela aponta para a carta do Rato.

Eu: Por que a gente não esquece desse trem?

Sugiro, empurrando a carta do Rato de volta para o baralho. Não gosto de ratos. A não ser o Mickey.

Dona Sônia: Não tem nenhuma carta de trem.

Eu: Ah, não... Trem é uma gíria mineira, dona Sônia. Tipo, pode significar qualquer coisa, e assim...

Dona Sônia: Não é assim que funciona o jogo.

Ela me encara como se fosse uma professora perto da aposentadoria e eu, um aluno recém-nascido.

Dona Sônia: Só tome cuidado com pessoas querendo tirar algo que é seu.

Eu: Está tudo certo.

Fico de pé e deslizo a nota de vinte reais para ela.

Eu: A verdade é que eu não tenho nada, dona Sônia. O que pode ser tirado de um ator pobretão em busca de um sonho?

Ergo a mão para o céu.

Eu: NADA!

Vejo que algumas pessoas se assustam com o meu grito e dona Sônia as encara constrangida, sibilando pedidos de desculpas.

Eu: Quando eu ficar famoso e rico, volto aqui, tá bom?

Dou a volta na mesinha e lasco um beijo na bochecha de dona Sônia, que parece atordoada. As pessoas em São Paulo na maioria são assim: parecem assustadas com demonstrações de afeto. Mas não estou nem aí! Quando eu aparecer na TV, na sua série de streaming favorita ou nas telonas do cinema, você vai pensar: nossa, acho que já vi esse menino em algum lugar! E eu vou ter sido o desconhecido que te tratou com carinho na rua sem querer nada em troca!

Começo a caminhar pela calçada sem conter minha alegria. Tenho vinte minutos para chegar até o local do teste — o único que não cancelou comigo em uma semana. O papel vai ser meu!

Desconhecido: Ei, idiota! Olha por onde anda!

Um sujeito me olha de cara feia após eu esbarrar nele sem querer.

Eu: Desculpa.

Falo enquanto mentalmente mando ele se ferrar, mas seguro as palavras dentro de mim porque como dizia Chorão, hoje ninguém vai estragar meu dia.

# 3
# ALESSANDRO

— O que Beyoncé faria no meu lugar? — verbalizo a pergunta que não sai da minha cabeça, caminhando com Melina ao meu lado rumo ao apartamento dela, que fica a três quadras do Café.

É véspera do Dia dos Namorados e, consequentemente, do Cruzeiro do Amor. Seguindo a agenda do mundo capitalista, as lojas da cidade estão todas enfeitadas com decorações de coração. Até isso me irrita. Minha vontade era ter um surto à la Coringa e sair arrancando tudo no dente. O amor não existe, porra! Não existeeeeeeeeeeee!

— Ela fez um álbum chamado *Lemonade* e ganhou muita grana e vários Grammys em cima do chifre — responde Melina, sem me olhar. — Mas ela é negra, né, amigo? Tudo bem se identificar com a dor, mas tem cornas branquelas também... Tipo a Miley Cyrus, a Shakira...

— Eu exponho o Raul na internet, então? — Considero a opção.

— Olha... — Melina para de caminhar, esperando o semáforo ficar verde. — Não era bem isso que eu queria dizer. Você ir para o cruzeiro e ganhar o dinheiro da publi não seria uma vingança?

— Não. — Bufo, batendo o pé com força. Sei que pareço infantil, mas tocar no assunto me deixa com muita raiva. — Ele tinha que se sentir humilhado!

— Você sabe que atualmente ele tem mais seguidores que você, né? — Melina me encara.

Ela é assim, sem rodeios. Dá o tiro enquanto olha nos seus olhos.

— Mas eu sou a vítima! — falo, levando a mão ao peito. É quase como se o desespero que sinto fosse uma dor física. — Eu que confiei nele e fui traído. E o mundo sempre fica do lado das mulheres traídas...

— Eu sei, Alessandro — responde ela gentilmente, mas sinto que sua paciência está acabando.

Eu aluguei a cabeça de Melina por quase todas as horas úteis permitidas nesses últimos dias.

— Mas a questão não é essa — acrescenta enquanto atravessamos na faixa de pedestre assim que o semáforo fica verde. — A gente poderia começar uma briga midiática no Twitter? Poderíamos. Isso daria certo? Eu não sei, sendo bem sincera. Provavelmente mais pessoas vão ver as fotos de cueca que o Raul tem postado e ele vai ganhar ainda mais fama. Não sei se isso pegaria bem pra você, sabe? Seu foco é literatura, cultura. E por mais que eu ame seu conteúdo, dificilmente você ganharia do volume na cueca dele.

— É. — É tudo o que consigo dizer, me sentindo ainda mais pra baixo. — Nesse mundo, cultura é menos valorizada que um pau qualquer.

— Um pau beeeeeem generoso, né, amigo? — Melina ri, mas para assim que eu a olho de cara feia. — Calma, bicha. A gente vai dar um jeito.

Ela parece tão confiante que eu apenas fico em silêncio, esperando que minha amiga realmente tenha uma ideia milagrosa.

Assim que chegamos ao prédio onde ela mora, subimos o elevador até o 16º andar sem falar nada. O apartamento da Melina é parecido com o meu, pequeno-para-médio e aconchegante, mas com um quarto a mais, que ela aluga por temporada para complementar a renda. O bom é que o sol bate na sala durante toda a manhã, e Jão, Sonza, Ludmilla e Anitta (os gatos dela) tomam banho de sol ali diariamente.

Antes que eu me sente no sofá, ela me chama no corredor, abre um pouquinho a porta do quarto de hóspedes e me mostra a bagunça que está lá dentro, o que é totalmente estranho, já que Melina é virginiana, o ápice da organização, e o quarto parece ter sido revirado de cabeça para baixo pelo Taz-Mania. Há uma mala de viagem entreaberta encostada na parede e algumas peças de roupas jogadas em cima da cama.

— Você vai viajar? — pergunto, distraído, enquanto voltamos para a sala de estar.

Eu me sento no sofá roxo. Automaticamente Jão, o gato mais fofinho da casa, pula no meu colo, pedindo carinho. As outras três gatas permanecem imóveis, nas posições de antes, me encarando como se eu estivesse incomodando apenas por respirar.

— Você realmente está com a cabeça nas nuvens, hein, gay! As malas não são minhas. — Melina vai até a janela e abre ainda mais a cortina, iluminando por completo todo o recinto e fazendo o feixe de sol se alargar, para a alegria das gatinhas. — Mas aquela bagunça é parte da nossa solução — completa ela, se virando e me encarando com os olhos brilhando.

— Tá — respondo, sem entender nada. — E quando você vai começar a me explicar?

— Agora. — Ela senta ao meu lado com o celular na mão, abre o Instagram e vai até o perfil de um cara.

Benício Prospero é simplesmente um gato. Cabelo preto bagunçado, olhos verdes, barba simétrica. Ele é alto, magro... Aquele tipo de beleza de cantor de rock dos anos 2010, sabe? Ou talvez o mocinho de algum filme adolescente de classificação livre da Netflix?

Melina abre a primeira foto e lá está ele, usando camisa xadrez vermelha, com um chapéu de palha na cabeça, piscando e dando um sorrisinho de lado.

— Quem é esse cara? — pergunto, pegando o celular da mão dela para rolar o feed.

— A nossa solução — afirma, resgatando o celular. — Benício é meu hóspede. A bagunça é dele. Lembra que eu falei que um cara passaria uns dias aqui em casa?

— Nossa, lembro vagamente disso. Minha cabeça não estava boa esses dias, muito provavelmente por causa do peso dos meus chifres!

— Pois é. — Melina ignora o meu drama. — Ele chegou na segunda e veio passar a semana aqui. Benício é de Minas Gerais, sonha em ser um grande ator e veio fazer uns testes. Mas o bichinho tá super pra baixo porque acho que todos foram cancelados.

— Mas por que ele é a nossa solução? Claro, ele é um gatinho. Sentar nele seria uma distração incrível para a dor que estou sentindo. — Pouso a mão no coração. — Mas não vejo como ele pode ajudar na questão da publicidade.

— Para de ser tonto, bicha! — Melina revira os olhos. — Ele é ator. A-TOR. É o trabalho dele. Então amanhã, em vez de abrirmos mão da viagem, ele vai como o seu novo namorado.

— Tá — falo, olhando para Anitta, que está deitada com a barriga para cima e me encara de volta —, tipo o que acontece nos livros com namoro falso que eu leio.

— Exatamente! — Melina sorri, brilhando. Ela parece realmente muito orgulhosa da própria ideia. — Beleza, que cara é essa de enterro?

— É que... — Fico quieto, tentando encontrar as palavras certas para me expressar. A verdade é que me sinto meio humilhado com a situação. — Será que ele vai topar? — falo, sem conseguir pensar em nada melhor.

— Poxa, claro que vai. A gente pode oferecer, sei lá, 10% do valor total da publicidade. Com certeza é mais do que ele vai ganhar passando o final de semana inteiro deitado na cama — diz ela, entrando no perfil do Cruzeiro do Amor e passando pelos vídeos promocionais.

O navio tem capacidade para mais de três mil pessoas, possui cinco restaurantes, duas cafeterias e cinco bares, além de três boates e espaço para show. Tem cassino, academia, sauna e até uma livraria. Duvido muito que a galera vá para um cruzeiro majoritariamente gay para ler, mas eu fiquei feliz de encontrar um espaço em que não vou me sentir deslocado.

— Parece ser incrível — reflete Melina, enquanto olha as fotos das suítes.

— Parece mesmo — concordo, nem um pouco animado.

— Você já fez sua mala?

— Está pronta desde a semana passada, quando eu ainda pensava que iria com um namorado de verdade e não um ator contratado.

— Sunga? Seu remédio para enjoo? Protetor solar? — Ela me encara. — Você tem que levar no mínimo fator 50.

— Eu sei, Mel. Já está tudo organizado.

— E eu não te conheço, não, bicha? Aí chega na hora sua mala tem duas camisetas velhas com frases de livros, dois shorts com estampa de flamingo, um pijama dos Ursinhos Carinhosos e cinco livros de trezentas páginas.

— Eu vou levar meu Kindle.

— Não vai, não.

— Ele tá aqui na sua casa, né?

— Está, e muito bem escondido...

— Mas não é melhor levar o Kindle do que carregar tanto peso?

— Melhor pra quem? Se levar o Kindle aí mesmo que você só vai ler sem parar.

Fico quieto, porque meu plano não é muito diferente disso... Vão ser só três dias e meio também. Para que levar tantas roupas se meu plano é apenas ficar na cabine esperando as horas passarem?

Fora que todas as fotos promocionais do cruzeiro são com homens padrão sem camisa e musculosos. Eu já sabia que me sentiria deslocado quando aceitei o convite de primeira, mas contei com o fato de estar com um namorado que me faria companhia e riria comigo dos caras tomando Whey Protein de canudinho. Agora, estou sozinho, e meu ex é um dos caras gostosos que toma Whey Protein de canudinho.

Minha situação parece ainda pior!

— E se a gente desistir? — falo, com a voz baixinha, e continuo porque vejo que Melina já abriu a boca para me responder. — Sei que a grana é boa, tá? Eu sei. Mas a gente pode conseguir esse valor de outras formas. Eu... não estou me sentindo bem de ir para um lugar assim...

Melina não fala nada por um momento. Ela bloqueia o celular e o deixa de lado.

— Olha... Eu te entendo completamente, amigo. Vamos fazer o seguinte. Primeiro você conhece o Benício. Ele chega mais tarde. Se sentir que não tem nada a ver, a gente cancela e segue em frente. Se sentir que posso ao menos tentar fazer a proposta pra ele, eu faço. Pode ser?

— Entendi... — digo, acariciando o topo da cabeça do Jão. Parece justo na teoria. Mas, na prática, eu me sinto como o papel usado para recolher cocô de cachorro do asfalto. — Mas... É meio estranho.

— O que é estranho? — pergunta ela, séria.

— Ah, sei lá. Isso é legal nos livros porque a gente sabe que o casal vai se apaixonar, aquela coisa toda. Não sei como eu sairia dessa, sabe? Será que não vai ferrar ainda mais com a minha autoestima?

— Meu bem, olha para mim — pede Melina, e eu a encaro. Ela é cética. Por isso a gente dá certo. Enquanto eu vivo remoendo sentimentos e aflições, sou dramático e melancólico, ela tem sangue-frio o suficiente para ser burocrática em relação a tudo. — Você é um cara incrível. Sei que tem seus problemas de autoestima e sei que o mundo gay é cruel com quem não tem corpo de academia. Mas presta atenção: isso não diminui em nada o seu brilho e como você é lindo. Seu cabelo loirinho e suas sardas são um charme a parte. Você é um gato, minha irmã! Mas caso nada do que eu diga faça você se sentir melhor, preciso te lembrar que se porventura você sair deprimido dessa viagem de 72 horas com bebidas e comidas pagas, cheia de gays que você pode beijar e se divertir horrores e com a conta bancária lotada de grana, você definitivamente terá dinheiro para pagar terapia. É a melhor solução, né?

— É — falo, olhando para a cabeça branquinha do Jão, que me encara de volta com seus dois grandes olhos azuis. — Acho que contra fatos não há argumentos.

Melina me dá um beijo na bochecha e desbloqueia o celular, e a gente fica só rindo de vídeos aleatórios de bichinhos fofos no TikTok. Por um momento, minha vida parece estar normal de novo.

# 4
# BENÍCIO

Assim que entrei na sala comercial indicada no e-mail da única agência que não cancelou meu único e mísero teste nesta semana, me perguntei seriamente se não tinha caído em um golpe e seria sequestrado. Talvez minha carreira não começasse em uma novela, mas sim com meu rosto estampado nas matérias policiais dos jornais do bairro.

Espantei o pensamento logo que surgiu. Quantos atores não vêm de família famosa e influente e precisam passar por situações tão tensas quanto esta? Eu seria mais um. Eu tinha que ser.

Me apresentei, dei meu nome à mulher da recepção e apenas recebi um pedido para que aguardasse. Foi o que eu fiz. Só que, tipo, dez minutos atrás... E até agora ainda estou aqui, esperando pacientemente a minha grande oportunidade, tentando me apegar ao fio de fé sobre o que dona Sônia me revelou e ignorando o pensamento que me diz que vou morrer e que minha família em Minas Gerais nunca vai encontrar o meu corpo.

Eu: Oi.

Falo, com um aceno simpático.

O espaço é pequeno. Há apenas um balcão de madeira, com essa mulher de meia-idade quase cochilando de tão entediada, mascando chiclete tão lentamente que tenho certeza de que os últimos resquícios de açúcar sumiram há duas horas. Eu estou sentado em uma das três cadeiras do canto, olhando para o ventilador velho que balança desajeitado no teto e parece ameaçar cair bem na minha cabeça.

Mulher da recepção: Pois não?

Eu: Estou no lugar certo mesmo, né? Digo, vai que eu me enganei e...

Mulher da recepção: Vamos ver.

A mulher revira os olhos de forma tão teatral que fico com medo de suas íris se perderem na parte interna do crânio e nunca mais voltarem.

Mulher da recepção: Você está na Pop Propaganda. Você se chama Benício Prospero. E você tem um teste marcado para...

Antes que ela continue o monólogo deprimente tirando sarro da minha ansiedade, uma porta se abre e uma mulher jovem surge. Ela veste um terninho cinza e segura um tablet contra o peito. Ela sim parece profissional.

Mulher da produção: Benício?

Encontra os meus olhos e dá um sorrisinho.

Eu: Isso!

Fico de pé em um pulo e aperto a mão dela.

Eu: Tudo bem?

Mulher da produção: Tudo. Por aqui, por favor.

Ela abre mais o vão da porta de onde saiu para que eu passe.

Mulher da produção: Desculpa o atraso, viu?

Eu: Ah, acontece! Eu estou acostumado. No nosso meio atrasar é o novo normal.

Pouso a mão no ombro dela, como uma forma de apoio antes de entrar, e solto uma risadinha, que ela não responde.

Assim que entro na sala, há vários refletores espalhados para lá e para cá. Há um homem bonito em um lado da sala sendo maquiado por duas pessoas. Há dois homens por trás de câmeras profissionais gigantescas, que parecem valer mais do que a casa dos meus pais em Minas Gerais. No canto oposto, mais afastado de todos, há um homem barbudo sentado em uma cadeira, de boné, expressão carrancuda e que parece uma máquina de fumaça enquanto fuma seu cigarro. Mas também parece um cara importante, desses que gostam de atuação de método e que podem alavancar minha carreira.

Mulher da produção: Me acompanhe.
Ela me leva para o canto oposto da sala.
Mulher da produção: Então. O teste é sigiloso.
Eu: Perfeito.
Mal contenho o sorriso. Sinto a adrenalina percorrendo o meu corpo, a ansiedade se transformando em vontade de fazer dar certo.
Mulher da produção: É para uma propaganda do mercado farmacêutico...
Ela fala, mexendo no tablet sem me olhar.
Hummm... Não é bem o que eu estou esperando, mas vários atores começam a carreira em trabalhos desse tipo, né? Estou no jogo!
Eu: Certo!
Mulher da produção: Beleza. Vou te passar um briefing rapidinho.
Ela dá um clique na tela e finalmente me encara.
Mulher da produção: Você vai se posicionar ali.
Aponta para um espaço do cenário onde há uma caixa metálica.
Mulher da produção: A propaganda é para um remédio de gases. Você estará dentro de um elevador, sofrendo de prisão de ventre, e vai, sabe, peidar no elevador. O nosso ator principal vai reagir ao cheiro, e vai falar o roteiro da propaganda. Algo como: "Não seja desagradável em público peidando em qualquer lugar. Tome Peidonol já". Alguma dúvida?
*Alguma dúvida?* Eu tinha várias! Fiquei com vontade de peidar nela só de raiva.
Eu: Mas... Eu não tenho fala, então?
Tento continuar sorrindo, mas agora realmente parece que estou com prisão de ventre.
Mulher da produção: Não! Não é o máximo?! Você só precisa trabalhar bem suas expressões faciais, sabe? Mostrar o seu talento.
Ela fala com tanto entusiasmo, mexendo a mão livre em frente ao meu rosto, que é como se me desse a melhor notícia da minha vida.

Dou um passo para trás, meio incerto.

Eu: Então eu só tenho que estar no elevador... E aí o ator principal vai entrar... E aí eu tenho que... peidar?

Mulher da produção: Isso!

Ela sorri, radiante com a possibilidade de eu finalmente ter entendido tudo.

Eu: Tá bom.

Solto quase um miado, sentindo minha felicidade se esvaindo do meu corpo de quase dois metros de altura.

Tento respirar fundo. Fecho os olhos por um instante. Lembro de por que estou em São Paulo. Lembro dos meus sonhos. Lembro dos sonhos da pessoa que eu mais amo no mundo. Lembro de todos os artistas que tiveram que passar por situações de merda antes de terem uma oportunidade realmente boa.

Eu: Certo. Estou pronto.

Abro um sorriso confiante. Vai ser meu. Vai dar tudo certo. Eu preciso começar de algum lugar. E preciso dessa grana. Já é meu! Já venci! Já ganhei!

A mulher me olha com atenção, e não sei se ela sente pena ou está me achando um completo esquisito, mas um segundo depois ela estende a mão na direção das paredes de metal improvisadas, que simulam o elevador. Eu vou, confiante, caminhando para a marcação como se eu tivesse acabado de ouvir o meu nome sendo chamado na cerimônia do Oscar.

Quando me viro de frente para a equipe, a assistente se aproxima, parando na minha frente e inclinando o rosto na minha direção, como se quisesse me dizer algo confidencial.

Mulher da produção: Esse diretor já ganhou dois Leões de Ouro em Veneza...

Ela sussurra, me olhando apreensiva. Olho para o cara e de repente percebo que ele é igualzinho ao Michael Scott, de *The Office*.

Mulher da produção: ... e ele definitivamente sabe que essa propaganda não tem chance, por isso está de mau humor. Então não leve para o pessoal nem tente processar a gente por assédio moral, tá?

Dá uma piscadinha e um sorrisinho, como se tivesse acabado de me desejar boa sorte.

Sinto meu estômago doendo. Estou nervoso, triste, decepcionado, mas no fundo do poço em que me encontro tento ao menos pensar no dinheiro. Eu preciso do dinheiro. É isso. Essa é a minha meta hoje. Só a grana importa.

Diretor: Ok, rapaz. Você já sabe o que tem que fazer, né?

O diretor mal me olha, com sua voz rouca de cigarro. Olho para os lados e percebo que não tem mais ninguém por perto. Eu fico vermelho. É, o cara está falando diretamente comigo.

Eu: Sim, senhor.

Digo, a voz saindo fraca, baixa.

Eu: Eu sei!

Falo com mais força.

Eu: Tenho que peidar, né?

Minha voz esmorece, sem tanta certeza assim.

Diretor: Peidar?

O cara afunda a guimba do cigarro no cinzeiro ao seu lado com tanta força que tenho certeza de que ele está imaginando que afunda o meu crânio.

Diretor: Peidar você peida em casa, rapaz. Aqui é atuação. Eu quero que você faça uma expressão tão crível que vai me fazer acreditar que o seu fiofó está tocando uma trombeta. Preparado?

Eu não estava. Nem meu fiofó. Mas eu assenti mesmo assim.

# 5
# ALESSANDRO

Quando Benício chega em casa o sol já se foi. Eu e Melina estamos sentados no sofá da casa dela, vendo besteira no YouTube e comendo pipoca doce, que ela me obrigou a fazer.

— Oi, Bê! —cumprimenta Melina sonoramente.

Benício tranca a porta e se aproxima. Ele é realmente muito bonito. E alto. Caramba, parece um jogador de vôlei. Meu Deus! Queria ser uma bola só para ele me sacar.

— Oi, Melina. Oi — diz ele, pousando os olhos em mim.

Benício usa uma blusa polo verde e branca, que fica levemente justa no corpo e quase me permite fazer um raio X do que está por baixo do tecido. A calça jeans que ele usa também não fica muito atrás. É justa nas pernas. Ele tem esse tipo de corpo que é como se fosse bonito de forma natural, sem precisar gastar horas na academia para ter um perfil bem-sucedido no *OnlyFans*. Eu estou constrangido demais, mas não consigo parar de olhar!!!!

— Bê, esse é o Alessandro. O meu melhor amigo — diz Melina, ainda sorrindo, muito simpática.

— Eu já ouvi falar muito sobre você. — Benício estende a mão para mim.

— Espero que bem — respondo, envergonhado, enquanto estendo a mão para ele.

Mas aí no meio do caminho percebo minha mão toda melada de leite condensado e acabo puxando-a de volta rápido demais.

— Perdão — falo, sem graça — Tá suja! — Ergo a palma da mão. — Mas é leite. — Fico vermelho, e vejo o esforço de Melina para não cuspir a pipoca que está na boca. — Leite condensado. No caso.

Benício abre um sorriso. Um sorriso natural. E eu sinto uma eletricidade percorrer meu corpo. EPA! PARE! Digo ao meu cérebro. Minha deusa, como eu sou uma gay patética, praticamente babando no cara.

— Senta aí, Bê. — Melina aponta para uma poltrona ao lado do sofá onde estamos. — Quer pipoca com *leite condensado*? — Ergue o braço com o pote de pipoca e dá uma piscadinha para mim, essa safada. — O Alessandro que fez. Tá uma delícia.

— Ah, valeu. Eu acho que vou tomar um banho — responde ele, se virando na direção do corredor que dá para os quartos. — O dia foi cansativo.

— Uhum. — Melina me lança um olhar rápido, dizendo que vai insistir mais.

Eu faço sinal de não, para que ela desista e deixe Benício em paz. Com ele ali, na minha frente, não sei como imaginei que esse plano poderia dar certo. A vida real e a ficção têm limites muito distintos. Não tem como eu e um cara como ele fingirmos ser namorados e tudo ficar bem. As pessoas no transatlântico vão achar que eu estou pagando para que ele saia comigo, o que, no fim das contas, não seria mentira. Meu Deus! A minha situação só piora. Eu sentia isso com o Raul ao meu lado também, mas ao menos era um relacionamento de verdade, por mais que fosse um relacionamento unilateralmente aberto.

— E os testes? — pergunta Melina, me ignorando.

— Ah. — Benício coça a cabeça, dando meia-volta e olhando pra gente. — O de hoje não foi do jeito que eu esperava... De qualquer forma, eu não passei.

— Ah, sentimos muito — diz ela, realmente parecendo triste. — Né, Alessandro?

Engulo em seco.

Sinto os olhos de Benício em mim e sei que minhas bochechas estão queimando de vergonha. É como se tudo dentro desta gay que vos fala estivesse em movimento.

— Total — falo, com a voz meio fanha. — As negativas... — pigarreio — ... fazem parte do processo.

— É, pois é. — Ele pressiona os lábios, um pouco chateado. — Não tenho nenhum contato nessa indústria, então eu meio que sabia que seria tudo muito difícil.

— É importante manter a confiança! — acrescenta Melina rapidamente. Ela parece prestes a falar algo, mas não diz nada. Em vez disso, sorri e solta: — E no fim de semana?

— Ah, nenhum teste apareceu — Benício faz uma careta —, mas eu deixei meu nome em alguns bares aqui perto, pra tentar fazer um bico. Talvez role alguma coisa de última hora, né? Queria não ter que voltar para casa com o saldo tão negativo. — Ele dá de ombros. — Agora vou tomar meu banho. Boa pipoca para vocês.

Benício se vira e sai da sala. Eu estou impactado pela beleza dele, mas Melina parece cada vez mais animada.

— Você ouviu? — sussurra para mim. — Ele vai estar livre no fim de semana. Posso fazer a proposta?

— Meu Deus! — Tento falar baixo. — Ele é muito gato. Duvido que vá aceitar.

— Você é gato também! — rebate ela.

— Mas o Benício é outro nível, Melina!!!

— Posso ao menos tentar? — insiste ela, pegando minha mão e fazendo um biquinho. — Por favorzinho...

— Tá, tenta — respondo levemente impaciente —, mas duvido que ele aceite. Tipo, ele é hétero, né?

— Quem disse que ele é hétero?

— E não é?

— Eu não sei! Quem tem *gaydar* é você — revida Melina, me encarando. — Mas o Benício é ator. Vai ser ótimo para ele. Talvez este seja o primeiro papel LGBTQIAPN+ da carreira dele.

— Ai, Melina, eu não sei. — Me afundo mais no sofá. — A ideia parecia melhor na teoria do que agora, que o conheci... O Benício é bonitão, ele me deixa intimidado. Parece que eu estou contratando um acompanhante de luxo.

— Ficar apertado de grana por meses deveria te deixar mais intimidado, Alessandro — rebate, voltando a prestar atenção na TV.

Odeio como Melina parece sempre ter razão.

E então me permito imaginar por um segundo como seria caso Benício aceitasse ser meu namorado por 72 horas... E a ideia começa a não soar tão ruim assim.

# 6
# BENÍCIO

Após o banho, entro no quarto alugado e encaro a bagunça que deixei. Eu nem sou tão bagunceiro assim, mas parece que este pequeno quarto é apenas um reflexo fiel de como sinto que a minha vida está: não há nada no lugar.

Jogo umas roupas que estão em cima da cama no chão, apenas para abrir espaço, e me afundo no colchão macio. Encarando o teto, repasso mentalmente o teste para o comercial em que não passei. Tipo, eu literalmente não tinha que falar nada, apenas fazer uma expressão feia como se estivesse peidando, e até nisso eu fracassei.

Meus olhos se enchem de lágrimas e me percebo perdido naquela linha tênue entre continuar tendo fé de que um dia vou realizar o meu sonho ou encarar a realidade e perceber que nunca vai dar certo. E são nesses momentos que eu preciso dele — um dos principais motivos de eu vir para São Paulo fazer esses testes.

Pego meu celular, acho o nome dele na lista de contatos e deixo chamar.

Gustavo: Meu Deus!

Escuto a voz do meu irmão caçula do outro lado da linha.

Gustavo: Quem em pleno século XXI ainda liga para as pessoas? Você sabe que eu odeio ligações.

Eu: Mas eu ligo! E tenho orgulho disso.

Gustavo: Com tantas opções como áudio, mensagens ou até chamada de vídeo, você só comprova que o interior não sai de você mesmo que esteja na cidade grande. O que vai ser da próxima vez? Uma carta escrita à mão tal qual os incas?

Eu: Cala a boca, Gustavo!

Ralho, segurando o riso.

Eu: O pai e a mãe estão bem?

Gustavo: Estão ótimos!

Gustavo suspira alto o suficiente para eu ouvir.

Gustavo: Mano, você tá fora de casa só há uma semana. Eu sei que você não ligou para saber se o pai e a mãe estão bem, então fala logo o que você quer.

Eu: Seu grosso!

Faço uma pequena pausa antes de ser sincero.

Eu: Tá. Eu preciso de ajuda.

Gustavo: Ajuda?

Ganho a atenção dele porque se tem uma coisa que Gustavo é, essa coisa é fofoqueiro.

Gustavo: Que tipo de ajuda?

Eu: Apoio moral.

Confesso, sem delongas.

Ao contrário do que acontece com a maioria dos irmãos que eu conheço, o Gustavo é o meu melhor amigo. A nossa diferença de idade é de cinco anos, o que não é tanto para que sejamos distantes demais, nem tão pequena para que a gente nutra pensamentos parecidos. A realidade é que a geração do Gu já parece à frente da minha em milhares de coisas e eu aprendo mais com ele do que o contrário.

Quando ele me contou, aos 13 anos, que não se sentia confortável no seu corpo biológico e que muito provavelmente era um homem trans, não havia medo em sua voz. Ele era um humano de um metro e setenta cheio de confiança, coragem e autoestima, esperando apenas um abraço do seu irmão mais velho. Ao contrário de mim que, quando me percebi um homem gay, passei anos guardando esse segredo, com medo do que a minha família ia pensar.

Gustavo: Tá.

Quase consigo ouvir as engrenagens na cabeça do Gustavo rodando.

Gustavo: Eu acho que talvez tenha dado merda, né?

Eu: É. Deu merda.

Gustavo: Todos os testes?

Eu: Cara, literalmente todos cancelaram... Menos um, que foi um teste para uma propaganda de remédio para prisão de ventre.

Gustavo: Sério?

Ouço a gargalhada dele do outro lado.

Eu: Não ri! Foi humilhante!

Gustavo: Mas o resultado desse já saiu?

Eu: Já, e pelo visto eu não peido bem o suficiente.

Gustavo: Irmão, calma... Você volta pra casa quando?

Eu: Na segunda, eu acho... Ainda nem comprei a passagem, mas eu não tenho mais grana para pagar o quarto.

Gustavo: Quem sabe role algo no fim de semana... Tipo, um teste surpresa? Eu estava lendo que a maioria dos streamings realizam esses tipos de teste.

Eu: Irmão, por Deus! Você acha que um trem desses acontece com gente ferrada como eu?

Dou uma risadinha de autocompaixão.

Eu: Estou me sentindo um bosta. Sei que você contava comigo para conseguir algum desses testes e te dar a grana para a mastectomia...

Gustavo: Irmão, vai dar certo. Lembra do que a vó sempre dizia pra gente?

Nossa avó era uma pessoa muito presente na nossa vida, mas infelizmente não resistiu à pandemia da Covid-19.

Eu e Gustavo: Se você pode sonhar, pode realizar.

Digo, meio a contragosto, junto com ele do outro lado da linha.

Gustavo: Exatamente. Para algumas pessoas nada é fácil. Eu nasci biologicamente como menina, mas sou menino. Você nasceu biologicamente um pobretão fodido, mas quer ser famoso.

Eu: Opa! Eu não quero ser famoso... Quero ser um ator famoso. É diferente.

Gustavo: E vai rolar! Mas seria bom tentar manter o pensamento positivo.

Eu: Falando em pensamento positivo... Lembrei agora de uma vidente trambiqueira que me arrancou vinte reais. Ela fez umas previsões incríveis sobre o teste e nada aconteceu. Estou me segurando para não ir pegar meu dinheiro de volta.

Gustavo: Sério?

Eu: Sério! Ela disse que eu ia passar, que ia ter até uma viagem... E no final nem peidar eu peidei.

Gustavo: Calma... Será que ela não viu sobre outro teste?

Eu: Gustavo, não tem outro teste. Eu vou passar sexta, sábado e domingo trancado neste quarto, olhando para o teto, exatamente como estou agora, sentindo pena de mim mesmo.

Gustavo: Ok. Eu ainda acho que as coisas vão dar certo pra você, só registrando. Mas eu vou sair com meus amigos na sexta, no sábado e talvez no domingo, então se rolasse de não me ligar aleatoriamente e sim mandar uma mensagem, eu agradeceria muito.

Eu: Amigos ou a sua nova ficante?

Solto, porque antes de viajar eu percebi como o Gustavo estava apaixonadinho.

Gustavo: Talvez ela vá, sim.

Ele diz, tentando não ficar mordido. Gustavo odeia que eu me meta na sua vida amorosa.

Gustavo: Você devia tentar fazer o mesmo, sabia? Beijar na boca faz bem pra saúde!

Eu: Seu filho da...

E antes que eu complete a frase, Gustavo desliga, me deixando um pouquinho melhor do que quando liguei para ele.

Dentro de mim sei que minha avó está certa. Se eu posso sonhar, posso realizar. Mas a realidade é que neste pequeno quarto, olhando para o anoitecer que cai na cidade, pela movimentação desenfreada de pessoas indo e vindo, me sinto como a Mia, personagem de Emma Stone, no começo de *La La Land*: triste, desiludida e capenga, mas sem um Ryan Gosling para acreditar em mim e chamar de meu.

# 7
# ALESSANDRO

Saio da casa da Melina por volta das oito da noite. O combinado até então se mantém de pé. Ela ficou de conversar com Benício e fazer a proposta, me mandando o que for decidido ainda hoje — até porque não temos mais tempo, já que precisamos embarcar no dia seguinte. É nossa última esperança.

Eu implorei para não estar presente no momento da proposta. Se ele falasse não na minha cara, sinto que seria mais humilhante do que se isso acontecer pelas minhas costas, por mais que seja tudo de mentira.

Minha casa fica a uns cinco quarteirões da casa dela, então decido fazer o caminho a pé para aproveitar a brisa fresca da noite. Os barzinhos que encontro no caminho estão amontoados de gente. Algumas com roupas que indicam que acabaram de sair do trabalho, outras que parecem ter se preparado especialmente para a ocasião. *Encontros...* Várias pessoas estão mergulhadas na magia dos encontros amorosos. Os sorrisos que se esbarram no meio do caminho, as mãos que se tocam sem motivo, como se precisassem do contato físico. *Ai, que nojo!* Minha vontade é sair gritando que o amor não existe e que no fim alguém vai sair machucado dessa merda!

Suspiro. *Quem eu quero enganar?* Porque a verdade mais pura é que ver a vida acontecendo e casais existindo só aprofunda a sensação de não pertencimento que me belisca quase sempre pelo fato de as pessoas terem algo que eu sempre quis.

Eu nunca fui a gay que curtia festas, baladas, pegação... Não que eu julgue quem curta ou seja do tipo conservador e careta. Que a deusa me livre!!!!! Mas minhas prioridades sempre foram outras... Eu sempre sonhei em chegar em casa, depois de um dia de trabalho, e encontrar meu namorado só de cueca na cozinha, preparando o jantar. Sempre imaginei a gente planejando nosso fim de semana, com uma lista das séries e filmes que colocaríamos em dia, deitados na cama embaixo de uma camada satisfatória de edredom com pijamas combinando.

Quando conheci o Raul, pensei que estivesse perto disso. Pensei que eu era extremamente sortudo por ter encontrado o amor em um aplicativo com poucas esperanças. E é doloroso pensar que fui vítima da minha própria ilusão e ao mesmo tempo lutar contra o sentimento de culpa. Porque, no fim das contas, foi ele quem me traiu, não foi? Será que faltava algo? Será que eu não era tudo o que ele queria? Será que meu corpo não o atraía? Será que eu devia ser mais magro? Será que eu devia ser mais másculo?

A minha mente é assim, minha pior inimiga, às vezes. A ansiedade me joga um monte de culpa e pensamentos horríveis nos ombros, me fazendo afundar na lama da minha autopiedade, me impossibilitando de ficar bem. É como estar acorrentado em frente a um telão de cinema em que é transmitido todos os meus erros e possibilidades perdidas por eu ser quem sou.

Ser gay às vezes é horrível, cruel e cansativo.

Quando chego em frente ao meu prédio, o portão que desemboca na recepção está aberto. E Ferdinando, o porteiro do turno da noite, está rindo de alguma piada que RAUL acabou de fazer. O maldito Raul, meu ex.

Paraliso na entrada, congelado, até que Raul e Ferdinando me olham e rapidamente ficam sérios.

— Boa noite, seu Alessandro — diz Ferdinando de trás da sua mesinha, voltando a mexer a esmo nas contas de luz, como se procurasse algo em específico, mas nós dois sabemos que eu peguei a minha conta ontem e não há nada ali para mim.

— Boa noite — falo como se tivesse areia na minha garganta.

Fico encarando Ferdinando, sem saber para onde olhar ou o que falar. Mas Raul é o oposto de mim. Ele é carismático, de sorriso fácil e sempre sabe o que dizer. Parece caber em qualquer situação e cenário. Eu não. Sou grande, indigesto, causo desconforto. Sou uma chacota.

— Oi, Alessandro — diz ele, acenando.

— Oi — respondo, depois de um tempo.

Meu corpo todo está estranho. As pontas dos meus dedos formigam tanto que fico com medo de isso ser um princípio de infarto. Só fiquei tão nervoso assim para comprar os ingressos da *The Eras Tour* da Taylor Swift.

— Eu vim pegar umas entregas — explica ele. — Recebidinhos, sabe?

Raul realmente está com pelo menos cinco caixas na mão, de marcas diversas. Há uma de perfume, outras duas de roupa, uma de pizza e outra de produtos de beleza. Como na república onde ele morava não tem portaria, eu cedi o meu endereço.

— Mas essas coisas são minhas? — É tudo o que consigo falar.

Não estou raciocinando direito, mas será que ele está tendo a cara de pau de vir aqui em casa pegar produtos que eu recebi?

— Não. — Ele ri, com leveza. Nem parece que me traiu, mentiu pra mim e recebeu um boquete na porra da minha cama. — É tudo meu mesmo. É que não deu tempo de avisar às marcas o meu endereço novo, aí acabou tudo vindo para cá.

— Como assim?

Minha cabeça não consegue ligar os pontos. Eu dou passos firmes até Raul e pego a caixa de cima do montinho. Realmente é o nome dele que está ali, não o meu. A caixa com perfume e o nome dele e o meu endereço parece pesar uma tonelada.

— Ah, acabou rolando. Legal, né? — fala ele, ainda num tom pacífico. — Meus números de seguidores foram crescendo e algumas marcas entraram em contato. — *Eu sei, seu gay padrão ridículo! As fotos de cueca com a rola marcando sempre dão certo.* — Mas fica de boa que eu já avisei o endereço da minha casa. — Ele olha para Ferdinando. — Amigo, caso chegue mais alguma coisa para mim, só me mandar um zap que eu venho pegar, beleza?

— Beleza, seu Raul — concorda Ferdinando.

Seu Raul? Para a porra *seu* Raul! Ele não merece ser chamado de "seu" já que nunca pagou um real do condomínio.

Tenho vontade de gritar tão alto que eu acordaria toda a maldita cidade, mas não consigo fazer nada.

Raul me olha, e eu não sei o que ele quer, mas segue me encarando demoradamente.

— Alê... — diz, com aquela voz rouca e sedutora. — A minha caixa, por favor. — Inclina o nariz perfeito na direção da encomenda que eu ainda seguro.

Olho para baixo. Meus dedos doem, tamanha a força com que eu seguro o embrulho.

Por um instante, eu pensei que Raul estivesse aqui para me pedir desculpas. Pensei que estivesse pronto para dizer que sentiu minha falta, que nunca mais erraria desse jeito e que queria mais uma chance. Eu o chamaria para subir para o meu apartamento, choraria um pouquinho, mas no fim iria abraçá-lo e confirmar a viagem de amanhã. Iríamos ter um momento ótimo juntos. Um recomeço.

— Ah, tá — falo, com as mãos ainda tremendo.

Penso, numa fagulha de instante, em ter uma conversa extremamente burocrática com Raul e chamá-lo para o fim de semana. Finalizaríamos nossa história lá, talvez? Ou simplesmente agiríamos como namorados, já que para os nossos seguidores ainda somos um casal. Passaríamos os três dias no transatlântico, poderíamos ficar com quem quiséssemos e caso alguém perguntasse algo eu diria que nosso relacionamento era aberto. Provavelmente eu choraria vendo ele com outros caras, mas, no fim de mais uma experiência gay traumática, eu ao menos teria o dinheiro na conta e motivos concretos para chorar ouvindo os álbuns da Lana Del Rey.

Por que não? Seria a solução mais fácil.

Provavelmente Melina iria querer me dar um soco, mas quando recebesse o depósito com certeza seu humor melhoraria e a gente poderia rir dessa história daqui a algum tempo.

— Hum... Alessandro — diz Raul, me trazendo de volta à realidade.

— Oi? — falo, piscando rapidamente para voltar ao momento.

Provavelmente estou fazendo aquela coisa estranha de novo, que Melina zoa dizendo ser uma versão redutiva de *Fleabag*, em que eu apenas fico olhando para o nada, pensando em várias situações que poderiam ocorrer, descolado da realidade.

— Você poderia devolver minha caixa, por favor? — pede ele, sem sorriso dessa vez. — Tem... Hum... — Engole em seco. — Tem alguém me esperando.

Meu olho direito está tremendo de nervoso. Para mim, a situação ultrapassou todos os limites aceitáveis da realidade. Nem Adele seria capaz de captar uma cena tão humilhante como essa.

Minha vontade é jogar a merda da caixa dele no meio da rua, na esperança de que o perfume ou qualquer coisa que esteja ali dentro se quebre em milhares de pedaços. Mas não consigo fazer isso. Não tenho forças nem para esboçar uma reação.

— Ah, tá. — Tremendo, coloco a caixa dele no topo da pilha.

Raul me dá um sorriso meramente educado e se afasta. O portão do prédio se fecha com um baque alto assim que ele passa. Me sinto deslocado ali, parado no saguão, como se o peso da caixa ainda estivesse na minha mão.

Em silêncio, entro no elevador. Evito o espelho, ficando de costas para o meu próprio reflexo; não quero continuar sentindo pena de mim mesmo. Uma lágrima fica dançando no meu olho, querendo descer e, sozinho, apenas deixo que ela caia. É tudo o que parece estar ao meu alcance.

# 8
# BENÍCIO

Não sei quanto tempo Melina está ali parada, sentada na ponta da cama, me encarando com um sorriso aberto e os olhos cheios de expectativa. Ela me explicou a proposta umas três vezes, enfatizando todos os pontos positivos, desde a grana que irei receber até os possíveis contatos que poderei fazer.

Melina: E, ah, quanto aos dias que você já pagou de aluguel do quarto, está tudo certo.

Ela acrescenta, como se tivesse acabado de se lembrar desse detalhe.

Melina: Eu troco os dias deste fim de semana para a semana seguinte inteira na faixa. Não há como negar que é um ótimo negócio.

Sim. Realmente era. Ainda mais se eu tivesse esperança de conseguir algum teste de última hora nos próximos dias. Mas todo o resto...

Eu: Mas... Deixa eu ver se entendi...

Tento organizar meus pensamentos.

Eu: Aquele seu amigo que estava aqui quer que eu seja o namorado de aluguel dele?

Melina: Sim! Quer dizer, não exatamente. O Alê não escolheu você especificamente, até porque vocês nem se conheciam. Mas eu conheço ele e conheço você um pouquinho e acho que a ideia tem tudo pra dar certo! Não é o máximo? Eu sabia que você ia amar! É basicamente um frila sem precisar emitir nota, não é? Um trabalho de ator.

Ela balança a cabeça com tanta força que fico com medo do pescoço sair do lugar.

Eu: Trabalho de ator?

Repito, meio abobado, ainda sem conseguir ter noção do real significado daquelas palavras.

Melina: É. Um papel de homem gay. Você já fez algum assim?

Eu: Mas eu sou gay, Melina.

Ela suspira, aliviada.

Melina: Ótimo! Representatividade é tudo, né? Posso confirmar sua presença?

Eu: Melina, desculpa... Mas eu não estou entendendo ao certo. Eu preciso ser namorado do Alessandro durante essa festa no navio que vai durar três dias?

Melina: Com tudo pago, Benício! Comida, hospedagem, shows, intervenções artísticas...

Eu: Mas por que ele precisa ir com um namorado?

Tudo bem que a Melina parece ser uma pessoa direita, mas eu já li matérias o suficiente sobre tráfico humano para cair numa dessas.

Melina suspira e sua postura muda. Agora ela só parece realmente cansada.

Melina: É que essa publicidade que a gente fechou era específica para pessoas que namoram, sabe? E até semana passada o Alessandro realmente namorava... Mas deu tudo errado. E agora estamos sem opções. E a não ser que você tope, vamos perder essa grana, entende?

Ela morde o lábio, realmente nervosa, e se levanta da minha cama.

Melina: Mas tudo bem... Eu que dei a ideia de convidar você, Benício. Pensei que seria bom para todo mundo. Ainda mais porque você já comentou que precisa de grana. Me desculpa, ok?

Melina tomba a cabeça de lado e seus dreads azuis caem junto. Ela suspira de novo, mais alto dessa vez, e começa a dar meia-volta para sair do quarto. E, nesse instante, como se eu estivesse tendo uma visão do futuro igualzinho em *As visões da Raven*, eu me lembro de mais cedo, da conversa com a dona Sônia e de duas cartas em específico... O Navio e o Sol. De alguma forma, as coisas parecem fazer sentido... Será que é isso? Será que a minha oportunidade vai estar dentro desse cruzeiro fingindo ser namorado de um cara que eu nem conheço?

Eu: Melina, espera.

Falo, com a mão erguida, quando ela está saindo pela porta. Melina dá meia-volta de forma rápida, parecendo desesperada. Mas como julgar? Eu também estou.

A imagem do meu irmão vem à minha cabeça. Eu prometi a ele que pagaria a cirurgia. Sei como ele sofre com isso... Eu fui a primeira pessoa para a qual ele se abriu. Ele confia em mim. E entre ficar me corroendo dentro de um quarto no centro de São Paulo e ir atrás do que pode ser um caminho diferente, eu me lembro da terceira carta... A carta do Coração. Eu vou segui-lo, então.

Eu: Digamos que eu tope... Eu preciso de mais informações!

Melina: Claro! Tudo o que você quiser saber!

Ela praticamente grita, correndo de volta pra cama.

Melina: Eu já estou te mandando todas as informações no celular. Vai ser incrível. Você trouxe sunga?

Eu: Hum... Não?

Melina: Beleza. Eu vou encomendar e amanhã de manhã chega.

Ela tira os olhos da tela e me encara.

Melina: Você vai querer entrar na piscina, né? A previsão diz que vai esquentar bastante.

Eu: Ah, não seria nada mau. Mas espera um pouco...

Melina: Qual o seu tamanho mesmo?

Eu: Um metro e noventa, eu acho...

Melina: Não! De altura, não!

Eu: Tamanho de que então?

Melina: Da sunga!

Eu: Ah, tá... Eu uso G.

Melina: G? Não fica larga?

Eu: Não. Eu sou muito alto.

Melina: G. Ok. Você prefere preta, branca ou colorida?

Eu: Melina, espera...

Melina: É que eu encontrei uma oferta relâmpago, Benício!
Ela sacode o celular furiosamente.

Melina: Droga! As pretas e as brancas já se foram... Vou ter que pegar a cor que sobrou.

Eu: Não se preocupa com isso...

Falo, enquanto meu celular apita e vejo que ela me mandou uma dezena de mensagens. Tem o valor que vou receber por ser namorado de aluguel do Alessandro, o que é muito mais do que eu conseguiria com qualquer bico como garçom ou qualquer outra coisa, e as regras do cruzeiro. O nome me chama a atenção. Cruzeiro do Amor. Me lembra vagamente daqueles programas vergonha alheia que passavam na televisão aberta nos anos 1990.

E então, de repente, a carta do Coração me vem à mente de novo. Só que lembro da outra carta. O Rato... O rato que eu quero esquecer, mas que por força do destino apareceu no meu jogo, eu quisesse ou não.

Eu: Melina, você já viajou nesses cruzeiros?

Melina: Olha, nunca fui, não.

Ela finalmente desvia os olhos do celular.

Melina: Pronto. Sunga comprada. Mas por que você me perguntou isso?

Eu: Será que nesses cruzeiros têm ratos?

Melina: Ratos?

A testa dela se franze todinha.

Eu: É. Ratos, sabe?

Melina: Olha, acho que não... Espero muito que não. Essas embarcações passam por vigilância rígida. Ainda mais uma desse tipo, que vai estar lotada de famosos.

Finalmente ela se levanta e volta para a porta.

Melina: Agora seria bom você fazer sua mala. Qualquer dúvida, me manda mensagem ou bate na minha porta, tá bom?

Eu: Hummm... Tá.

Falo, mas sem nenhuma segurança.

Melina: Vocês embarcam amanhã no porto de Santos lá pelo meio-dia. Então umas dez horas o Alessandro vai passar aqui e eu peço um carro de aplicativo pra vocês. Combinado?

Melina tem esse jeito de falar, terminando os avisos com "tá bom?" ou "combinado?", como se eu fosse uma criança. Mas suspeito que a expressão no meu rosto denuncie a confusão que se passa dentro de mim. Como em questão de cinco minutos eu fui da tristeza aguda por causas profissionais a ter que fazer uma mala para embarcar em um cruzeiro gay? Meu cérebro se perdeu no meio do caminho.

Eu: Combinado.

Respondo, porque ela ainda está ali parada me encarando e eu só quero ficar sozinho.

Melina: Uhul!

Ela dá um pulinho de felicidade e sai do quarto. Mas dez segundos depois ela volta, segurando um papel.

Melina: Aqui, este é o contrato.

Eu: Contrato?

Melina: Sim. Contrato de confidencialidade, já que essa história não pode vazar nunca em hipótese alguma.

Eu: Nossa... Você já tinha feito um?

Melina: Sou uma boa empresária, baby. E uma ótima melhor amiga também.

Ela deixa o documento na cama, ao meu lado, pisca e sai do quarto quase flutuando. E eu fico ali sozinho, olhando para o nada, repensando toda a minha vida, repensando meus sonhos, repensando como eu fui parar nessa situação e pensando no maldito rato.

# CONTRATO DE CONFIDENCIALIDADE

Este Contrato de Confidencialidade é firmado entre as partes abaixo identificadas:

**Benício Monteiro Prospero**
Endereço: Rua Coronel Bons Caminhos, 691 — Minas Gerais
CPF: 619.714.218-41

**Alessandro Fortuna Gomes**
Endereço: Rua das Margaridas, 318 / Apartamento 798 — São Paulo
CPF: 714.273.218-93

As partes acordam o seguinte:

1. Ambos concordam sobre a prestação de serviço, tratando-se de uma viagem de três dias no "Cruzeiro do Amor", onde agirão como um casal, com todas as particularidades que um relacionamento implica.

2. Ambos reconhecem que, em relação ao "namoro falso", poderão compartilhar informações confidenciais, que podem incluir detalhes fictícios sobre o suposto namoro, histórias de vida inventadas, cenários ficcionais, entre outros.

3. As partes concordam em tratar todas as informações compartilhadas durante e após a vigência deste contrato como estritamente confidenciais.

4. As informações confidenciais não poderão ser reveladas ou divulgadas a terceiros sem o consentimento prévio e por escrito da outra parte.

5. Ambos concordam em tomar todas as medidas razoavelmente necessárias para garantir que as informações confidenciais permaneçam protegidas e não sejam objeto de uso indevido ou divulgação não autorizada.

6. A obrigação de confidencialidade estabelecida neste contrato permanecerá em vigor por período indeterminado a partir da data de assinatura deste contrato.

7. Em caso de violação deste contrato, a parte que violar as obrigações de confidencialidade concorda em indenizar a outra parte por todos os danos, prejuízos, custos ou despesas decorrentes da violação.

8. Este contrato não cria nenhuma obrigação de manter o "namoro falso" após o período do evento e serve apenas para detalhar e regular a confidencialidade de informações discutidas no contexto de tal situação.

9. Este contrato garante à parte CONTRATADA uma porcentagem sobre o valor bruto do cachê pago (10%) pela publicidade, sendo o pagamento feito em até uma semana após o CONTRATADO efetivamente recebê-lo.

Este contrato é regido pela lei da casa da Melina, que é mais rigorosa e inflexível do que qualquer outra já feita neste país.

Ambas as partes concordam e assinam este Contrato de Confidencialidade na data mencionada abaixo.

Data:
Local:

Assinatura de Benício

_____

Assinatura de Alessandro

_____

Testemunha
Assinatura de Melina

_____

# 9
# ALESSANDRO

Assim que entro no meu apartamento e me deparo com as luzes apagadas, sinto a solidão recair sobre mim. Minha cabeça está latejando de dor, muito provavelmente por conta do estresse de encontrar Raul, então decido tomar uma ducha, na esperança de que a água ajude a levar embora a sensação ruim que ficou no meu peito.

Quando acabo, estou me sentindo um pouquinho melhor. Coloco meu roupão cor-de-rosa e vou até a sala. Enquanto deixo a playlist "As mais tristes das Divas" tocando, pego o celular e abro o Instagram.

Em menos de um minuto, sinto a ansiedade tomar conta de mim, como se mãos invisíveis estivessem subindo pelo meu corpo, deslizando os dedos pelo meu pescoço e apertando, fazendo o ar sumir.

Raul postou uma foto com o menino com quem eu o flagrei na minha cama. Os dois estão abraçados, sorrindo, no meio da rua. A foto é linda. Exala sentimentos. A legenda é clara: "Amar é bom d+" com um coração branco.

Não sei por que eu esperava uma atitude diferente. Raul se tornou mais famoso do que eu, daquele tipo de celebridade em que o conteúdo é a própria vida, como um reality show. E, apesar de termos terminado sem uma conversa definitiva, ingenuamente pensei que ele teria algum tipo de consideração por mim antes de assumir outro relacionamento sem que a gente tivesse anunciado o término. Eu sou tão burra que às vezes acho que mereço sofrer. Como esperar consideração de um cara que te trai na sua própria cama?

Depois que a criação de conteúdo se tornou algo profissional para mim, eu e Melina criamos mecanismos para que eu pudesse relaxar. Quem trabalha com redes sociais sabe como a demanda é grande... A pressa para falar sobre o que está acontecendo naquele instante, o imediatismo, tudo atropela nossa saúde mental de uma forma invisível e silenciosa. Dificilmente a gente se dá conta disso no processo, e só percebemos o cansaço e abatimento quando já é tarde demais.

Então, de comum acordo, nós desativamos absolutamente todas as notificações. Melina também recebe meus vídeos com certa antecedência e ela mesma programa as postagens. Sobre mensagens e comentários, ela também faz uma filtragem prévia; as que têm conteúdo de ódio, na maioria homofóbicas ou gordofóbicas, são apagadas. As de incentivo e de críticas positivas, ela mantém para que eu possa ler e responder no meu tempo.

Mas ninguém tinha me preparado para o que eu estava vendo.

Nem Melina poderia me preparar.

Eu fiquei tanto tempo olhando para a foto de Raul que era como se ele e o outro gayzinho traidor estivessem na minha frente, na sala da minha casa.

Relacionamentos na era digital são um eterno tacar sal na ferida. Imagino que antigamente, quando a pessoa terminava um relacionamento, dava para bolar um plano e evitar os mesmos lugares do ex, na tentativa de seguir em frente. Com as redes sociais não tem como, seu ex é um fantasma que fica rondando a sua casa, pronto para te assustar a qualquer sinal de superação. Se você bloqueia a pessoa, é imaturo. Se dá unfollow, é porque ainda tem sentimentos e é recalcado. Mas se tenta ser superior e continua seguindo, é como minar, a conta gotas, a própria autoestima.

Entro nos comentários, porque neste ponto já é inevitável. A maioria dos seguidores do Raul, que são meus seguidores também, estão comentando com interrogações e perguntas sobre o que aconteceu com a gente.

Raul não responde. Faz parte da persona dele. Fotos com legendas de no máximo uma frase, em que ele deixa os outros imaginarem aquela parcela de sua vida. Mas sempre me peguei pensando se ele era misterioso ou se não sabia formular frases com mais de dez palavras. Mentira, essa sou eu sendo apenas venenosa.

Entro no meu perfil e abro o vídeo postado hoje, mais cedo. Era sobre o livro novo do autor Oliver Otto. Eu adorei, dei cinco estrelas, e por um minuto e trinta segundos fiquei rasgando uma série de elogios sobre a narrativa. Porém, dos duzentos comentários do vídeo, metade veio depois da foto do Raul, me exigindo explicações sobre o fim do relacionamento.

Abro rapidamente o TikTok e o fenômeno dos comentários exigindo uma explicação sobre o término se amontoa lá também. Decido nem abrir o Twitter, onde a cobrança costuma chegar com ainda mais força junto a comentários que, na melhor das hipóteses, me desejam uma morte rápida e indolor.

Fecho todas as redes e bloqueio o celular. Tento focar na minha respiração, mas é como se algo estivesse apertando meu peito. Eu já conheço os efeitos da ansiedade em mim, o que me ajuda a racionalizar e reconhecer quando estou tendo uma crise, mas não me protege dos efeitos. Quando ela vem com mais força, é como um polvo rodando os tentáculos pelo meu cérebro, ao mesmo tempo que joga aquela tinta preta nos meus olhos, me impedindo de pensar racionalmente e enxergar o que está bem na minha frente.

Me levanto e abro a janela. Uma brisa gostosa invade o apartamento. Fico ali, de olhos fechados, apenas me concentrando em respirar, tentando focar no presente, por mais que o meu presente esteja uma bosta. Tento também esvaziar a mente, deixar tudo em silêncio, por mais que eu saiba que muito provavelmente a velha fofoqueira do prédio da frente, que eu carinhosamente apelidei de Sonia Abrão, vai me ver nesta posição e achar que estou sob o uso de entorpecentes. Mas eu não ligo. Foda-se ela. Meu Deus! Meu cérebro é horrível. Ele não desliga. Nem. Por. Míseros. Dois. Minutos.

Meu celular vibra e desisto da minha tentativa de relaxamento. Quando leio a mensagem na tela, meu estômago se revira completamente, e sei que não vou conseguir pregar os olhos até o dia amanhecer. A mensagem que Melina me enviou tem apenas duas palavras e algumas exclamações, mas é um claro indicativo de que não tenho mais como voltar atrás na minha decisão.

*Ele topou!!!!!!!*

## 10
# BENÍCIO

Benício para Gu (brother) <3
23:57

*Irmão, acho que entrei em uma furada*

# 11
# ALESSANDRO

Durmo mal, o que era esperado, com pequenos cochilos em meio à ansiedade que parece um muro me separando do sono profundo. Quando o despertador toca, às sete da manhã, percebo que meu pescoço não vira para a esquerda por conta de um torcicolo. É lógico que isso aconteceria justamente hoje. Todo castigo pra corno é pouco!!!!

Me levanto, faço o café e fico olhando para a TV enquanto passa o noticiário, sem ver nada. Meu cérebro está entorpecido, e acho que beber café é a única maneira de fazer com que meu corpo se mova até a casa de Melina e depois siga para o Cruzeiro do Amor. Ou Cruzeiro do Desespero. Ou talvez Cruzeiro Topo Tudo Por Dinheiro. Ou qualquer substituto melhor para a palavra "amor".

Meu celular apita e vejo que Melina mandou mensagem querendo saber se acordei. Digo que sim, que ela não precisa se preocupar e que vai dar tudo certo. E só então cai a ficha do motivo de eu estar estendendo toda essa situação...

Sim, o dinheiro da publicidade é legal e será um adianto. Mas se eu não for, essa grana não será decisiva na minha sobrevivência. Só que para Melina, sim. Eu sei que a defesa dela é tratar as dificuldades do dia a dia com humor, mas a grana é importante para ela e não apenas por conta do silicone, o que já seria motivo suficiente para mim.

Mantenho minha tática de não pensar profundamente em nada e assim, às dez da manhã, estou na porta da casa dela. Antes mesmo de entrar no apartamento, escuto uma movimentação enorme do lado de dentro.

Nesse momento, sinto que o choque de realidade recai sobre mim. Eu realmente estou indo passar três dias em alto-mar fingindo que namoro um desconhecido?! Olho para baixo. Parece que meus pés são feitos de areia e estou afundando, derretendo como uma pedra de gelo. Ou só estou suando? Será que é a filha da puta da ansiedade de novo me dando um beijinho na testa? É claro que é ela.

A porta se abre de repente e dou um pulo para trás.

— Ai, caralho! — grito, com uma mão no peito.

Melina está com um blusão meu, tão grande que não sei dizer se por baixo ela está de calcinha, short ou pelada.

— Por que você não bateu na porta? — pergunta ela, com uma xícara de café na mão.

— É. — Lambo os lábios, que estão megassecos. Juro que se não tivesse bebido meio litro de água antes de sair de casa, diria que estou desidratado. — Você abriu mais rápido.

— Aham, bicha. Sei! — Ela abre mais a porta para que eu entre.

A sala de Melina agora não me traz a sensação de aconchego que eu sempre amei. É como a salinha de espera de um dentista novo com quem você nunca se consultou, mas consegue ouvir os gritos do paciente na cadeira.

— Melinaaaaa! — Escuto um grito vindo de um dos quartos. — Eu não tenho protetor solar. Você tem?

— Tenho! — grita ela de volta, olhando para mim e sorrindo. — Ele está animado — sussurra.

Animado. Essa palavra me pega de surpresa. Por que Benício está animado? Por mim que não é.

— Será que você pode me emprestar... — Ouço a voz dele se aproximando e então o garoto chega na sala e se cala.

Benício está sem camisa, usando apenas um short azul-bebê bem curto. Parece que a cena toda se desenrola em câmera lenta, como aqueles filmes dos mais clichês possíveis. Mas é isso o que acontece. E eu consigo ter um vislumbre generoso de como Benício é ainda mais bonito sem camisa.

O peitoral dele é desenhado, sem ser completamente inchado, mas sem ser reto também. Seus mamilos são grandes e rosados. Lisos, sem pelos na região. Sua barriga é reta, com alguns desenhos de músculos aparecendo aqui e ali. Abaixo do umbigo há alguns pelinhos que vão descendo e somem sob o tecido do short. E nos ombros, milhares de sardas que parecem uma constelação.

— Oi! — Benício está vermelho. — Não ouvi você chegar!

— Ah, oi! — falo, e sinto minhas bochechas corarem também.

Benício me cumprimenta, erguendo a mão para um "oi", mas com aquele ar de que talvez ele se aproxime para um aperto de mão, um abraço ou um beijo.

— Meninos, se juntem aí! — Melina parece alheia ao clima tenso que se alastra pela sala, fazendo sinal para que eu e Benício fiquemos lado a lado.

Eu não me movo. Não consigo me mexer. Sinto que se der um passo vou cair de quatro — e não do jeito certo. É Benício quem se aproxima. Ele para ao meu lado e repousa o braço no meu ombro. Não sei se é o meu cérebro, mas eu quase consigo sentir o calor que vem do corpo dele. Fico paralisado, os braços imóveis ao lado do corpo como se eu fosse a porra de um guarda real inglês.

— Meu Deus, Alê! — Melina revira os olhos, sem perceber que estou prestes a sofrer um infarto. — Você tem que ser um namorado melhor.

Fico ainda mais vermelho. Benício não parece perceber a porra da reação que causa em mim. Ele não apenas aparenta, mas realmente parece ser aquele tipo de gay que era estranho na adolescência e então de repente acordou transformado em um cara extremamente lindo e ainda não percebeu que é lindo, por isso é lindo e legal. Porque, é claro, tem gays que são lindos e que não são legais. E tem gays que não são lindos, nem legais, como eu.

— Qualquer coisa... — fala Benício, e ele está tão perto de mim, perto do meu ouvido, que eu me arrepio todo, e fico com medo de virar o rosto na direção dele e parecer que quero beijá-lo, o que provavelmente vai acontecer se eu o encarar. — Eu te passo algumas dicas de atuação no caminho até o cruzeiro.

*Dicas de quê?* Meu cérebro não está associando nada. Sou uma gay patética que dá tela azul perto de gays bonitos demais.

— Vai, Benício! — Melina praticamente rosna. — Posa aqui pra essa primeira foto de casal.

— Pode deixar! — Benício bate continência.

Ver um homem de quase dois metros de altura fazendo isso quase me faz rir. Ele parece ser divertido, pelo menos.

— Com licença? — diz ele para mim, e eu o encaro finalmente, sem conseguir entender.

— Tá? — solto, nem uma afirmação, nem uma pergunta, porque ele só fica ali me encarando com aqueles olhos castanhos e os cílios tão pretos que parecem ter sido traçados a pincel, tão intensos que eu nem consigo tentar decifrar o que ele quer.

Benício então passa os dois braços pela minha cintura e me puxa. Sinto seus dedos contra a minha pele, me segurando com firmeza, enquanto seu rosto vai literalmente na direção do meu, na iminência de um beijo. Sou pego de surpresa. Não sei o que fazer! Onde eu coloco as mãos? No rosto dele?

No peito? Nos cabelos? Porra! Isso devia ter sido combinado antes! Que INFERNOOOOOOOOO!!!!

A luz do flash dispara e me distrai dos meus pensamentos.

— Ah, ficou ótima! — diz Melina, toda feliz.

Por um microssegundo eu esqueci que é tudo pela foto, uma encenação para as redes sociais.

Benício ainda está me segurando. Lentamente ele tira as mãos do meu quadril, as pontas dos dedos se arrastando pela minha pele e deixando um rastro de formigamento.

Engulo em seco enquanto ele mexe a boca, falando comigo, e não consigo entender nada. Mas tenho quase certeza de que falou que vai só colocar uma camisa e estará pronto.

Procuro a poltrona mais próxima e me arrasto até lá. Minhas pernas estão bambas, parecem líquidas. Anitta está sentada e me arranha quando tento pegá-la no colo para que eu possa sentar.

— Vadia! — xingo, quando ela pula pro chão e corre para o quarto da Melina.

— Sem ofensas misóginas nesta casa! — repreende Melina, com os olhos na tela do celular.

Eu abro a boca, pronto para fazer alguma piada, mas não encontro as palavras. Que merda é essa? Eu estou sem ar... Parece que voltei para o ensino fundamental quando me apaixonei pelo menino mais popular da classe depois de ele ter acertado a minha cabeça com uma bola de futebol na aula de educação física. Rafael (sempre um Rafael) quase me causou uma concussão, mas ele me deu a mão e me ajudou a levantar, o que foi o máximo de contato físico que eu tive com outro menino até aquele momento da minha vida.

— Olha, gay! — Melina se aproxima e senta no meu colo. Ela vira a tela do celular e eu vejo a foto recém-tirada. — Vocês estão tão lindos juntos! Sério!

Eu e Benício realmente parecemos um casal. E mais do que isso... Parece real.

— Ficou linda mesmo — falo, com um sorrisinho de canto de boca.

— Vou guardar para postar no momento certo. Essa foto vai quebrar a internet! — solta Melina, toda animada.

Eu não respondo nada, pela primeira vez com medo de que a única coisa que vai ser quebrada nesse processo seja eu mesmo.

# 12
# BENÍCIO

Quando saímos do apartamento de Melina, o carro de aplicativo está esperando a gente. Eu e Alessandro nos despedimos dela, como duas crianças que se despedem da mãe no primeiro dia de aula. Melina fica lá em frente ao prédio, acenando e mandando beijos, lembrando a gente de passar protetor, de gravar bastante vídeos e de mandar mensagens caso ocorra qualquer problema, enquanto o carro apenas se afasta vagarosamente pela avenida.

Motorista do aplicativo: Bom dia, rapazes. A viagem deve durar entre cinquenta minutos e uma hora.

Eu: Ah, obrigado!

Olho para o lado e Alessandro está espremido no canto dele, olhando para a janela como se considerasse a possibilidade de se jogar do carro em movimento.

Será que estou fedendo? Sei lá, quando fico nervoso ou ansioso eu realmente transpiro mais do que o normal. Discretamente, estico os dois braços para a frente e aproximo o meu nariz grande o mais próximo que consigo das minhas axilas. O cheiro floral de desodorante ainda está lá. Ufa.

O que será, então? Será que foi porque ele me viu sem camisa? Será que achou que merecia um cara com condicionamento físico melhor? Tudo bem que eu não sou bombado nem nada do tipo e só tento me cuidar na medida do possível, mas, caramba, estou aqui quebrando um galho também, né? Eles me procuraram super em cima da hora.

Eu: Animado pro cruzeiro?

Solto, sem pensar muito, odiando o silêncio esquisito que se instaurou ali. Mas a realidade é que a gente nunca nem conversou, então o silêncio é a coisa mais normal que temos um com o outro. Eu é que lido de uma forma totalmente errônea com isso.

Alessandro se movimenta brevemente. Parece desconfortável. Mas antes que responda, escuto a voz do motorista.

Motorista: Você tem acompanhado o campeonato também? O Cruzeiro tá fazendo uma campanha linda, né?

Fico em silêncio por um tempinho e demoro para perceber que ele está falando de futebol, uma área completamente insólita para mim.

Eu: Sim, sim!

Sorrio, nervoso. Por mais que eu não queira ser mal-educado, espero muito que a conversa tenha se encerrado ali porque eu simplesmente não tenho material nenhum para oferecer a este pobre torcedor.

Motorista: E qual o seu time?

Sinto um aperto no estômago. Estou nervoso. Sendo um gay que demorou a se assumir, essa pergunta vira e mexe aparecia nos diálogos com parentes. Penso no primeiro time que me vem à cabeça…

Eu: Flamengo?

Motorista: O seu time tá caidinho, né?

Eu: É. Caidinho. Mas a gente vai se recuperar.

Motorista: Será que vai mesmo? O técnico de vocês precisa fazer umas movimentações melhores. Vocês deixam a zaga toda aberta.

Eu: É. Tem ficado aberta mesmo. Mas a gente vai… fechar?

Eu não tinha a mínima ideia do que ele estava falando. Me pergunte sobre Oscar, Globo de Ouro, BAFTA, sobre o EMMY Awards. Mas, cara, sobre futebol, não! É quase um ato de homofobia.

Motorista: E o Ricardinho?

Eu: Ricardinho?

Motorista: O que você achou do que rolou?

Eu: Do que rolou com o Ricardinho?

Sinto meu sovaco molhado de nervoso. Provavelmente estou com pizzas debaixo do braço, dando ao Alessandro mais um motivo para me odiar. Olho para ele, mas Alessandro continua encarando a janela, totalmente alheio à minha presença.

Motorista: Sim. Você curte ele?

Eu: Bem... curto, sim! Talentoso toda vida, né? Eu acho ele um jogador incrível, dentro e fora de campo.

Motorista: Sério? Mas ele está sendo processado por racismo e homofobia...

Tusso, quase engasgando.

Eu: Achava ele um jogador incrível, até descobrir toda essa merda em que ele está envolvido. Um escroto, né? Que ele pague por cada declaração de merda que deu.

O motorista faz mais algum comentário, mas nem consigo prestar atenção porque tudo o que vejo é Alessandro escondendo a boca discretamente com a mão, dando uma risadinha.

Pronto. Ele está rindo de mim.

Ele deve estar tão arrependido...

Suspiro, cansado de decepcionar todo mundo. Tento focar no motivo de estar ali: o dinheiro para ajudar meu irmão. Só isso importa — repito para o meu cérebro, até que a mensagem fique gravada. Mas, de alguma forma, não consigo. Eu sou uma piada ruim — é essa a mensagem que fica no final.

# 13
# ALESSANDRO

Benício é definitivamente engraçado. E ele é ainda mais engraçado quando tenta ficar sério diante de situações visivelmente constrangedoras. Talvez, se combinarmos como esses três dias vão acontecer, a situação não seja tão pavorosa e a gente possa até se divertir...

Passo a viagem em silêncio, porque estou envergonhado.

Tipo, por mais que ele seja gente boa, o que deve estar passando na cabeça dele ao olhar para mim, uma gay de quase trinta anos que precisa pagar para que alguém finja ser seu namorado? Eu sou patética em todas as esferas, não importa o ângulo que você tente ver a situação. E por mais que tenha planejado usar o período da viagem até Santos para conversarmos sobre os detalhes do namoro falso e alinharmos algumas histórias, apenas para não parecermos muito confusos caso alguém pergunte alguma coisa, eu simplesmente não consigo soltar uma palavra na frente do motorista. Muito provavelmente nunca mais verei o cara na minha vida, mas compartilhar meu constrangimento com outro estranho está fora de cogitação.

Quando finalmente chegamos ao porto de Santos, a movimentação em torno da entrada do cruzeiro é enorme. O motorista para duas ruas atrás do local de embarque, porque está simplesmente impossível seguir adiante.

Eu e Benício saímos do carro, ainda em silêncio. Sei que preciso falar com ele, tipo, o garoto é até esforçado. Eu que estou sendo um cuzão. E o sol forte que bate no meu rosto só me deixa estressado e piora tudo. Mas eu preciso falar algo.

— Acho que nem tive tempo de te agradecer — solto, porque sinto que é a coisa certa a ser dita.

Benício arregala os olhos. Parece que eu o peguei de surpresa.

— Ah, de boa — diz ele, depois de um tempo. — O frila caiu em ótima hora, para ser sincero. Estou mesmo precisando da grana.

— Que bom. — Forço um sorriso.

Ele está aqui pelo dinheiro, é claro. Por qual outro motivo seria? Eu sou apenas um frila.

— E você, já foi em um cruzeiro desses? — Tento não deixar o silêncio se alojar como um terceiro membro de um trisal.

— Nunca. Mas eu li tudo o que a Melina me mandou ontem... Tive bastante tempo pra ler já que fiquei nervoso e com insônia. — Ele solta um risinho nervoso.

— É. Eu também não dormi nada — confesso.

Talvez o fato de sermos duas pessoas ansiosas seja o elo condutor desta possível amizade permeada por um namoro de mentira.

— Eu... — continuo, mas paro.

Quero ser sincero com ele. Não sei o quanto Melina contou, mas talvez se eu falar o que realmente aconteceu, sobre a traição e como isso bagunçou toda a minha vida, inclusive esse cruzeiro, a coisa se torne menos embaraçosa.

Mas eu não consigo falar nada.

Porque eu o vejo.

Raul.

Ele está aqui também.

De mãos dadas.

Com o menino com o qual me traiu.

Puta merda!

— Alessandro? — chama Benício, me encarando como se eu tivesse com titica de passarinho no rosto.

— Desculpa — falo, pegando o braço dele e o puxando para uma ruazinha secundária de paralelepípedos.

Não sei o que estou fazendo. Acho que talvez essa rua estreita dê na entrada do píer também. Mas eu preciso fugir.

— O que foi? — pergunta ele, preocupado, se deixando guiar.

— Já te explico — falo, sem ar, sentindo meu coração socar meu corpo por dentro, enquanto puxo minha mala de rodinha pela rua de paralelepípedo a duras penas, o que torna tudo ainda mais difícil.

É como se o fundo do meu estômago fosse um buraco negro e quisesse sugar o restante de mim para esse lugar escuro e horrível. Sim, eu tenho mil e uma formas metafóricas de explicar quando estou tendo uma crise de ansiedade salpicada com crise de pânico.

Quando chegamos à ruazinha, a sombra nos alcança. Sinto que minha blusa GG está toda molhada de suor, grudada no meu corpo como se eu fosse um galeto enrolado em papel-alumínio.

— Sua mão — comenta Benício.

Não consigo entender direito, até que olho para a minha mão que ainda segura o braço dele com força e solto rapidamente.

— Desculpa — falo, rápido demais, soltando-o.

— Não é isso — acrescenta ele, parando na minha frente. — É que você está tremendo...

Olho para baixo e realmente parece que a minha mão está sendo eletrocutada.

— Eu vi meu ex — confesso, e parece que tem pimenta na minha garganta, queimando tudo. — Ele é o motivo de você estar aqui, basicamente. A gente namorava, mas eu peguei ele na minha cama com outro cara e ele simplesmente está aqui com esse mesmo cara e...

— Calma... — fala Benício lentamente, de forma cuidadosa, como se não tivesse certeza se essas eram as palavras certas a serem ditas. — Eu estou aqui.

*Eu estou aqui...* sendo pago. Só faltou ele completar a frase.

Mas Benício pega minha mão, a que está livre, já que a outra eu uso para segurar a alça da mala com tanta força que é um milagre que ela ainda esteja intacta. E então percebo que ele não pega minha mão simplesmente. Ele me acolhe, usando suas mãos para aninhar a minha, fechando o espaço entre elas até que eu pare de tremer gradativamente.

— Sei que vai parecer papo de coach ou qualquer merda assim... — diz ele baixinho, e eu consigo ouvi-lo por cima da cacofonia de várias pessoas indo e vindo —, mas foca em mim. Foca no presente. Quando fico muito nervoso, tento me lembrar dessas aulas no curso de teatro. Parece baboseira, mas não é. Tenta sentir a sola do seu pé. Tenta sentir toda a extensão dela tocando seu tênis. Foca no ar que está entrando e saindo do seu nariz. Tenta focar no agora, neste exato instante.

Faço o que ele diz e me concentro no nariz dele, que é grande, reto e másculo. Tudo o que olho é o nariz, que, assim como os ombros, tem pequenas sardas quase invisíveis.

— Ansiedade e estresse fazem a gente respirar de forma ofegante — continua, no mesmo tom confortável de antes. Seu sotaque mineiro é tão charmoso que me sinto mais leve. — E retomar o controle da respiração geralmente é o primeiro passo para acalmar a mente. — Ele acaricia a minha mão, fazendo movimentos leves e circulares com o polegar. — Respire fundo algumas vezes quando sentir que está nervoso e isso enviará ao seu cérebro a mensagem de que você está calmo, já que quem está calmo respira devagar.

Já estou mais calmo. É como se tudo o que ele falou realmente funcionasse, em vez de eu ter me acalmado simplesmente porque ele é bonito demais e quando está com o rosto próximo ao meu eu não consigo pensar em mais nada.

— Eu... — respiro fundo e solto lentamente — acho que já estou bem melhor.

— Sério? — Benício abre um sorriso. Parece um filhotinho de cachorro sendo chamado para passear.

— Sim. De verdade. — Afirmo com a cabeça. — Muito obrigado.

— Não por isso.

Pouco a pouco, Benício solta a minha mão e conscientemente cogito fingir um desmaio apenas para que ele me toque de novo. Mas obviamente não faço isso. Sei que ele já está fazendo muito em vir como meu acompanhante, e mais ainda em me ajudar com minhas crises de ansiedade.

Lentamente, voltamos a caminhar pela ruazinha. Benício fica em silêncio, um tipo de silêncio respeitoso. Acho que ele quer dar um espaço seguro para que eu fique realmente bem.

Eu prefiro ficar quieto também, pelo simples fato de nem ter embarcado ainda e sentir que fiz bingo na escala de humilhações possíveis.

Quando saímos da ruazinha e desembocamos na avenida principal, o porto está lá. O transatlântico realmente é uma construção imensa, a perder de vista.

Estamos no outono, quase chegando no inverno, mas o céu está profundamente azul, quase sem nuvens, e o sol queima tanto que há uma euforia invisível, como se estivéssemos no verão. Pode ser o ar salgado da praia ou alguns gays que nem entraram no navio, mas já exibem suas sungas de cores chamativas tamanho infantil cavadas na virilha. De alguma forma, sinto no coração que, apesar de tudo, o cruzeiro pode ser uma experiência minimamente legal.

— Acho que temos que ir pra lá. — Benício aponta para uma segunda entrada, onde há uma placa escrito CONVIDADOS VIPS.

Já que estamos indo como influenciadores, é por lá que vamos entrar.

Começamos a caminhar na direção da placa, desviando de meia dúzia de gays. É quase engraçado ver as pessoas olhando para Benício e comentando entre si. É claro que aqui está cheio de gays bonitões, mas Benício com certeza faz parte do grupo que tem beleza acima da média. Ele, como se seu cérebro funcionasse de outro jeito, parece alheio a tudo isso, sem nem sequer reparar nos olhares.

Quando finalmente chegamos à nossa entrada, há uma pequena fila com umas dez pessoas. Todas são extremamente famosas na internet e eu poderia dar uma breve descrição de cada uma. Só que eu nem consigo me animar muito com a situação, e sinto que minhas emoções estão condenadas a ficarem em uma montanha-russa de sentimentos durante essa porra de cruzeiro. Raul está bem atrás de mim e Benício. E está rindo de algo que seu namoradinho disse. Ele ri alto, parece que com a alma!!! Parece que da forma mais alegre que alguém pode rir!!! Tenho certeza de que nunca o fiz rir desse jeito!!!

Eu fico ali, de cabeça baixa, rezando baixinho para que Deus tenha um pouquinho de piedade deste corno que vos fala, e que Raul simplesmente não fale comigo, finja que eu não existo... Mas, quebrando todas as minhas expectativas, ouço um sonoro "Alêzinho!", que era como ele me chamava quando namorávamos.

Eu apenas aceno com a cabeça. É tudo o que posso oferecer enquanto ele se aproxima.

— Quem é esse? — pergunta Raul todo sorridente, apontando para Benício e estendendo a mão.

Raul olha para ele como se fosse um coiote olhando para uma ovelha. Tenho quase certeza de que ele só está falando comigo para tentar saber se Benício é um amigo, um garoto de programa ou se temos relacionamento aberto, para que possa dar em cima dele sem sentir nenhuma gotinha de culpa. Talvez até o convide para um sexo a três com o novo namorado.

Observo toda a situação e espero que Benício se apresente, mas ele não fala nada. Na verdade, nunca o vi tão sério. Sua mandíbula está dura, tensionada. Ele passa os olhos de forma convincente da cabeça aos pés de Raul, como se o avaliasse, e então revira os olhos, solta um sorrisinho como se tivesse acabado de ver uma coisa patética, coloca um dos braços pelo meu ombro e se vira de costas para ele.

Meu coração está tão acelerado e estou tão feliz que é quase como se eu tivesse me vingado de verdade do Raul!!!

Às minhas costas, escuto ele falando mal de mim e do Benício com o namorado. Mas não consigo entender bem quais palavras ele usa. São como sussurros de um fantasma ficando para trás, sem conseguir me alcançar.

## 14
# BENÍCIO

Não quero que Alessandro se arrependa de ter me chamado para ser seu namorado de mentira, então me esforço para mostrar serviço. Eu vi como ele ficou mexido quando encontrou o ex-namorado. E por mais que a Melina tenha comentado vagamente o que aconteceu, só ele sabe o quanto está doendo.

Eu: Está tudo bem?
Alessandro: Oi?
Eu: Perguntei se está tudo bem, tipo, depois de ver o seu ex.
Alessandro: Ah, sim. Tá tudo bem. É, quero dizer, não sei.
Eu: Você acha que estou exagerando?
Alessandro: Exagerando no quê?
Eu: Na atuação. Tipo, fazendo aquilo de olhar para ele com cara de nojo e trazendo você para mais perto.

Olho para Alessandro, esperando uma resposta. Mas tudo o que encontro são suas bochechas ficando avermelhadas.

Eu: Qualquer coisa, eu posso diminuir o ritmo, sei lá.
Alessandro: Não! Relaxa. Está tudo ótimo.
Eu: Sério mesmo?
Alessandro: Sim! Você me surpreendeu. Positivamente, quero deixar bem claro.
Eu: Ah, que bom!

Sem perceber, acabo apertando ainda mais o meu meio abraço em Alessandro. Por um instante, ele parece não respirar. Tadinho... Dor de amor machuca demais. Sei que o ex dele está a poucos passos da gente, à altura de um toque de mãos, e não quero que cogite nem por um segundo que Alessandro está sofrendo por ele, por mais que seja verdade, no fim das contas.

Logo uma drag queen aparece dando oi para as pessoas que estão na fila. Ela está com o cabelo arrumado em um penteado elegante e usa um vestidinho colado no corpo, nas cores cinza e azul-marinho. Há um símbolo bordado, que logo percebo ser um navio.

Drag queen: Oi, gente! Em nome do Cruzeiro do Amor, preciso dizer que estamos MUITO felizes de terem topado a nossa experiência. Eu me chamo Britney Poseidona, espero que peguem a referência.

Alessandro ri baixinho, seu corpo relaxando levemente.

Eu (sussurrando): Não entendi a referência.

Alessandro: Quê?

Eu: A referência. Você riu agora. Eu não entendi.

Alessandro: Ah... Ela é uma drag queen inspirada na Britney Spears. E o Poseidona muito provavelmente é uma piadinha com Poseidon, o deus dos mares.

Eu: Que o deus dos mares nos proteja e esse trem não afunde, então!

E faço o sinal da cruz.

Alessandro fica me encarando, não sei se assustado ou me achando ridículo.

Britney continua andando, olhando para as pessoas na fila privativa.

Britney Poseidona: O Cruzeiro do Amor é um espaço livre. Nós queremos proporcionar às pessoas LGBTQIAPN+ e seus aliados um ambiente seguro e inclusivo, onde possam aproveitar da melhor infraestrutura no mercado de cruzeiros.

Algumas pessoas na fila batem palmas. Outras estão filmando, provavelmente para criar seus conteúdos. Eu continuo segurando Alessandro pertinho.

Britney Poseidona: Antes da festa começar, alguns avisos paroquiais. O primeiro é: assim que entrarem a bordo do nosso paraíso, ou inferninho, como preferirem, uma funcionária estará com uma lista com o número da suíte de cada um de vocês. Cada influenciador receberá uma Suíte Premium Black do nosso navio, para desfrutar com seu amorzinho.

Escuto Alessandro engolindo em seco. Uma gota de suor corre pelas minhas costas também, serpenteando a minha espinha dorsal.

Britney Poseidona: Ou amorzinhos, quem sabe? No Cruzeiro do Amor tudo pode acontecer!

E então ela ri. Alguns influenciadores soltam gritinhos animados.

Britney Poseidona: A Suíte Premium Black tem varanda privativa e vista para o mar, banheiro com cuba dupla e chuveiro com cromoterapia.

Eu (sussurrando): Chuveiro com o quê?

Alessandro (sussurrando de volta): Cromoterapia.

Eu: Cromo o quê?

Alessandro: Depois eu te explico.

Eu: Desculpa.

Alessandro: Não precisa pedir desculpa, só não consigo continuar falando agora...

É. Estou sendo inconveniente. Não consigo evitar. De repente minha cabeça se enche de perguntas, e teorias, e possibilidades e eu não consigo simplesmente ficar calado.

Britney Poseidona: Nosso Cruzeiro do Amor é um transatlântico vindo diretamente da Europa, com capacidade para mais de cinco mil pessoas, com 290 metros e 114,5 mil toneladas. A gata é grandona, né?

Mais risadas.

Britney Poseidona: Nossa infraestrutura conta com uma variedade grande de piscinas, todas aquecidas, e um parque aquático com toboágua para as gays aventureiras. Além disso, temos cinema, SPA, área de jogos, cassino, teatro, restaurantes internacionais, sorveteria, lojas de departamento, farmácia e, sério gente, já cansei, mas no Cruzeiro do Amor tem tudo o que vocês precisarem!

Mais palmas e gritinhos.

Britney Poseidona: Além, é claro, do line-up de shows do nosso Festival LGBTQueroMais. Sério! Tá tudo de bom! E apontando o celular para os QR Codes espalhados pelo transatlântico, é possível conferir essas e mais informações. Agora chega de falar! Vamos curtir!

Mais mãos para cima e mais gritos.

Olho para Alessandro, que me olha de volta, e um sorrisinho nasce no seu rosto. É difícil desvendá-lo. Alessandro parece tão sério e tão culto na maior parte do tempo que eu fico receoso de dizer qualquer coisa e passar vergonha.

Sei que sou o clichê do cara do interior que vai para a cidade grande em busca de um sonho, mas mesmo que seja de mentirinha, quero ser mais por ele. Quero que ele olhe para mim e apenas pense: *Caramba, este namorado de mentira é tão bom que eu quero um que seja assim de verdade.* Não por ego nem qualquer sentimento em relação a mim. Mas porque ele parece ser um cara legal, que foi machucado, e merece isso do universo.

Britney abre uma passagem de ferro e as pessoas começam a correr na direção da escada que leva para o navio. Todo mundo está animado, dominados por uma euforia coletiva. Eu e Alessandro abrimos espaço para os mais agitados e ficamos por último na escadinha.

Eu: Parece que vai ser legal.

Falo, um comentário sincero, mas apenas casual.

Alessandro: Sim, totalmente. Eu confesso que me animei bastante com a apresentação. Inclusive, chuveiro com cromoterapia é tipo um banheiro chique com luzes artificiais. As luzes ajudam a relaxar o corpo e a mente, mais ou menos isso.

Eu: E será que dá certo ou é papo de coach?

Alessandro: Ah, eu não sei. Nunca usei!

Eu: E o que estamos esperando? Bora conhecer esse banheiro aí!

Pego a mão de Alessandro e acelero o passo pela escada. Nem parece que vamos fingir nos amar por 72 horas em alto-mar.

# 15
# ALESSANDRO

Estou confuso. Não de um jeito confuso-levemente-organizado, em que sei os motivos de estar me sentindo assim, mas confuso do pior jeito possível, em que parece que há algo corroendo minha cabeça.

A verdade é que ver Raul me deixou aos pedaços. Sinto que ele levou tantas coisas de mim... E as que mais me machucam definitivamente são a minha confiança nos outros e os poucos resquícios de autoestima que eu estava aprendendo a nutrir.

O namorado novo dele é tudo o que eu queria ser e não sou. Alto, forte, esteticamente bonito. Eu nunca vou ser assim... Nem sei se quero ser, na verdade! Mas às vezes, sim, eu quero. A vida é bem mais simples para as pessoas dentro dos padrões, esteticamente bonitas.

E, se juntando a tudo isso, temos um Benício que não para de falar e parece não ter noção do quanto fico derretida quando ele encosta em mim!!! E ele faz isso o tempo todo. Não sei até que ponto esse é um traço da sua personalidade extremamente simpática, às vezes invasiva, e o quanto é atuação. Às vezes ele só está desempenhando o papel muito bem, por que não? Ele será pago por isso. Mas assim que chegamos à cabine que será nosso quarto por três noites, sinto a necessidade de estabelecer limites para o meu próprio bem.

— Benício — falo, largando minha mala em qualquer lugar e sentando numa poltrona macia em frente à cama.

Benício nem me ouve. Ele está deslumbrado com tudo. Fica andando pelo ambiente, admirando desde a cama de casal enorme até os quadros de sereias pendurados na parede, o banheiro chique que tem apenas luzinhas lilás e azul-escuras que prometem te fazer relaxar, mas que, sinceramente, acho que é mais uma mentira do capitalismo desenfreado.

— Isso aqui é incrível! — diz ele, dando uma volta e tentando absorver tudo. — Caramba! Tem uma varanda!

Ele vai até a pequena sacada e desliza as portas de vidro. O ar salgado invade o espaço, me deixando ainda mais ciente de onde estou e por que estou ali.

— A gente precisa conversar — digo mais alto, alcançando ele na sacada.

A vista é realmente deslumbrante. O mar azul se estendendo a perder de vista, parecendo encostar no céu no meio do caminho.

— É muito doido tudo isso... — Benício parece preso nos próprios pensamentos.

Nem sei se ele está falando comigo ou consigo mesmo.

— O que é doido? — pergunto depois de um tempo, porque ele parece imerso demais para continuar a falar, e estou curioso.

— Eu estar aqui depois de tantas coisas ruins acontecerem — responde ele suavemente, como se respeitasse cada palavra dita. — Sei que é tudo resultado de um acordo profissional, mas estou feliz. Se não fosse essa proposta, minha vinda a São Paulo teria sido totalmente em vão.

— Sobre isso que eu queria conversar...

— Minha vinda para São Paulo?

— Não. — Reviro os olhos. — Sobre o nosso... — E faço um gesto entre mim e ele.

— Nosso o quê? — Benício me encara.

— Nosso... acordo?

— Nosso namoro — fala Benício em alto e bom tom, olhando para os dois lados, e então sussurra: — Vai que alguém está ouvindo.

— É. Sim. Mas a gente precisa conversar sobre isso — repito, puxando ele pelo braço de volta para a cabine e fechando a porta de vidro. — Sei que tem sido tudo muito rápido. Até ontem nem eu, nem você nos imaginávamos nessa situação. Sei que é meio constrangedor, mas acho que seria bom, pra nós dois, estabelecermos algumas regras.

— Regras... — repete Benício, como se tentando absorver o sentido da palavra. — Que tipo de regras?

— Regras do nosso namoro. — Estava tentando evitar a palavra namoro, mas Benício não me deixou escolha.

— Ah, é que eu pensei que todas as regras estavam no contrato, mas claro. — Ele assente e se senta na poltrona em que eu estava anteriormente. — Não tinha parado pra pensar sobre isso, mas o que estamos fazendo é tipo aquele filme *A proposta*, né?

— *A proposta*? — Engulo em seco, buscando no meu cérebro de qual filme ele está falando. — Eu... não lembro exatamente qual é.

— Sério? Nossa, a gente precisa assistir! *A proposta* é uma comédia romântica que conta a história da Margaret, editora-chefe de uma editora de livros, que descobre que está prestes a ser deportada para o Canadá devido a problemas com sua cidadania americana. Ela é meio megera, tipo, ninguém gosta dela. E em uma tentativa desesperada de evitar a deportação, ela meio que obriga seu assistente, Andrew, a se casar com ela em um acordo de conveniência.

— Meu Deus! — Sento na cama. — Você acha que eu sou uma megera que está te obrigando a fingir que me namora?

— Não! — dispara ele. — Só estou te contando a sinopse.

— E, caramba, você tem a sinopse decorada? Que coisa estranha.

— Ah, para! É meu filme favorito. — Benício ri de forma descontraída, parecendo uma criança. — Não conte isso pra ninguém, ok?

*Por que eu contaria isso pra alguém?*, penso de forma amargurada enquanto ele continua.

— Se meus professores de teatro suspeitassem que meu filme favorito é uma comédia romântica clichê, sei lá o que eles fariam comigo. — Ele limpa uma gota de suor fictícia, para dar ênfase às suas palavras.

— Tá. — Assinto. — Eu... não vou contar pra ninguém.

— Ah, que bom! — Benício pisca para mim.

O que esse menino tem de bobo tem de... *charmoso*. Que ódio!!!!

— E qual é o seu? — pergunta ele.

— Qual o meu o quê? — devolvo, irritado.

Nossa conversa parece que é construída apenas em cima de ruídos de comunicação, como se falássemos dois idiomas diferentes.

— Filme favorito, né? Dã! — Ele joga as mãos para o alto, como se fosse a coisa mais óbvia do mundo.

— É... — Por um microssegundo vasculho minha mente em busca do meu filme favorito, até que sacudo a cabeça, reorganizando os pensamentos. — Não! Estamos fugindo do foco, droga. A gente precisa estabelecer as regras do nosso acordo.

Fico de pé, abro minha mala e pego um caderninho de anotações que levo sempre comigo.

— Você trouxe um caderno pro cruzeiro? — questiona ele, fazendo careta, como se eu fosse o esquisitão e não ele.

— Sim. E daí? — Sento na cama de novo. — Eu carrego ele sempre comigo.

— Mas por quê?

— Porque eu gosto de anotar as coisas. E *porqueeutenhoproblemasdememóriaeesqueçotudomuitofacilmente...* — falo tudo de uma vez.

— Quê? — Ele franze o cenho.

— Nada! — Abro o caderno e escrevo no topo de uma folha em branco.

## REGRAS DO NAMORO

Benício levanta da poltrona e senta ao meu lado.

— O contrato que a Melina me entregou não mencionava regras extras — aponta ele. — Inclusive, eu não assinei nem o contrato oficial.

— Tá. Aquilo era mais simbólico, coisa da Melina para me resguardar! — Abano a mão, como se essa ideia fosse um mau cheiro. — Quero dizer, é óbvio que tudo que está lá é importante, tipo não contarmos que é um namoro de mentira nunca, para ninguém. Mas o que estou tentando construir aqui são mais regras de... convivência?

— Ok, então. Eu fiquei um pouco assustado.

— Vamos fazer assim... Eu vou escrever as regras e depois te entrego o caderno para você ler. Pode ser?

— Pode... Mas eu pensei que podíamos fazer as regras juntos!

— Hum... Não sei. Não quero ser escroto nem nada, mas como eu que estou te "contratando"... — Faço aspas com as mãos. — Eu gostaria de ter mais controle sobre como isso vai ser conduzido.

Benício me ouve, mas sua expressão fica estranha. Ele parece levemente desapontado comigo. Mas quer saber? Foda-se. Ele é só um ator desempregado que está aqui me encarando como um bico de fim de semana. Eu não tenho que me preocupar com o que ele ache ou sente.

— Beleza — concorda ele, se levantando da cama. — É meio-dia e pouco já... Então acho que vou procurar algum lugar pra almoçar.

— Perfeito! — digo, animado. — Eu não pretendo sair da cabine, então está tudo bem. Bom almoço!

— Você quer que eu traga algo pra você?

— Benício, sério! Eu acho incrível seu esforço, mas você não precisa agir como se realmente se preocupasse comigo.

— Do que você tá falando?

— Tô falando de tudo isso. Nós só temos um acordo. A gente nem se conhece!

— Meu Deus! — Benício joga as mãos para o alto. — Qual é o seu problema? Por que você é tão grosso?

— Eu não estou sendo grosso! — Praticamente cuspo as palavras, perdendo o controle do meu tom de voz. — É que... porra! Olha para você! No mundo real você nunca olharia para mim. E tem a droga do Raul também, que devastou a pouca autoestima que eu tinha e eu estou aqui contigo e você fica agindo como se realmente se importasse, quando você só quer a grana e...

— Você tem razão. — Benício me interrompe, seco.

— Eu disse! — Suspiro, feliz por ele finalmente estar alinhado comigo.

Benício fica um tempinho parado na nossa cabine. Parece na iminência de dizer algo ou esperar que eu diga. Ele assente, abre a porta e começa a sair, mas antes se vira e me encara nos olhos.

— Eu nunca olharia pra você não pela porra da sua aparência, mas porque não suporto pessoas grosseiras.

E então, visivelmente irritado, ele bate a porta e some.

Eu fico encarando a porta de madeira, como se ali tivesse uma câmera escondida captando em detalhes a minha reação.

Assim que fico sozinho, solto um suspiro alto e deito na cama. Fico encarando o teto, que é decorado com ripas de madeira. Quero gritaaaaaaaar!!!! Ou socar alguém!!!! Ou me jogar em alto-mar e ser comido por uma baleia!!!!

De onde estou, já consigo ouvir o som alto que vem do deque da piscina. É sem dúvida o remix de uma música bem gay da Lady Gaga.

Raul deve estar lá embaixo, de sunga cavada, com os braços ao redor do namorado gostoso dele. Enquanto eu estou aqui, pensando nas regras pro meu namoro falso se sustentar até segunda-feira sem que acabe em tragédia, já que o ator contratado agora me odeia porque esperava que eu o tratasse melhor. Deus realmente tem seus gays favoritos.

# 16
# BENÍCIO

Estou irritado. Se eu não estivesse embarcado, provavelmente desistiria dessa situação bosta em que me enfiei.

Penso em ligar pro Gustavo… Quero ouvir a voz do meu irmão e talvez algum conselho idiota. Mas só então percebo que esqueci o celular dentro da mala. Dentro da cabine. Perto de Alessandro. Ou seja, voltar lá para pegá-lo não é uma opção.

Talvez o problema seja eu. Minha avó sempre me dizia que eu era doce demais para o mundo. Que eu sempre confiava no melhor das pessoas. Mas aparentemente Alessandro era do tipo que não tinha nenhum lado bom a oferecer e usava as coisas ruins que aconteciam com ele para descontar em quem só tentava ajudar.

Marcho pelo corredor das cabines VIP, desviando de uma dezena de gays de sungas coloridas, olhando as placas para achar os restaurantes.

Desço um lance de escadas e saio da área dos quartos. Há tantas luzes e lojas piscando que parece um shopping em alto-mar. Aqui é tudo grandioso. Arrisco dizer que deve ter mais gente embarcada do que a população da minha cidade.

Olho em volta, buscando alguma informação, quando vejo um carinha se aproximando.

Cara desconhecido: Oi, tudo bem?

Eu: Oi! Tudo sim, e contigo? Você trabalha aqui?

Cara desconhecido: Tenho cara de quem trabalha aqui?

Eu: É que você está com avental… Desculpa, não quis ofender.

Cara desconhecido: Ah, que isso! Haha! Eu só queria quebrar o gelo. Trabalho, sim. Mas na ativação de uma marca e...

Eu: Você sabe onde ficam os restaurantes?

Cara desconhecido: Sei, sim! Mas, antes, por que você não participa da nossa ação?

Eu: É que eu realmente estou com fome.

Cara desconhecido: Se você participar, talvez eu te diga onde ficam os restaurantes...

Eu: Você está me subornando?

Cara desconhecido: Este é um nome esquisito para algo que eu poderia chamar de ajuda mútua...

Eu: Tá. O que eu preciso fazer?

Cara desconhecido: Ah, legal! Eu só preciso que preencha esses dados aqui. Aí você vai ganhar um kit especial.

Eu: Tá.

Pego o tablet da mão dele.

Eu: Você precisa do meu nome, número de celular e e-mail, tipo... Vocês vão mandar spam até a minha terceira reencarnação, né?

Cara desconhecido: Muito provavelmente.

Eu: É... Imaginei.

Não quero ser grosseiro com esse desconhecido, então acabo preenchendo todo o formulário e devolvendo o tablet pra ele. No fim das contas, estou muito mais próximo dele do que das outras pessoas no cruzeiro. Estamos os dois trabalhando e ouvindo desaforos.

Cara desconhecido: Muito obrigado.

Eu: Tá, mas qual é essa marca mesmo?

Cara desconhecido: Para a qual você acabou de ceder os seus dados?

Eu: É.

Cara desconhecido: Você nem chegou a ler?

Eu: Não. É que eu estou com fome...

Cara desconhecido: E o que isso tem a ver?

Eu: É que eu fico mais... impaciente. E com pressa.

Cara desconhecido: Ah, entendi. Somos uma marca revolucionária de preservativos extralubrificados.

Eu: Ah.

Sinto minhas bochechas corarem.

Cara desconhecido: E aqui está o seu kit!

Ele tira uma ecobag sei lá de onde e me entrega com o que me parece ser um estoque bem generoso de preservativos.

Eu: Ah, valeu. É que... eu não tenho usado ultimamente.

Cara desconhecido: MEU DEUS! Você só transa sem camisinha?

Ao menos dez gays viram a cabeça na nossa direção.

Eu: NÃO! Quero dizer, você pode falar mais baixo?

Cara desconhecido: Hahaha! Perdão, fofo! É que literalmente todo mundo veio aqui neste cruzeiro pra transar.

Eu: Nem todo mundo! Você veio a trabalho, né?

Cara desconhecido: Regime de escala, fofo. Quando eu não estiver trabalhando, estarei me divertindo... Inclusive, se você estiver solteiro...

Engulo em seco, me lembrando de Alessandro. Ele é um babaca, mas eu me comprometi a ser seu namorado.

Eu: Não. Eu estou comprometido.

Cara desconhecido: Você disse isso com um clima de enterro... Mas enfim... Caso você vá transar, faça bom uso dos nossos preservativos extralubrificados.

Eu: Ok. Mas... e os restaurantes?

Cara desconhecido: O que tem?

Eu: Onde fica?

Cara desconhecido: E eu vou saber?

Eu: Mas você tinha dito que se eu respondesse o formulário você me diria onde ficava...

Cara desconhecido: Ai, perdão, fofo. É que eu tenho cota de e-mails para pegar e aí preciso fazer o que for necessário.

Sumo antes de ouvir o restante da justificativa esfarrapada. Que sorte a minha... Desde que saí de casa só encontro gente que mente e usa os outros.

Ando sem rumo, com meu estômago roncando mais alto. Entro em dois corredores abarrotados de gente até que finalmente encontro o que parece ser uma lanchonete. Sento numa das cadeiras vagas e peço o primeiro lanche que vejo no cardápio. Enquanto espero, abro a ecobag e pego um folheto grande que tem ali.

Há um homem bem forte, sem camisa, usando apenas uma cueca com seu volume quase me dando um tapa na cara. Em letras garrafais, o slogan:

*Mantenha seu amigo coberto*
*Não tem por que se estressar*
*Lembre que temos extralubrificação*
*Para você relaxar e gozar*

Engulo em seco e guardo o panfleto de novo rapidamente, antes que alguém ache que estou vendo pornografia.

Me sinto desolado.

Talvez ficar em São Paulo encarando o teto tivesse sido uma opção bem melhor.

Esses dias serão longos...

# 17
# ALESSANDRO

Tento me concentrar na leitura de um dos livros que trouxe para o cruzeiro, mas minha mente está tão desconcentrada que preciso ficar indo e voltando nos parágrafos para entender o que acabei de ler.

Minha cabeça está cheia e sinto que estou à beira de uma crise de ansiedade, porém a todo momento tento focar no que está acontecendo de bom. Estou em alto-mar? Estou, mas sendo pago por isso. E bem pago, para não ser hipócrita. A cama é boa também — melhor do que a cama de muitos hotéis cinco estrelas. O serviço de quarto também é ótimo — trinta minutos depois que o Benício saiu puto do quarto, um funcionário estava tocando a campainha com uma refeição ótima que eu pedi.

Benício... Ele vem à minha mente e fica ricocheteando ali. Será que eu peguei pesado com ele?

Tento desviar desses pensamentos enquanto pego o meu celular. Abro as redes sociais e há uma explosão de curtidas e comentários... porque simplesmente há uma foto minha e de Benício postada no feed!!!!!!!!!

Como isso aconteceu?

Socorro!

Fico de pé e ligo imediatamente para Melina. Ela atende no segundo toque.

— Oi, gay!

— O que você fez? — grito, histérica.

Olho meu reflexo no espelho do banheiro da suíte e meu rosto está tão vermelho que parece que estou a ponto de explodir.

— O que eu fiz o quê? — rebate ela.

— A foto, Melina! — falo no mesmo tom, perdendo o ar.

— Fofa, né? Eu achei lindinha demais. Sério, se eu não soubesse que é um namoro de mentira...

— Não são as fotos que tiramos no seu apartamento! Como você conseguiu essa foto? E por que você postou no feed? Tipo, e essa legenda? Meu Deus! Quero morrer!

— Alessandro, para de dar show! — diz ela com firmeza. — Vamos lá! Alguém viu vocês dois abraçados antes de entrar no Cruzeiro e tirou várias fotos. Essas fotos foram postadas no Twitter e viralizaram rapidamente. Eu, como boa profissional que sou, peguei as fotos e repostei nos stories. Só que, sério, elas bateram recorde de visualização em apenas uma hora. Então óbvio que eu postei no feed também. E sobre a legenda... É "Begin Again", da Taylor Swift. Você não gosta dela? Fora que tem tudo a ver com o seu momento atual.

— Não tem a ver com momento algum, mulher! — rebato. — Porque é tudo mentira!!! "Eu acho estranho que você me ache engraçada, porque ele nunca achou." É esse o trecho que você postou!

— Jura? Não me diga! — debocha ela, e posso ver na minha mente os seus olhos revirando. — Qual é o problema, gay?

— É que...

E fico em silêncio.

*Qual é o problema, Alessandro?* É uma pergunta que eu faço praticamente todos os dias.

Melina está certa. Se a gente quer fingir um relacionamento, essa foto ajuda bastante. Mas... Por que eu me sinto tão mal? Eu sabia do plano desde o começo.

— Cadê o Benício? — pergunta Melina depois de alguns segundos de silêncio. — Sei que você não deve estar querendo sair do quarto, mas por que vocês dois não vão ao cinema? Tem cinema aí. Ou ao teatro... Ou até mesmo ao show de algum cantor? Tem tanta programação cultural legal. Você não precisa participar só das festas obrigatórias.

— Eu sei — respondo, ainda confuso e me sentindo uma bomba-relógio.

— Preciso que vocês tirem fotos juntos. Tipo, naquele esquema de casal, sabe? Fotos das mãos etc. Porque preciso postar nos stories e marcar a página do cruzeiro.

— Eu sei — repito, tentando assimilar tudo.

— O Benício está aí? — insiste Melina, impaciente. — Eu vou passar as instruções pra ele... Acho melhor.

— O Benício não está aqui.

— Como assim?

— Ele não está aqui.

— No cruzeiro?
— Não! No cruzeiro, sim. Ele não está aqui no quarto.
— Ah, tá! E aonde ele foi?
— Eu... — Penso em uma desculpa, mas meu cérebro não trabalha tão rápido assim. — Eu não sei.
— Como assim você não sabe?
— É que a gente teve uma leve discussão...
— Alessandro... — O tom da Melina é igual ao de uma mãe. — O que você fez?
— Nada, tá? — explodo, voltando a andar pelo quarto. — Por que a culpa de tudo é sempre minha? Eu só queria esclarecer os termos desse namoro falso, para além do que está no contrato que você fez, mas o Benício se achou no direito de criar regras também e eu não aceitei! — Paro de novo em frente ao espelho e aponto para a minha imagem como se eu estivesse diante de um tribunal. — Ele tem que se colocar no lugar dele!!!! Ele está sendo pago pra prestar um serviço. Só isso!
— BENÍCIO! — grita Melina, do outro lado da linha. — Que merda você está falando?

Fico pálido. Me sinto como uma bexiga sendo esvaziada. Como uma sacola plástica de mercado voando descartada pela rua no meio de uma ventania.
— Você falou essas coisas pra ele? — questiona Melina.
— Não — minto, mais ou menos.
— Alessandro. Fala a verdade.
— Não falei nada de forma tão agressiva... — admito, um pouco baixo demais.
— Alessandro, sério! O garoto está nos fazendo um favor! — Melina quase berra. — Não tem como ser só um pouco gentil?
— Não!!!! — rebato no mesmo tom. — Ele não está fazendo favor nenhum! Reforço de novo: ele está sendo pago por isso. Assim como você está sendo paga também!

Quando as palavras saem, me sinto instantaneamente um cretino e quero ter o poder de engolir cada frase amarga para dentro de mim de novo.
— Você não sabe o que eu estou passando — digo, como se justificasse minha fala medíocre, mas não consigo causar esse efeito nem dentro de mim. — Eu vi o Raul com o novo namorado dele. Eles estão aqui. E, tipo, isso me desestabilizou completamente, ok?

Sinto as lágrimas vindo aos olhos. Meu coração bate tão forte que parece um terremoto. Me sinto tão mal... Mal pelo que estou sentindo e mal pelas pessoas que magoei com minha frustração.

— Melina? — chamo, diante do silêncio.

As lágrimas escorrem pelo meu rosto.

Eu só queria estar em casa, deitado na minha cama, lendo meus livros e fingindo que não preciso de nada nem de ninguém.

— Só faz o que você achar melhor, ok? — diz ela, a voz fraca, quase um sussurro.

Sei que a magoei. Mas eu também estou magoado. E me sinto perdido... Será que alguém pensa em mim? Nos meus sentimentos?

— Amiga, desculpa... Eu estou em um dia ruim — falo baixinho, a voz embargada pelo choro.

Mas não há resposta do outro lado.

Melina desligou.

# 18
# BENÍCIO

Quando refaço o caminho de volta para o quarto já passa das onze da noite. Felizmente consegui preencher várias horas do meu dia com as atividades do cruzeiro sem que eu precisasse lidar com Alessandro e sua grosseria.

Após almoçar, continuei desbravando os corredores até que cheguei ao teatro. Não era um lugar tão grande — devia caber, no máximo, cem pessoas —, mas considerando que é um teatro completo dentro de um cruzeiro, a coisa é realmente surpreendente.

A companhia estava apresentando uma versão gay de *Romeu e Julieta*, que no caso era Romeu e Juliano. Eu particularmente amei. A trama seguia algo parecido com o original, mas o roteiro era atual e tinha várias intervenções de memes que arrancaram gargalhadas (no caso apenas eu ri quando Romeu disse que Juliano tinha ido de arrasta pra cima) da imensa plateia (eu e mais três casais de gays maduras).

Depois, fui ao cinema, que era ao lado do teatro. Tinha dois filmes disponíveis, que eram basicamente clássicos do cinema gay, mas nenhum me agradava: *O segredo de Brokeback Mountain* e *Me chame pelo seu nome*. De um eu amava a atuação, mas achava triste demais. Do outro eu amava a atuação também, mas não conseguia me conectar com o romance dos protagonistas, o que estragava totalmente a experiência para mim. Só que eu assisti mesmo assim. Aos dois. Por conta do meu tempo livre.

Quando entro no quarto, Alessandro está deitado na cama com um livro aberto. Eu não falo nada. Ele também não. E por mim até continuaria assim, só que quero usar o banheiro para tomar banho e poder dormir e fico sem saber se eu peço para usar ou não.

Eu: Você vai usar o banheiro?

Alessandro abaixa o livro e me olha.

Alessandro: Oi?

Eu: Você vai usar o banheiro?

Alessandro: Ué, mas é claro! Eu vou ficar aqui até segunda, né?

Eu: Não! Tô falando agora. Eu quero tomar banho.

Alessandro: Ah...

Alessandro me olha de um jeito significativo. Não sei se ele quer dizer algo, mas por fim apenas suspira.

Alessandro: Pode usar. Por favor.

Eu assinto, sem responder nada. Vou até a minha mala, pego uma muda de roupa que separei para dormir e vou até o banheiro.

Assim que fecho a porta, procuro pelo interruptor da luz especial que promete relaxar, que eu esqueci o nome. É azul-escura, o que na verdade acho que é mais sexy do que relaxante. Me sinto em um filme pornô, para ser sincero.

Mas o banho em si me relaxa bastante. A água do chuveiro é potente, e quando se é de família pobre, até esses detalhes você percebe. Então, quando sinto a pressão da água nos ombros é que vejo o quanto eu estou mergulhado em tensão. Aproveito a sensação o quanto posso e faço do banho o meu esconderijo secreto das angústias que estão do lado de fora.

Quando saio do banheiro, Alessandro ainda está na mesma posição, segurando o livro com as duas mãos e com a testa franzida, como se estivesse prestando muita atenção. Acontece que eu posso ser ingênuo para muitas coisas, porém não para atuação. E eu logo vejo que por trás das lentes dos seus óculos de leitura, seus olhos castanhos nem se mexem. Ele só está fingindo ler.

Enquanto dobro a roupa suja e coloco em um saco plástico para não misturar com as limpas, ouço Alessandro pigarrear.

Alessandro: Então... Seu dia foi legal?

O tom dele é calmo, amistoso. Parece um cachorrinho se aproximando depois de ter destruído seu sofá de dois mil reais recém-comprado.

Eu odeio dar gelo nas pessoas. E, para ser sincero, nem consigo. Então me mantenho de costas para ele, fingindo mexer na mala, porque assim vai ser mais fácil de manter distância e não criar empatia por esse grosseiro.

Eu: Sim. Foi, sim.
Alessandro: E o que você fez?
Eu: Ah, andei por aí.
Alessandro: Ah, tá.
Eu: E você?
Alessandro: Eu fiquei lendo... Mas eu fiz umas fotos também. Aqui da cabine mesmo, saca? Eu sou bom em fingir que estou me divertindo, então realmente parece que eu estou na festa. Uhul.
Eu: Ah, que bom.
Alessandro: Então... Eu fiz as regras.
Eu: Fez, é?

Quase solto uma risada com meu tom de indiferença.

Alessandro: Sim, sim. Se você quiser ver... Tá aqui em cima da cama. É que amanhã vai ter um evento... Acho que um show, sabe? E a equipe de marketing do cruzeiro faz questão que eu esteja presente. No caso, a gente, né? Eu e o meu... namorado.

Eu queria evitar todo esse estresse de novo, mas estou curioso, então apenas me viro e encontro o caderno em cima da cama. Alessandro acompanha cada passo meu, como se esperando minha reação. Encaro a folha enquanto leio o que ele escreveu, me esforçando para manter uma expressão enigmática.

**Regras do namoro falso**
**Alessandro e Benício**

1. Este relacionamento de mentira é monogâmico, ou seja, não é permitido beijar nenhuma pessoa no cruzeiro.

2. Todo contato físico deverá ser previamente combinado e com consentimento mútuo.

3. Em hipótese alguma deveremos falar sobre o namoro falso em locais que estivermos com outras pessoas.

Acabo de ler rapidamente e repouso o caderno na cama de novo. Alessandro está me encarando, cheio de expectativas.
Alessandro: E aí?
Eu: É só isso? Está de boa por mim.
Alessandro: Você não tem nenhuma pergunta?
Eu: Para ser sincero, não.
Alessandro: Sério? Mas então...
Alessandro pousa o livro ao seu lado e endireita a postura, recolhendo o caderno com as mãos. Eu sei que ele está doido para falar sobre cada ponto. Eu também estaria, se me sentisse à vontade. Mas depois da grosseria de hoje, só quero manter uma distância segura de Alessandro e que isso tudo acabe o mais rápido possível.
Alessandro: O ponto um é muito importante pra mim porque não estou pronto para ser corno de novo ou para ter que explicar para os meus seguidores que sou adepto do relacionamento aberto. Então seria de grande ajuda não ficar com ninguém. Já que as pessoas estão de olho.
Eu: Certo. Não estou interessado em ninguém.
Alessandro: Tá... E o segundo... É que... bem, não quero ser invasivo. Nem que você seja invasivo comigo. Então acho que nas ocasiões em que estivermos em público, a gente pode dar as mãos e trocar um abraço aqui e ali, só pela verossimilhança.
Eu: Aham. Eu não vou te assediar e estou muito feliz em saber que não serei assediado.
Alessandro: É... Ok.
Alessandro está visivelmente sem-graça. Suas bochechas ficam coradas.
Eu: Mais alguma coisa?
Alessandro: A última é simples... Quando o cruzeiro acabar, eu invento qualquer história pros meus seguidores de

que somos mais amigos do que casal... Mas pode deixar que não inventarei nada que possa soar como se você tivesse me magoado ou algo do tipo.

Eu: Tudo bem, Alessandro. Esse trecho está bem explícito no contrato da Melina. Mais alguma coisa?

Alessandro: Er... Não. Acho que falei tudo.

Eu: Posso ficar com essa folha? No caso de eu me esquecer das suas regras.

Sou irônico, mas não consigo fingir que não estou irritado. Alessandro apenas concorda com a cabeça, arranca a folha do caderno e me entrega. Eu pego o papel, abro minha mala e o coloco junto com o contrato da Melina que está enfiado lá no fundo.

Eu: Prontinho. Contrato e papel das regras devidamente juntos. Então acho que vou dormir.

Alessandro fica em silêncio. Ele parece em choque. Acho que para esse pessoal da internet, ser ignorado ou tratado com indiferença é como tomar um tapa no meio da cara.

Eu ignoro a tensão que paira no cômodo e vou atrás do meu celular para falar com meu irmão. Só que é óbvio que está descarregado. Volto a me agachar em frente à mala e procuro o carregador, que está perdido em algum lugar entre as cuecas e as meias. Assim que o encontro, enfio na primeira tomada que vejo e o deixo ali.

Por fim, vejo que em cima da cama, no canto, há um edredom e dois travesseiros parecidos com os que Alessandro está usando. Muito provavelmente ele os deixou separados ali para mim. Pego o edredom e então o estendo por cima do tapete, ao pé da cama.

Alessandro: O que você tá fazendo?

Eu: Como assim?

Alessandro: Por que você tá colocando o edredom no chão?

Eu: Você quer que eu durma no seco, sem nem um edredom???

Meu Deus! A frieza desse famosinho está passando de todos os limites!

Alessandro: Claro que não! A gente pode dividir a cama... Tipo, é gigantesca.

Eu: Ah, não. Muito obrigado.

Pego o primeiro travesseiro e jogo com mais força do que o necessário no chão.

Eu: Vai que sem querer, durante a noite, eu esbarro no seu braço? Não quero nem imaginar o show que você vai dar.

Alessandro: Benício! Eu não sou assim!

Eu: Aham.

Alessandro: Sério… Eu…

E ele fica quieto. Sabe que não tem como me provar que é um cara legal.

Eu: Ok.

Jogo o outro travesseiro e finalmente deito. Só que assim, por mais que as janelas estejam fechadas, parece que a brisa fria do mar entra pelas frestas e se aloja na minha pele. Eu não vou passar frio por causa desse metidinho, não. Por isso me levanto de novo.

Eu: Preciso de mais um edredom. Estou com frio.

Alessandro: Ah… Tem ali, no armário.

Vou até onde Alessandro aponta e encontro outros edredons bem dobrados e perfumados. Comparados com os da minha casa, parece que nunca vi um edredom de verdade.

Eu: Certo. Boa noite.

Alessandro: Ah, tem protetores auditivos também. Não sei se o som da festa lá fora te incomoda… Mas se quiser, estão ali.

Realmente… O som era um problema que eu ainda não tinha parado para pensar em como eu resolveria, então apenas pego os protetores, dois edredons e finalmente deito na minha cama improvisada no chão. É desconfortável? É. Mas eu mentiria se dissesse que já não dormi em lugares piores.

Quase que por instinto eu dou boa-noite, mas consigo guardar as palavras para mim.

Depois de uns minutos, vejo que Alessandro finalmente apaga as luzes com um controle remoto.

Posso ouvi-lo se remexendo na cama. Ele joga o edredom para o lado, depois se cobre de novo, vira para a direita e então para a esquerda. Por fim, ele suspira alto demais e fala.

Alessandro: Não sei se você já dormiu... Mas me desculpa por ter sido um babaca hoje mais cedo. Não que justifique, mas o problema era eu. Sempre sou eu.

Ele espera por uma resposta, mas eu apenas finjo que estou dormindo. Até faço um barulhinho leve como se estivesse roncando. E então realmente caio no sono.

# 19
# ALESSANDRO

Quando acordo de manhã e tiro os protetores auriculares, percebo que alguma festa ainda está acontecendo, por conta da música bate-estaca. Me inclino um pouco e vejo que, no chão, Benício dorme de forma tranquila, o que faz meu coração se apertar um pouquinho.

Eu não queria colocar nele todo o peso das minhas próprias frustrações, mas as coisas se desenrolaram de uma maneira que eu não consegui conter. *Eu preciso de terapia*, digo a mim mesmo, anotando mentalmente para achar um profissional assim que voltar à vida real.

Quando pego meu celular, vejo que Melina mandou mensagem tem uns dez minutos:

> *Bom dia.*
> *Hoje, infelizmente, não vai dar para continuar fugindo.*
> *A Lucinha, assessora de comunicação do cruzeiro, quer gravar você e o Benício na piscina, na hora do almoço, por volta das 12h.*
> *Ela tem feito umas filmagens assim com vários influenciadores.*
> *E à noite ela queria filmar você em um show de strip-tease.*
> *Parece que vai ser na boate Hot Hot, por volta das 22h.*
> *Eu confirmei, tá?*

Engulo em seco, lendo e relendo tudo. Precisarei enfrentar duas situações que me causam gatilhos extremamente doloridos e profundos: lidar com meu corpo em situações que as pessoas naturalmente mostram muito mais do que deveriam, como piscinas e praias; e ter que lidar com pessoas que mostram menos ainda, como boates e homens seminus fazendo strip-tease.

Como hoje estou me esforçando de verdade para ser uma pessoa melhor e não simplesmente um serial killer emocional nas vidas de Melina e Benício, respondo rapidamente:

> *Oi, amiga*
> *Bom diaaaa!*
> *Espero que seu dia seja incrível!*
> *Pode deixar que farei tudo como o combinado!*
> *E desculpa por ontem*
> *Foi um dia bosta, mas sei que errei em descontar em quem não devia*
> *Te amo com todo meu coração <3*

Tenho certeza de que quando ela ler a mensagem vai se perguntar se meu número foi hackeado. Mas é isso. Estou tentando. Este sou eu fazendo o melhor que posso. Este sou eu tentando fazer minha amiga digitar mensagens normais sem colocar ponto final depois de cada frase como se ainda estivesse com muita raiva.

*Hoje eu vou ser a versão mais legal que posso ser.*
*Hoje eu vou ser a versão mais legal que posso ser.*
*Hoje eu vou ser a versão mais legal que posso ser.*

Fico repetindo a frase para ver se de alguma forma mágica ela entra na minha cabeça e se torna parte do meu *modus operandi*.

Levanto da cama, vou até o banheiro, fecho a porta e sento no vaso para fazer xixi. Pouco se fala sobre isso e acho que os homens héteros, e até alguns gays, consideram o assunto um enorme tabu, porém verdade seja dita: poucas coisas no mundo são tão boas quanto fazer xixi sentado. A sensação completa de relaxamento, sentado em uma privada macia, enquanto seu pau duro vai lentamente se esvaziando é tão...

Caralho!

Acontece rápido demais.

Quando dou por mim, a porta se abre e um Benício com a boca aberta no meio de um bocejo e com uma linha fina de saliva seca no canto da boca entra no banheiro ainda de olhos fechados.

— BENÍCIO! — grito, desesperado, erguendo as mãos como se eu pudesse fazê-lo parar.

Meu pau escapole de dentro do vão do vaso e solta um jato vergonhoso de urina para o alto.

— MEU DEUS! — Benício finalmente abre os olhos e se dá conta da situação, tampando o rosto com as mãos enquanto dá um pulo para trás, para fugir do meu xixi, o que acaba fazendo-o tropeçar em um dos travesseiros e cair no chão.

— Ai, caralhoooooo... — geme ele. — Acho que machuquei meu cóccix.

Acabo de mijar e fico pedindo a Deus para me transformar em xixi e me levar pela descarga para as profundezas do mar eterno até que meu corpo se dissolva em minerais e vire comida para peixes que ainda não foram descobertos por cientistas.

Mas é claro que isso não acontece.

Sacudo meu pinto, lavo as mãos e vou para o quarto.

Benício ainda está deitado no chão, apertando o pedaço de pele abaixo do seu cofrinho.

— Você tá bem? — pergunto, desesperado, sem saber a gravidade da situação. — O que eu faço? Chamo um médico?

— Não precisa... — Sua voz é mais um gemido do que qualquer outra coisa.

— Ai, sério. Desculpa. Não foi minha intenção mijar em você — falo enquanto sento na cama, e só percebo o quão ruim foi minha escolha de palavras depois que elas ganham o mundo.

— Tudo bem... — Benício solta o ar com força e se arrasta até sentar no chão, apoiando as costas na cama. — Vou só tomar uma aspirina para dor. Não deve ser nada. Mas vamos combinar uma coisa?

— O quê?

— Quando entrarmos no banheiro, a gente tranca a porta. Para evitarmos situações...

— Complicadas.

— Constrangedoras.

— É — concordo, totalmente envergonhado.

— E mais uma coisa... Você pode limpar o xixi com o qual você tentou me acertar? Provavelmente vai começar a feder terrivelmente.

— Ah, mas nossa cabine tem limpeza diária, bobinho — falo, dando um tapinha no ombro dele.

— Ah, legal. — Benício olha para cima, me fuzilando com os olhos. — E você vai realmente deixar que uma pessoa que provavelmente está ganhando um salário merda entrar aqui e se ajoelhar para limpar o seu xixi sendo que você próprio pode fazer isso?

Ele não está brincando. E eu me sinto completamente envergonhado de ter simplesmente cogitado essa possibilidade.

— Eu estou brincando, né? — Me levanto num pulo e dou um risinho besta.

Mas acho que Benício não acredita nadinha em mim. Nem eu acredito em mim. Sou o pior tipo de bicha que existe: o que mudou de vida e acaba se deslumbrando fácil com tudo. Mas ao menos eu tenho consciência disso e talvez isso me coloque alguns passos na frente dos outros gays, né? Olha meu cérebro horrível de novo querendo fazer rivalidades hipotéticas com outros gays!!!!

— Depois que eu limpar o banheiro, que tal irmos tomar café? — grito, quando já estou dentro do banheiro e com a porta fechada.

— Eu topo.

— Legal! — grito de volta, porque esse pode ser o início de uma amizade, mesmo que eu esteja de quatro no chão, com papel higiênico enrolado na mão e um pote de álcool em gel na outra, limpando o meu próprio xixi.

# 20
# BENÍCIO

Quando saímos do quarto, as coisas parecem levemente melhores do que no dia anterior. Ao menos ele me chamou para tomar café com ele e quase mijou em mim, o que é mais interação do que nas últimas 24 horas.

   Alessandro: Você sabe onde ficam os restaurantes?

   Ele pergunta enquanto me segue.

   Eu: Sei, sim. Passei boa parte do dia perto deles ontem, tentando descobrir o que fazer.

   Falo, sem olhar para trás. Alessandro apenas engole em seco. Nem foi minha intenção mandar uma indireta ou qualquer coisa do tipo, eu só falei a verdade mesmo.

   Assim que chegamos a um dos restaurantes, percebo que está abarrotado. Muitas pessoas claramente acabaram de acordar e estão tomando café já em trajes de banho e algumas outras ainda nem dormiram, com olheiras profundas e sorrisos frouxos de embriaguez no rosto.

   A gente entra na fila para se servir e fico confuso sobre o que colocar primeiro no prato. Eu sempre acabo indo no meu favorito, que é pão francês e ovos mexidos, com uma fatia generosa de bolo de cenoura com cobertura de chocolate. Mas como estou aqui, quero experimentar algo diferente.

   Alessandro: Depois, se estiver de boa pra você, a gente pode ir na piscina?

   Eu: Tudo bem. A Melina havia mencionado mesmo que talvez a gente precisasse ser visto em público.

   Alessandro: Você ainda está chateado comigo, né?

Não consigo me concentrar em duas coisas importantes ao mesmo tempo, que no caso são conversar com Alessandro e decidir o que comer, então vou pro caminho mais óbvio e pego as coisas que estou acostumado, botando uma boa quantia de ovos mexidos com queijo no meu prato.

Eu: Não sei se chateado é a palavra certa.

Alessandro: O que é, então?

Eu: Sei lá, acho que estou mais decepcionado.

Alessandro: Ok. Eu aceito isso. Mas a gente só se decepciona quando espera algo de alguém.

Alessandro diz isso com um risinho no final. Não sei se ele está tentando parecer descolado ou legal, mas comigo não vai rolar.

Eu: Sim. Eu sempre espero educação e gentileza das pessoas.

Respondo quando chego na parte de frios e pego duas fatias de queijo minas.

Alessandro: Tá. Essa doeu.

Eu: Mas não estou falando pra te ferir nem nada, só sendo sincero mesmo.

Alessandro: Tudo bem, eu mereci, de verdade. Acho que ver o meu ex ontem me deixou completamente na beira do precipício emocional e eu acabei descontando nas pessoas mais próximas de mim, que no caso é a Melina e agora você.

Eu: Ah, legal que você se autodiagnosticou.

Sou passivo-agressivo porque, por mais que eu não esteja com tanta raiva, não vou ser saco de pancada e depois ficar sorrindo, né? Falo isso enquanto coloco um pãozinho francês e mais dois pães de queijo no monte que estou formando.

Alessandro: Vou procurar ajuda profissional quando tudo isso acabar também.

Eu: Importante.

Alessandro: É.

Chego na parte de doces, e antes de pescar algo, pego uma bandeja e coloco meu prato lá. Pareço um náufrago que acabou de ser resgatado em alto-mar? Talvez. Eu me importo com isso? Nem um pouco. Sendo assim, pego outro prato e coloco um pedaço de bolo de cenoura e outro de milho.

Eu: Pronto. Acho que já peguei tudo o que eu quero. Só falta o café e… Ei, você não pegou nada?

Olho para Alessandro, que está parado ao meu lado sem segurar nenhum prato.

Eu: Fique sabendo que eu ODEIO que peguem coisas do meu prato, tá? Isso aqui é só pra mim.

Ele dá uma risadinha.

Alessandro: Não, relaxa. Eu sei que isso é só pra você.

Eu: E você não vai comer?

Alessandro: Ah, não. Tô de boa.

Eu: Como assim você tá de boa?

Alguém mais para o meio da fila grita que está com fome. Penso em responder, mas logo cai a ficha de que realmente estamos empacando a fila sem motivo algum, então procuro uma mesa ao canto e Alessandro me segue. Deixo minha bandeja lá.

Eu: Vou pegar café. Você quer ao menos alguma coisa pra beber?

Alessandro: Ah, eu aceito café também.

Eu: Beleza.

Me afasto da nossa mesa e vou até a área das bebidas, servindo duas xícaras de café preto. E por mais que eu tenha decidido que este cruzeiro é apenas um frila e só isso, não consigo ignorar o nó na minha garganta.

Assim que me sento e entrego a xícara de café ao Alessandro, não me aguento e coloco um pão de queijo em cima do pires que levei junto com a xícara.

Alessandro: Sério, não precisa!

Ele tenta empurrar o pires de volta para mim, mas eu empurro de volta para o lado dele.

Alessandro: Benício, sério! Eu não sou criança.

Eu: Você tá passando mal?

Alessandro: Não.

Eu: Você se odeia a ponto de fazer jejum indetermitente?

Alessandro: É intermitente.

Eu: Sim. Você se odeia a esse ponto? Não foge do assunto.

Alessandro: Sim, eu me odeio em uma porcentagem considerável. Mas não. Não estou fazendo dieta e acho que dá pra perceber.

Alessandro fica me olhando, uma mistura de impaciência com o foco da conversa girando em torno dele e, sei lá, um brilho de esperança de que alguém finalmente percebeu algo que ele tentava esconder.

Não queria deixá-lo na pior, mas foi impossível não lembrar da pior fase de transição do Gustavo... Quando ele estava mergulhado em dúvidas sobre sua própria identidade e a ansiedade era tanta que seu apetite quase não existia. Não sou médico, sou apenas um ator. Então é óbvio que eu não saberia diagnosticar alguém. Mas sou sensível e sinto que talvez Alessandro esteja passando por uma situação parecida com a do meu irmão.

Alessandro: É a ansiedade. A merda da ansiedade. Só de saber que vamos ter que ir na piscina o meu sovaco não para de suar. E é como se o ar nem entrasse pelo meu nariz...

Eu: Ok. Sei que lidar com ansiedade é foda, mas eu estou aqui. E vamos fazer as coisas no seu tempo.

Falo, porque não quero chateá-lo. Alessandro apenas suspira, concordando com a cabeça. Por fim, eu empurro de novo o pires para o lado dele, e Alessandro acaba comendo o pão de queijo.

# 21
# ALESSANDRO

Comemos em silêncio enquanto mexo no celular. Acompanho as curtidas, a chuva de comentários na nossa foto, a onda de novos seguidores, e quando me canso tento me distrair com fotos de homens gostosos que segui única e exclusivamente para cobiçar, mas que nunca me seguiram de volta. Mas nada disso tira aquela inquietação latente de conseguir quebrar a falta de diálogo que eu mesmo causei quando fui "grosseiro", como Benício adora falar. Sinto que preciso compensá-lo de alguma forma...

— Meu Deus! — dispara Benício, os olhos arregalados encarando alguém que não consigo saber quem é.

— O que foi?

— Caramba! — Ele coloca as duas mãos na boca, em choque. — Aquele ali é o Salazar Medeiros?

— Salazar quem?

— Medeiros. — Benício abaixa as mãos, que estão tremendo como se ele estivesse sendo eletrocutado. — É basicamente um dos diretores mais celebrados da atualidade. Tipo, o cara é um monstro! A maioria das séries nacionais que estão sendo feitas pelos streamings tem dedo dele.

— Ah, tá.

Eu quase esqueci que Benício tinha vindo para São Paulo fazer uma série de testes que acabaram sendo cancelados.

— Por que você não vai lá falar com ele? — pergunto.

— O quê? — Benício balança a cabeça em negação tão rápido que me admira ele não cair desmaiado depois de alguns segundos. — De jeito nenhum!

— Mas por quê?

— Porque não. Eu não quero passar vergonha na frente dele.

— Benício, você não veio pra São Paulo pra realizar o seu sonho? — digo com naturalidade.

É curioso como eu, uma gay tão sem autoestima, consigo dar força para que as outras pessoas corram atrás dos próprios objetivos. Parece que consigo olhar mil possibilidades para toda e qualquer pessoa que não seja eu.

— Sim. Mas isso é diferente. — Ele me encara. — Se eu for lá e falar algo que ele não goste, ele vai me odiar pra sempre. Fora que ele deve estar aqui de férias, por lazer. Duvido muito que vá querer conversar sobre trabalho com um caipira como eu!

— Você não é caipira! — Empurro ele de leve.

E é engraçado como a conversa flui de uma maneira natural quando não estou sendo uma vadia problemática!!!

— Sério! — Ele suspira e abaixa a cabeça. — Deixa isso pra lá...

— Tá — falo, pegando meu celular do bolso. — Qual é o nome dele mesmo?

— Salazar Medeiros... — Benício fala baixinho, escondendo o rosto com as mãos. — Espera. O que você tá fazendo?

Eu não respondo. Abro o Instagram e jogo o nome do cara na lupa. Quero ver quais amigos temos em comum e se algum deles pode fazer essa ponte. Por que não ajudar o Benício? Só de lembrar dos anos enfiado em agências de publicidade trabalhando com algo que eu não gostava sinto vontade de me afogar na piscina do cruzeiro. Não tem nada mais desgastante do que saber que você está entregando toda sua força física, energia mental e saúde para alguém que não merece ficar ainda mais rico.

E então a surpresa acontece.

— Caramba! — falo, mostrando a tela do meu celular para Benício. — O Salazar me segue!

— MENTIRA! — Benício finalmente tira as mãos do rosto. — Meu Deus! Que incrível!

— Espera um segundo...

Ergo o dedo de uma mão para ele enquanto com a outra entro na caixa de mensagens. Sempre faço isso antes de entrar em contato com algum seguidor, só para me certificar de que ele não é daqueles que me seguem apenas para me xingar em qualquer conteúdo.

E então o destino está ali, agindo novamente...

— Salazar não apenas me segue como já me mandou uma mensagem dizendo que adora meu trabalho e que leu dois livros por causa das minhas indicações — revelo, sem conseguir evitar o tom de satisfação pessoal.

— Isso é... incrível! — Benício estica o rosto para poder ver que não estou mentindo.

— Pois é. — Fico de pé. — Faz o seguinte: vai ali pegar um suco enquanto eu faço o resto.

— Não, Alessandro! — Benício segura minha mão, em puro desespero. — Por favor, eu...

Por um segundo, eu quase perco a fala. A mão dele é tão grande e quente...

— Benício, tá tudo bem. — Consigo fazer as palavras saírem com certo esforço, olhando nos olhos dele e tentando transmitir toda a confiança que pulsa no meu peito. — Só confia em mim.

Sei que são palavras difíceis para ele compreender e aceitar, mas estou determinado a fazer esse menino sentir nem que seja um pouquinho de simpatia por mim.

Benício finalmente solta a minha mão e fica ali, me olhando, todo encolhido, como se sua altura enorme estivesse quase pela metade.

Enquanto caminho até a mesa do Salazar, por um microssegundo me dá um completo branco. O que eu vou falar com o cara? Ele vai me achar um esquisitão e provavelmente vai parar de me seguir assim que eu me afastar. Mas preciso tentar alguma coisa... Sinto que devo isso ao Benício.

— Salazar? — falo, me aproximando.

O cara se vira e demora mais ou menos um segundo para sua expressão de confusão se transformar em um sorriso.

— Não acredito! — Ele sorri ainda mais e aponta para o homem ao seu lado. — Amor, esse é aquele jovem que eu disse que faz ótimas indicações de livros. O Alessandro!

O namorado, marido, companheiro, seja lá o que for, acena para mim e eu aceno de volta, toda simpatia.

— Salazar, é um prazer te conhecer! — falo enquanto me sento na mesa deles. — Saiba que meu namorado é um grande fã seu... Sério! E eu queria muito te pedir um favor...

— Pode falar, rapaz! — Salazar apoia a mão sobre a minha e a aperta com carinho. — Contanto que você nunca pare de gravar vídeos.

A fala dele me pega de surpresa. Eu sei que ele é um fã, mas ouvir isso assim, pessoalmente, ainda mais sabendo da importância que ele tem, me deixa inflamado com um orgulho bonito de sentir.

Quem trabalha com internet entende o que estou falando. Às vezes nosso alcance parece tão subjetivo... É como se tudo ficasse ali na internet, no mundo das ideias e das redes sociais. Ser reconhecido pessoalmente e ouvir palavras de incentivo de alguém em carne e osso, que está na minha frente, é totalmente diferente.

— Pode deixar que eu nunca vou parar de gravar vídeos. Sério mesmo! — falo sem conseguir parar de sorrir. — Mas, bem... o meu namorado veio até São Paulo para fazer uns testes e tal. Ele é ator. E não é porque é meu namorado, não, mas ele é incrível — minto um pouquinho, e não que Benício não seja incrível, é que simplesmente não sei se ele é. — Mas todos foram cancelados. Uma coisa horrível! Estou aqui tentando animá-lo, mas tá difícil... E seria incrível se, sei lá, você pudesse fazer um teste com ele? Sei que essas coisas são marcadas de forma mais profissional, imagino, mas é que...

— Rapaz, se você soubesse as formas como já fui abordado... — Salazar solta uma gargalhada. — Por que ele não veio contigo?

Olho para trás. Benício está literalmente embaixo da mesa. Parece que está pegando algo que deixou cair, mas sinto que ele está apenas se escondendo.

— Ele está meio... — Penso na palavra tímido, mas a engulo porque talvez a timidez não combine tanto com a profissão de ator. — Nervoso. — É o melhor que consigo. — Não nervoso de estressado, mas nervoso mais puxado para ansioso...

— Olha, avisa ao seu boy que ele precisa relaxar! — Salazar faz um gesto amplo na direção da imensidão do cruzeiro.

— É. Eu vou avisar. — Engulo em seco, nervoso por sentir que ele está fugindo da conversa. Será que minha abordagem foi muito direta ao ponto?

Mas então Salazar faz o que mais estou esperando: mete a mão no bolso e tira de lá um cartão.

— Eu não costumo andar com um desses o tempo todo — explica, segurando o cartãozinho entre os dedos —, mas já que estou aqui meio dividido entre trabalho e lazer... Entrega pro seu namorado e fala pra ele me procurar na semana que vem. Preferencialmente depois que estivermos em terra firme.

— Meu Deus! — Pego o cartãozinho como se fosse uma coisa incrivelmente valiosa, tipo o novo original da Taylor Jenkins Reid. — Muito obrigado, Salazar! Passarei o seu recado.

Aperto a mão de Salazar e do acompanhante dele, que parece estar de saco cheio de mais uma pessoa abordando seu homem em um momento de lazer.

Quando volto para a mesa, Benício nem me vê chegar porque ainda está se escondendo.

— O que você está procurando, Benício? — pergunto em voz alta para que possa me ouvir.

— Minha dignidade — grita ele lá de baixo.

— E já encontrou?

— Já. E ela está só o pó depois do mico que você me fez passar, Alessandro!

— E por que você acha que foi um mico?

— Porque com certeza nunca que o Salazar vai dar uma chance para um ferrado como eu, que... — Ele finalmente sai de debaixo da mesa e me encara, mas logo seus olhos caem sobre a toalha branca onde está um pequeno cartão branco com o nome, e-mail e celular de Salazar. — Que porra é essa?

— Os contatos dele. Mande mensagem após o cruzeiro — solto e deixo a informação voar entre a gente.

— Eu não acredito.

— Você tem o contato direto do cara. — Dou de ombros como se fosse algo bobo, que eu fizesse todos os dias. — Não era isso que você queria?

— Caralho! — Benício está com os olhos cheios de lágrimas. — Eu nem sei como te agradecer, sério mesmo!

É surpreendente. Mas eu fico muito feliz por vê-lo feliz. E fico ainda mais feliz por saber que ele está feliz por algo que eu fiz.

— Não é isso que namorados fazem? — brinco, dando uma piscadinha.

Benício pega uma das minhas mãos e a beija, como se fôssemos um casal dos anos cinquenta. O que não é nem um pouco brega e sim charmoso para caralho.

— Sim — concorda ele, olhando para cima, diretamente nos meus olhos. — É isso que namorados fazem.

E então eu já sei a resposta para uma das minhas dúvidas. Ele é um ator bom para caralho mesmo.

# 22
# BENÍCIO

Saímos da área do restaurante animados. Eu, com a clara possibilidade de conseguir um teste de verdade assim que o cruzeiro acabar, e o Alessandro, bem, não sei o motivo, mas ele parece estar mais bem-humorado.

Alessandro: Temos que ir pra piscina agora. Tudo bem pra você?

Eu: Claro! Depois de conseguir o contato do Salazar pra mim, eu posso rodar pirueta se você quiser.

Alessandro: Calma! Não vamos precisar de piruetas. Acho que só tirar algumas fotos pro perfil do cruzeiro e tal. Temos que achar uma mulher chamada Lucinha, pelo que Melina disse. E vamos ter que aparecer juntos em uma boate também...

Eu: A Hot Hot?

Alessandro: Como você sabe?

Eu: Ah, ontem quando eu estava perto do teatro eu vi alguns gays saindo de lá apenas de cueca e dando risadas altas. E aí um deles disse que era a melhor boate de strip-tease a que já havia ido na vida porque nunca tinha visto tantos paus grandes em um mesmo cômodo.

Alessandro: Uau. Não sei se fico animado ou assustado. Bom você ter comentado isso pra eu começar a me preparar psicologicamente.

Ri baixinho e percebi que Alessandro riu também, o que tornava toda a situação do namoro falso bem mais leve e fácil de lidar.

Assim que viramos o corredor e finalmente chegamos à área da piscina, eu nem precisei falar nada, mas fiquei com medo da leveza acabar ali mesmo.

Uma mulher de meia-idade baixinha, de cabelo chanel, usando um vestido nas cores do arco-íris, chamava toda e qualquer pessoa para tirar foto em um painel formado por bexigas coloridas, que remontavam a um arco-íris tanto em cor quanto em formato. Nem precisei perguntar nada para saber que aquela era a tal Lucinha e que aquela era a tal ação que eles precisavam que Alessandro desse uma força.

Eu: Olha, foi pra isso que você me chamou para ir à piscina? Porque sério. Estou fora!

Brinco com Alessandro, fingindo realmente estar intimidado.

Alessandro: Me perdoa! Eu odeio isso às vezes. É tudo tão brega e artificial e… Sério!

Alessandro murcha como se ele próprio fosse uma bexiga.

Eu: Ei, calma!

Pouso a mão no ombro dele e aperto de leve.

Eu: Estava brincando. Isso faz parte do seu trabalho, não é? Então vamos simplesmente fazer o que tem que ser feito e vazar daqui.

Alessandro: Tá. Acho que é isso. Só vamos, então.

Caminho com passos firmes na direção daquele horror. Alessandro vem ao meu lado, sem tanta certeza, dando passos mais lentos e calculados. A verdade é que a Lucinha parece aquelas pessoas aliadas deliberadamente sem-noção. Ela fica tentando puxar os gays sarados que estão ali em torno da piscina para tirarem fotos no painel, mas todos se esquivam dela como se estivessem recebendo um chamado para o celibato.

O que quer que aconteça vai ser vergonhoso? Muito provavelmente. Mas melhor terminar logo com isso do que ficar segurando essa ansiedade.

Alessandro: Oi, Lucinha?

Lucinha: Oi, bonitões! No que posso ajudar?

Alessandro: Ah, é que eu sou influenciador… O Queerandro.

Lucinha: Criando?

Lucinha é bem expressiva. Todo seu rosto está contorcido em uma careta enquanto ela tira o celular do bolso e confere algo. Até que sua expressão se suaviza e ela abre um sorriso.

Lucinha: Ah, o gay nerd, né?

Ela dá um tapinha no ombro de Alessandro.

Lucinha: E esse bonitão? Quem é?

Demoro um tempo para perceber que o bonitão no caso sou eu mesmo.

Alessandro: Ah, esse é o Benício.

Ele faz um gesto de mão na minha direção, como se eu fosse o produto que Lucinha estava procurando no mercado. Volto a encarnar o personagem. Dou um passo à frente e aperto a mão dela.

Eu: Prazer, Lucinha. Eu sou o namorado do Alessandro. O nerd gay mais lindo e fofo de todo o universo.

Olho para Alessandro, meio que buscando um sinal de aprovação. Mas ele desvia o olhar. Suas bochechas estão vermelhas como um pimentão.

Lucinha: Ah, que fofos, meninos. Eu adoro gays. Meu vizinho é gay. Meus amigos do trabalho são gays. Até meu ex-marido é gay, acredita? Acho até que sou um pouco gay também.

Lucinha ri. E a risada dela é daquele tipo de risada extravagante, única e estranha. Alessandro dá um sorrisinho que por pouco não nos entrega, e eu dou uma risadinha para acompanhá-la. Quase consigo ouvi-lo resmungando na minha mente.

Alessandro: Então, a Melina, minha assessora, disse que era pra eu vir participar de algo... Mas se você estiver ocupada, a gente pode voltar outra hora.

Lucinha: Nada disso! Pelo amor de Deus!

Ela suspira e se aproxima mais um pouco, em tom confidente.

Lucinha: É que meu emprego depende disso. Eu preciso tirar fotos dos gays que estão no cruzeiro para depois subirmos tudo no site, sabe? Só que os gays são tão tímidos... Ninguém quer posar. Mas acho que depois que você, uma pessoa famosa, posar pra mim, as coisas vão mudar.

Olho para Alessandro, que apenas revida o olhar. E eu acho que ele está considerando de verdade se jogar em alto-mar.

Alessandro: Tá. Vamos fazer isso logo, então.

Ele diz, naquele tom rude que eu já conheço.

Eu: Vai ser um prazer, Lucinha.

Acrescento, para não deixá-lo com fama de rabugento com mais uma pessoa. Alessandro me olha, entendendo o que eu fiz, e sorri em agradecimento.

Lucinha: Perfeito, então. Se posicionem ali no meio, meninos.

Ela aponta para o arco-íris. Eu e Alessandro paramos lado a lado, como dois postes prontos para serem mijados por um cachorro. Como eu sei que ele é mais travado, tomo a iniciativa e passo a mão pelo ombro dele, aproximando-o.

Lucinha: É sério isso, meninos? Porra, chupem minha rola! Vocês são namorados ou corretores de imóveis fazendo negócio? Por Deus...

Ela se afasta, em negação.

Eu olho para Alessandro sem saber o que fazer. Na lista de regras lembro que tinha algo sobre traçar limites ou qualquer coisa desse tipo. Ele apenas se aproxima para falar algo perto do meu ouvido.

Alessandro: Sério. Eu vou me jogar em alto-mar.

Eu: Por favor, não faça isso. Imagine as manchetes nos jornais. "Gay morre afogado em meio à orgia em cruzeiro."

Alessandro: Benício, aqui tem tudo o que eu mais odeio. Sol na cara, gays que se acham mais do que os outros simplesmente porque têm corpos sarados e mulheres hétero que agem como se fossem viados.

Eu: Vamos só acabar com isso... Posso?

E faço um gesto como se pedindo permissão para me aproximar. Alessandro suspira alto e apenas faz que sim com a cabeça. Eu então passo uma mão pela cintura dele, movimentando-o de leve e o colocando de frente para mim.

Agora nós dois estamos de perfil, olhando um para o outro, e eu com a mão na cintura dele.

Eu: Coloca a mão no meu ombro.

Alessandro: T-tá.

Ele faz o que eu peço. Alessandro respira fundo. Parece realmente nervoso.

E agora, tão de perto, vejo tantas coisas que eu não tinha reparado antes... Como as bochechas rosadas, que são tão fofas. Os olhos castanhos e os cílios pretos, que são tão penetrantes. A forma como os lábios dele tremem um pouquinho quando está nervoso e...

Lucinha: ATENÇÃO, GALERA!

Eu e Alessandro damos um pulo. Lucinha agora está segurando a porra de um microfone. E gritando muito alto neste mesmíssimo microfone.

Lucinha: VOCÊS NÃO QUEREM APARECER NO NOSSO SITE, MAS OLHA AQUI! UM INFLUENCER NERD E FORA DOS PADRÕES TOPOU PARTICIPAR! E FAMOSO, TÁ? NÃO É QUALQUER UM, NÃO!

Lucinha faz um gesto amplo em nossa direção. Literalmente todo mundo está olhando para a gente. Alessandro parece pronto para ter um AVC, e então enfia o rosto no meu peitoral, tentando se esconder.

Lucinha: ENTÃO LEVANTEM AS BUNDAS DE VOCÊS DESSAS ESPREGUIÇADEIRAS E VENHAM TIRAR A DROGA DA FOTO. JÁ QUE VOCÊS PROVAVELMENTE ESTÃO TÃO BÊBADOS QUE NEM VÃO SE LEMBRAR DA ÚLTIMA COISA QUE COLOCARAM NA BOCA, ENTÃO TENHAM AO MENOS UMA MEMÓRIA PARA A POSTERIDADE!

Lucinha olha para nós com um sorrisão no rosto, fazendo sinal de joia e parece que procurando aprovação. Eu faço sinal de joia de volta, porque tenho medo de que ela chegue mais perto.

Eu: Puta merda.

Alessandro: Meu Deus!

Eu e Alessandro nos olhamos na mesma hora.

Eu: O que ela tem na cabeça?

Alessandro: Vamos sair daqui? E, tipo, não é uma piada, ok? Estou falando sério.

Lucinha: AGORA VOCÊS DOIS!

Ela grita olhando para nós.

Lucinha: EU QUERO UMA FOTO DE CASAL! VOCÊS PODEM ME ENTREGAR A DROGA DE UMA POSE DE CASAL? QUERO SENTIR A EREÇÃO DE VOCÊS DAQUI!

Engulo em seco. Alessandro parece a ponto de um desmaio.

Eu: Vamos só fazer a pose de antes, ok?

Falo, olhando para ele.

Alessandro: Tá bom.

A gente então se coloca na mesma posição: um de frente para o outro, minhas mãos na cintura dele e as dele nos meus ombros.

Lucinha: QUE POSE É ESSA? VOCÊS ESTÃO COMPLETANDO BODAS DE OURO OU SEI LÁ QUE PORRA DE BODAS SE COMPLETA QUANDO SE TEM OITENTA ANOS DE CASADOS?

Algumas pessoas riem. Lucinha parece crescer ainda mais com a aprovação popular. É uma artista — eu sei reconhecer uma. E pasmem: uma fila começa a se formar para a foto.

Eu: Mas o que você quer da gente?

Estou tentando segurar a barra, porque sei que Alessandro é ansioso e esse tipo de situação o deixa ainda mais abalado, mas até eu estou ficando nervoso.

Lucinha: EU QUERO UM BEIJO, PORRA!

Alessandro: Um beijo?

Ele engole em seco. Parece estar ainda mais branco, completamente pálido.

Eu: Tá. O que eu faço?

Sussurro para ele. Eu poderia beijá-lo facilmente, é claro. Mas não quero quebrar as regras.

Lucinha: VOCÊS PRECISAM QUE EU VÁ AÍ COLAR AS BOCAS DE VOCÊS?

Mais risadas. Lucinha parece estar vivendo o momento da sua vida. Ela então se vira para a plateia que já está completamente rendida ao seu espetáculo.

Lucinha: VAMOS, GAYS! JUNTOS COMIGO! BEIJA! BEIJA! BEIJA! BEIJA! BEIJA! BEIJA! BEIJA!

E o coro se torna quase opressor. Há quase uma centena de pessoas gritando para a gente se beijar. Olho para Alessandro, procurando um sinal, uma permissão. Não sei o que fazer. Percebo que estou apertando a cintura dele com mais força do que o normal. Alessandro parece estar a ponto de um colapso. Mas ele segura o ar por um segundo, me encara, fecha os olhos e se aproxima.

Eu não fecho os olhos, pois preciso acertar a boca dele e sei que, como temos alturas diferentes, isso pode ser um problema.

Mas então eu a alcanço. Sua boca. Seus lábios. Alessandro é macio. É doce. É como se seu corpo fosse maleável, pronto para me receber.

Fecho os olhos por um instante, alheio aos gritos que vêm da plateia. É quase como se o tempo tivesse parado e o silêncio recaído sobre a gente...

E então acaba.

Alessandro se afasta, a cabeça abaixada, os olhos mirando o chão. E tudo volta à minha percepção: as pessoas comemorando, Lucinha com o celular apontado na nossa direção e com a outra mão indicando para sairmos da frente do arco-íris, porque a fila precisa andar.

Olho para Alessandro e faço um sinal para a direita, para sairmos de lá. Ele vai pela esquerda, até que dá meia-volta e me segue. Parece zonzo, assim como eu.

Assim que chegamos a um corredor, Alessandro parece querer falar algo, mas eu digo antes.

Eu: Está tudo bem. Sei que foi atuação. Deu tudo certo. A gente sobreviveu.

Ele solta o ar com força e um sorriso nasce no final.

Alessandro: Sim, a gente sobreviveu.

Olho para ele e apenas abro um sorriso, falando baixo, em tom de mistério.

Eu: Agora vem comigo. Quero te mostrar algo de que você vai gostar.

# 23
# ALESSANDRO

Muitas coisas aconteceram e rápido demais. Eu sei disso. Minha mente não está conseguindo raciocinar corretamente e processar tudo de forma plena. Mas não consigo pensar em nada que se encaixe na frase "Agora vem comigo. Quero te mostrar algo de que você vai gostar" que envolva dois gays após um beijo e não tenha a ver com um chupar o pau do outro. É lógico que eu estou afetada também!!!! Ter Benício tão perto... Me beijando... Me deixou... excitado? Acho que sim, não tenho como negar. E isso é extremamente forte levando em consideração minha situação amorosa atual que é morta, enterrada e cheia de rancor.

— Olha! — diz Benício, e eu demoro a entender que ele está apontando para um lugar mais à frente.

Quando meus olhos finalmente se adequam à distância — Melina já disse umas trinta vezes que eu preciso ir a um oftalmologista ver se meu grau aumentou ou se terei que usar óculos em outros momentos além de leituras ou de frente para uma tela, e estou adiando porque sei que a resposta vai ser sim —, vejo que se trata de uma livraria.

— Ahhhh! — Solto o que parece ser mais um gritinho histérico, como se eu estivesse vendo o Harry Styles na minha frente. — Que sonho!

E então apresso meus passos na direção da única coisa dentro deste cruzeiro que tem o poder de me fazer sentir minimamente em casa e normal de novo.

Como uma pessoa profundamente apaixonada por livros, entrar em uma livraria é sempre uma experiência incrível e que me acalma. É como se eu conseguisse entrar em um portal para um mundo de conforto que existe dentro do caos que geralmente é a minha vida.

No momento em que passo pela porta de madeira, o cheiro de papel novo, recém-impresso, invade o meu olfato. Inalo com força aquele aroma. Para mim, cheiro de livro novo é como perfume.

A livraria é pequena se comparada a qualquer outra. São duas mesinhas no centro e dois corredores com estantes de madeira. Mas mesmo assim é uma livraria, e só quem é leitor pode me entender.

Enquanto percorro os corredores estreitos, deslizo os dedos suavemente ao longo das lombadas dos livros, sentindo as texturas e absorvendo os títulos e os nomes dos autores, e percebo que a curadoria foi bem específica. Caio Fernando Abreu, João Silvério Trevisan, Clara Alves, Juan Jullian, Vitor Martins, Bia Crespo... Poesia, não ficção, jovem adulto, todos os livros têm protagonismo LGBTQIAPN+ e são escritos por pessoas da comunidade.

Perco a noção do tempo, imerso por essa onda de afeto que me puxa. Me agacho até as partes mais baixas das estantes e fico fazendo um jogo pessoal de verificar quais desses livros eu já li, e percebo que são basicamente todos, sem exceção.

Tiro o celular do bolso e começo a fotografar tudo o que posso; fotos conceituais das estantes, as capas dos meus livros favoritos, e vou postando tudo. Esse sou eu. Aqui, estou em casa.

Quando dou uma volta completa na primeira estante, encontro os olhos de Benício em mim. Ele está na porta, apoiado no batente, lendo a sinopse de um livro que não consegui ver a capa ainda.

— Desculpa — falo e ele me olha confuso —, é que eu perdi a noção do tempo, né? Te deixei aí esperando...

— Ah, relaxa.

— Quanto tempo estou aqui?

— Sério mesmo? — Benício coça a cabeça. — Acho que mais de uma hora.

— Caramba! — Arregalo os olhos, surpreso. — É que, sério, entrar numa livraria pra mim é quase como entrar em um santuário. Sei que tem todas essas coisas de os livros serem um produto etc., e eu entendo isso. Mas é que, como leitor, é a forma mais bonita de arte.

— A arte precisa ser paga também, Alê — Benício fala com calma e abre um sorriso. — Ao menos eu sou artista e preciso ser pago pelo que produzo. O mundo é assim.

— Total.

— E então... — Escuto uma voz atrás de mim e quase dou um pulo. Quando me viro, percebo que tem uma senhora atrás de um pequeno balcão. Fiquei tão hipnotizado pelos livros e pela aura que Benício me proporcionou que nem tinha visto que havia outra pessoa ali. — Você vai continuar só filmando os livros ou vai levar alguma coisa de fato?

— Ah... Eu vou levar, sim, não tem problema — respondo, sem-graça.

Eu sei como as livrarias estão sendo esmagadas pelas vendas altamente competitivas da internet e tenho um combinado comigo mesmo de, pelo menos uma vez por semana, comprar um livro em livraria, com o preço cheio mesmo.

— A senhora poderia ser um pouco mais educada, né? — diz Benício, me tirando dos meus pensamentos. — Sabia que esse cara aqui é um dos maiores influenciadores literários do país? Ele ajuda e muito a difundir os livros, a incentivar a leitura, principalmente entre os jovens.

Sou pego de surpresa. Nunca imaginei que Benício me defenderia assim, desse jeito. Nem consigo pensar em algo para falar.

— Ah, vai te catar, moleque! — responde a mulher, revirando os olhos e olhando para o lado. — Se ele é famoso, eu sou a Gretchen!

Benício então me pega pela mão e me puxa para fora da livraria.

— Tudo bem. Eu sei que você ama livros. Sei que você tem dinheiro pra comprar quantos livros quiser. Mas me recuso a comprar algo de uma pessoa grosseira, sério mesmo.

Ele se vira para mulher e grita:

— É junho, droga! Mês do orgulho! Somos gays! Estamos em um cruzeiro gay! Você devia ao menos nos respeitar ou fingir que nos respeita, sua bruxa!

A mulher ergue a mão e mostra o dedo para nós.

Não falo nada. Apenas deixo que ele me guie.

Achei a reação de todo mundo muito desproporcional? Achei. Mas além de Melina, não lembro de ninguém me defender com tanto afinco. E é uma sensação boa, no fim das contas.

# 24
# BENÍCIO

Depois que saímos da livraria, Alessandro falou que talvez eu estivesse estressado porque estava com fome e paramos para almoçar.

Deixo que ele escolha o que vamos comer, porque não custa nada, e recebo filé com fritas e suco de laranja. Depois de dias comendo lanche, correndo de um lado para o outro, é ótimo comer algo que me lembre de casa.

Eu: Você adivinhou meus pensamentos.

Alessandro: Por quê?

Eu: Filé com fritas era tudo que eu precisava para ficar feliz. Aliás, agora a gente só tem compromisso à noite, né?

Alessandro: Isso mesmo. Mas eu acho que vou aproveitar que saí do quarto pra tirar algumas fotos, sabe? De paisagem e essas coisas. E vou mandar pra Melina ter algum material pra trabalhar.

Eu: Ela deve estar se corroendo, né? Sem fotos e vídeos do cruzeiro.

Alessandro: Ah, mas isso nem é tanto problema assim. A foto que tiraram da gente ontem ainda está rendendo horrores.

Eu: Foto da gente? Como assim?

Alessandro: Ué? Você não viu o Instagram?

Automaticamente coloco a mão no bolso e percebo que deixei o celular carregando.

Eu: Não vi... O que aconteceu?

Alessandro: Ah, é que alguém tirou uma foto nossa e postou no Twitter. Quer dizer, no X. E meio que deu uma viralizada.

E a Melina, que não é boba nem nada, aproveitou e postou nas minhas redes. Deixa eu te mostrar.

Alessandro pega o celular imenso dele no bolso e me mostra a foto. É uma imagem tirada a certa distância, mas que nitidamente mostra nós dois abraçados. Foi exatamente no momento em que estávamos embarcando no cruzeiro, quando encontramos o ex-namorado mala dele e eu o abracei, como forma de apoio.

Abaixo um pouco os olhos e vejo as interações. Há mais de trinta mil curtidas e quase dez mil comentários.

Eu: CACETE! Deu tudo isso de curtidas?

Alessandro: Deu! Bombou demais. Acho que já é top 10 das minhas postagens com mais engajamento.

Eu: Alessandro, isso é surreal.

Alessandro: Ah, espere então para ver as notificações quando você abrir o seu aplicativo! A Melina te marcou na foto.

Eu: Mano, eu devo ter trezentos seguidores. O meu perfil é fechado. Acho que tem nove fotos ao todo. Sério.

Alessandro: Ah, então deve estar bombando de solicitações para te seguir. E de mensagens te chamando de lindo. E provavelmente uma dezena de fotos de paus gigantes e de bundas bonitas.

Eu: Meu Deus...

Levo as duas mãos à boca. Ainda estou completamente em choque.

Alessandro: Receber nudes te assusta tanto assim? É só não responder...

Eu: Não é isso. É que... Mano, eu sou, sei lá, um ninguém no mundo da internet. Não sei como lidar com isso.

Alessandro: Bê, as gays amam um low profile. Se você não for o tipo de cara que tem um relacionamento de anos e apenas quer transar com outro escondido ou que talvez seja levemente psicopata e muito possessivo, os low profiles têm um charme todinho só deles.

Eu: Low o quê?

Alessandro: Low profile. Pessoas mais discretas nas redes. Mais reservadas. Que postam pouco, sabe? Que vivem a vida fora das redes, essas coisas.

Eu: Nossa. Nem sabia que tinha um nome para alguém que apenas não quer mostrar toda sua vida na internet.

Alessandro: Pois é. Mas, sério, você não precisa fazer nada, tá? Tipo, aceitar as solicitações das pessoas que pediram pra te seguir ou coisas assim. Depois de segunda a gente segue o plano do término amigável e vai dar tudo certo.

Alessandro pula do banquinho e pega o copo de suco de laranja que ainda está na metade.

Alessandro: Eu vou dar uma voltinha, ok? Tirar fotos do mar pra Melina postar com algum trecho reflexivo de um livro. A gente se vê depois.

Eu apenas assinto. Ele então se aproxima e me dá um beijo na bochecha, que me pega de surpresa. Olho para ele e Alessandro encolhe os ombros, e então rapidamente volto para a realidade. Somos namorados, então precisamos ser fofos na frente dos outros.

Eu: Ah, tá.

Pigarreio.

Eu: Bom passeio, amor! Mas não demore, porque sentirei saudades.

Falo alto demais. Algumas pessoas apenas me olham como se eu fosse o vendedor de ovos do bairro gritando com megafone nos seus ouvidos. Alessandro dá uma risada fofa e apenas se afasta, mandando um beijo no ar.

Assim que ele some de vista, volto para o quarto praticamente correndo, desviando das pessoas e tentando não esbarrar em ninguém. Entro, fecho a porta, sento na cama e pego meu celular. Ele até demora um pouco para ligar. Está tão velho… Daqui a pouco se tornará relíquia. Mas sempre fui do tipo que não compra algo novo apenas para estar atualizado. Tudo bem que isso se deve — e muito — ao fato de eu ser pobre e não ter dinheiro sobrando, mas gosto de pensar que é um dos meus traços de personalidade também. Uma luta silenciosa contra o sistema.

Assim que meu celular liga e abro o Instagram, vejo que está lá.

A maioria dos comentários são com corações e desejos de boa sorte. Alguns outros (uma quantidade considerável) dizem que acham o Raul mais gostoso. E outros perguntam quem é o moreno misterioso.

Moreno misterioso? Que porra é essa?

Vou nas solicitações para me seguir e Alessandro estava certo. Há exatamente 10.100 perfis solicitando permissão para me seguir. Isso é tão surreal! Acho que é maior do que o número de habitantes da minha cidade.

Abro o WhatsApp e há umas dez mensagens do Gustavo. Em vez de ler uma por uma, resolvo ligar.

Gustavo: Cacete! Por que você sumiu desse jeito?

Eu: Mas eu não sumi!

Gustavo: Sumiu, sim!

Eu: Só não mandei nada ontem. Isso não é sumir. É o meu normal.

Gustavo: Era o seu normal antes de você simplesmente viralizar no Twitter e estar namorando um dos meus influenciadores favoritos. Caralho, Benício! Por que você não me contou?

Eu: Mas eu mandei mensagem dizendo que o amigo da moça de quem eu tinha alugado o quarto precisava de um namorado de aluguel e…

Gustavo: Mas você não disse que era o QueerAndro!!!!!!!!

Eu: Nem sabia que você conhecia ele!

Gustavo: Mano, eu li meu primeiro livro com protagonista trans porque ele recomendou! O cara é um fenômeno nas redes! Tipo, ele é meu ídolo!

Eu: Uau. Se você soubesse como isso tudo deu merda…

Gustavo: Eu vou querer saber de tudo!

Eu: Vou te contar tudo. Mas quando eu voltar pra casa, pode ser?

Gustavo: E ele beija bem?

Eu: Como assim? Quero dizer, como você sabe que a gente já se beijou?

Gustavo: Ué?! Vocês se beijaram na frente de um trem que parecia um arco-íris, e postaram a foto no Twitter.

Eu: Ah, é lógico que postaram.

Gustavo: A Tata que me mandou, inclusive.

Eu: Quem é Tata?

Gustavo: Ah… A menina que eu tô namorando.

Eu: Então você finalmente tá namorando?

Gustavo: Ah, não oficialmente. Estou esperando ela me pedir.

Eu: Mas você que é o menino da relação, Gu! Você que tem que pedir.

Gustavo: Meu Deus! Isso é tão patriarcal, brega e heteronormativo. Em um relacionamento entre dois homens quem pede o outro em namoro, então? O ativo que pede e o passivo aceita? E se os dois forem versáteis? Os dois pedem ao mesmo tempo? E se eles forem gouine? Morrem sem namorar?

Eu: Meu Deus! Chega de militar em cima de mim. Falei besteira.

Gustavo: Falou.

Eu: Mas assim… Em namoros héteros convencionais o menino que costuma pedir.

Gustavo: Eu sou um menino trans, irmão. Gostamos de coisas não convencionais.

Eu: Tá bom, sabichão. Eu vou desligar agora.

Gustavo: Beleza! Mas, tipo, eu vou querer saber de tudo no final, tá?

Eu: Pode deixar.

Me despeço do Gustavo e fico apenas encarando a foto de novo, em que eu e Alessandro estamos abraçados lado a lado. A foto é bem crível, para ser sincero. E fofa demais, se você não sabe do contexto de ser apenas um namoro de mentira.

Quando Alessandro não está sob efeito dos próprios gatilhos ou simplesmente armado para o combate, ele é um cara até que agradável. E bonito. E interessante…

Com a foto aberta na tela do celular, acabo adormecendo.

# 25
# ALESSANDRO

Tiro quase cem fotos de vários espaços diferentes do cruzeiro e mando tudo para Melina, incluindo algumas selfies minhas no deque. Desde que perdi a cabeça ontem ainda não nos falamos direito, então espero que esta atitude proativa acabe derretendo um pouco o gelo do coração dela.

A mensagem chega rapidamente:

> *Obrigada!*

Não é calorosa, mas também não é tão fria. É um meio-termo. Então começo a digitar de volta:

> *Você me perdoa?*
> *Tipo, de verdade mesmo!*
> *Sei que fui um cretino em ter falado aquilo*
> *E você sabe que eu sou do tipo que odeia pessoas que são idiotas alegando terem personalidade forte*
> *Não quero ser assim*
> *Mas sei que fui assim contigo!*
> *Quero que você saiba que se não fosse por você, nada disso estaria dando certo*
> *Você é minha âncora!*
> *Te amo!*

Mando tudo de uma vez sem parar para reler, porque sei que vou acabar ficando com vergonha e apagando algumas frases. A questão é que eu sei que tenho dificuldade em lidar com sentimentos. Principalmente com os meus sentimentos. Sempre me sinto meio... exposto demais quando falo o que sinto, mas sei que às vezes é necessário.

Vejo que Melina está digitando então apenas espero, me dando um segundo para apreciar a vista. Da parte do deque onde estou, do lado oposto de onde acontece toda a badalação das festas, consigo ter um vislumbre perfeito do pôr do sol pintando todo o céu de laranja.

Me lembra um pouco o céu da minha cidade... No caso, minha antiga cidade... O lugar onde eu nasci e, depois de crescido, de onde precisei fugir...

O celular apita e leio a mensagem de Melina.

> *Ser a âncora de um barco gay com tantos gatilhos e traumas às vezes é difícil demais*
> *Mas eu aguento! Hihihi*
> *Agora quero saber detalhes do beijo com o BENÍCIO!!!!!!!!*

Abro um sorriso enquanto penso no que responder. O beijo foi... bom? Foi bom. Mesmo sendo um beijo de mentira, eu seria um grande hipócrita se não admitisse, ao menos para mim mesmo, que houve certo encaixe.

> *Foi bom. Mas foi tudo de mentira.*

Respondo, o que não deixa de ser verdade. Namoros de mentira exigem beijos de mentira.

> *Alguns atores dizem que não existe beijo técnico, hein?*
> *Por que não pergunta a opinião do Benício?*
> *SAFADAAAA!*

Dou uma gargalhada alta. É bom sentir que Melina está bem comigo de novo. Ela é o mais próximo que eu tenho de família.

Quando chego ao quarto, encontro Benício apagado, dormindo na cama. Imagino que ter passado a noite no chão não foi um dos sonos mais confortáveis da sua vida, então decido apenas deixá-lo quietinho.

Antes de entrar no banheiro pra tomar banho e me arrumar para a festa na boate, fico olhando Benício... Seus cabelos escuros caindo por cima da testa, a sobrancelha escura, bem-marcada. O nariz grande, reto, másculo. Os lábios grandes... Ele lembra um pouco o ator britânico Aaron Taylor-Johnson, com o nariz e expressões fortes do ator americano Adam Driver. É uma combinação ótima, inclusive.

Sacudo a cabeça enquanto grito comigo mesmo mentalmente para parar de ser uma gay paranoica e iludida, e lembrar que Benício está aqui interpretando!!!! Nada além disso. E eu também. Né?

## 26
# BENÍCIO

Quando Alessandro me acorda delicadamente, ele já tá todo bonitão e pronto para a festa. E, por um instante, acho que estou sonhando.

Alessandro tem uma cor de cabelo difícil de descrever de com precisão, mas é um castanho-escuro e nas pontas vai ficando mais claro, como se queimado de sol. Seu rosto é redondo, bem desenhado. Os olhos são grandes, como os de um personagem de anime e o nariz é tão pequeno que parece impossível de respirar. Ele tem um rosto angelical, mas ao mesmo tempo uma malícia sedutora no olhar. As bochechas rosadas, da mesma cor dos lábios carnudos…

Me sento e esfrego os olhos, tentando me acostumar à claridade da luz do quarto.

Eu: Caramba! Perdi a hora?

Alessandro: Tá tudo bem! Mesmo. A festa começou quase agora e ela provavelmente termina de manhã.

Eu: Nossa, eu estava falando com meu irmão no celular e acabei apagando. Desculpa.

Alessandro: Desculpa pelo quê?

Eu: Por ter dormido na sua cama… Não vai mais acontecer.

Me levanto, vou até a minha mala e pego uma muda de roupa limpa para tomar banho. Alessandro parece pronto para falar algo, mas eu me tranco no banheiro o mais rápido que posso. Vai que ele ficou puto porque eu dormi na cama dele e cancela o nosso acordo? Não posso arriscar.

Assim que volto a respirar dentro do banheiro e me olho no espelho de corpo inteiro, percebo um detalhe inusitado. Estou de pau duro, quase explodindo por baixo do tecido do short.

Cacete. Por que estou excitado?

Será que tive algum sonho?

Será que foi a proximidade com o Alessandro?

Será que é o clima do cruzeiro?

Merda. Espero que Alessandro não tenha percebido...

# 27
# ALESSANDRO

Fico meia hora, o exato tempo que Benício permanece trancado dentro do banheiro, remoendo um monte de emoções complexas dentro de mim.

A forma como ele ficou assustado com a possibilidade de ter me deixado puto porque dormiu na minha cama me deixa com um nó na garganta. O que eu preciso fazer para que ele perceba que eu estou arrependido pela forma como o tratei ontem? Será que eu preciso... FALAR?

Me encaro no espelho. Sou uma gay patética mesmo!!!!

Sempre parto do pressuposto que as pessoas sabem exatamente o que se passa dentro de mim, mesmo que eu não verbalize esses pensamentos e sentimentos. Sou um prato cheio para qualquer terapeuta do universo e preciso achar um rapidamente!!!!!

E o pau dele estava realmente duro? Me odeio por pensar nisso e ficar remoendo essa possibilidade diante de algo tão mais sério, mas era realmente uma ereção ou imaginei aquilo?

Quando a porta se abre, perco o ar por um segundo.

Benício está vestindo uma regata canelada branca com um jeans azul básico. Ele parece ter saído diretamente de algum filme de Hollywood dos anos oitenta, uma coisa meio James Dean tupiniquim.

Desvio o olhar rapidamente, sentindo minhas bochechas pegando fogo.

— E aí, namorado de mentira? — chama ele, e eu o encaro enquanto ele dá uma volta completa. — Estou bem pra festa? Não tinha muitas opções.

— Você está perfeito — falo, embasbacado. — Quero dizer, você está ótimo. Bem melhor que eu.

— Por quê? O que tem de errado contigo?

— Ah... A Melina sempre fala que eu só tenho roupas estranhas de nerd e ela tem razão. Eu preciso variar um pouco.

Falar sobre isso me deixa envergonhado. Aqui estou eu com uma calça jeans que não favorece meu corpo e uma blusa preta imensa com a cara do Scooby-Doo.

— Eu não vejo nada de errado na sua blusa, sério — diz Benício, parando na minha frente.

Ele é tão cheiroso... Um perfume doce e amadeirado ao mesmo tempo. Sinto vontade de pular em cima dele e enfiar meu rosto no seu pescoço. Minha deusa!!!!! O que aconteceu com os meus hormônios? Que cacete!!!!!!!!!!

— É infantil. — Dou de ombros. Quando abro os portões da autodepreciação, é como se eu não conseguisse mais achar as chaves para trancá-los de novo. — Mas é um inferno achar roupas boas e estilosas para pessoas gordas. Tipo, um inferno mesmo! É como se o mundo não gostasse de ver a gente bem, usando roupas que nos valorizem, ou como se não pudéssemos ter estilo próprio. Sério! A maioria das roupas em lojas de departamento para homens com o meu tamanho parecem toalhas de piquenique.

Esse é um assunto que me dá gatilhos. Respiro rápido, sacudindo minhas mãos para me abanar, sentindo meus olhos se enchendo de lágrimas.

— Ei, ei! — Benício pega minha mão. — Não vou dizer que sei o que é isso, porque eu não sei. E realmente deve ser uma merda. Mas, por favor, não reprime esse sentimento.

Ele me puxa e me coloca de pé, ao mesmo tempo que uma lágrima teimosa rola pelo meu rosto e eu a seco rapidamente.

Da onde veio esse turbilhão de sentimentos???? Por que eu estou tão abalado? Parece que estou preso em uma montanha-russa que me leva às mais variadas sensações.

— Não, não reprima esse sentimento. — Benício ergue meu rosto de forma delicada, com seus dedos roçando levemente meu queixo. — Levanta a cabeça e coloca todo esse ódio pra fora.

— Fazer o quê? — pergunto, fungando o nariz.

— Vai! Coloca toda a sua mágoa pra fora! Personaliza em mim as merdas das lojas de departamento!

Ele faz um sinal com as mãos, como se me chamasse pra luta. Eu decido embarcar nessa viagem. Endireito a postura, jogando os ombros para trás, estufo o peito, fecho os olhos e começo.

— Se você apenas soubesse como eu ODEIO você com todas as minhas forças! Como eu odeio você por me fazer sentir inadequado na porra do mundo que é meu também! Se você só tivesse o mínimo de consciência, você pensaria duas vezes antes de me entregar roupas extremamente curtas como se fossem tamanho GG. Entrar na sua maldita loja é como ser jogado em um labirinto de merda! Vocês colocam lá que tem departamento *plus size*, mas é tudo uma ilusão! Porque em vez de vestir pessoas, vocês acham que estão fazendo a porra de uma bainha na saia pro botijão de gás da sua tia-avó Cleide, que ama colecionar estampas de galinha-d'angola!!!!! Eu mereço mais do que tecidos vagabundos de uma cor só! Eu mereço um jeans que se ajuste ao meu corpo perfeitamente, que valorize a minha bunda bonita e redonda, e não um que pareça um saco de batata embalando uma batata inglesa, que no caso é como você faz eu me sentir, seu lixo!!!!! Vocês se acham os deuses da moda! Eu sei que se acham, aí do topo do seu monte Olimpo formado por pessoas ricas e magras. Mas quer saber a verdade? Eu sou grande demais, foda demais e lindo demais para caber na porra dos seus padrões! Então ou você começa a me respeitar como a gay gostosa que eu sou e fazer as porras das roupas que eu me sinto feliz em usar, ou eu vou enfiar essa lona feia que você chama de camisa *plus size* pela sua garganta até ela sair pelo seu...

— Opa! — Benício sacode as mãos, como se estivesse prendendo a respiração durante todo o meu monólogo. — Funcionou?

— Se funcionou? — Abro os olhos e encaro Benício com o maior sorriso que posso. — Eu nunca me senti tão leve na minha vida. Estou encantado.

— Você acabou de ter uma catarse — diz ele de maneira atenciosa, enquanto estica a mão e limpa as lágrimas que molham meu rosto. — É difícil de descrever, mas é quando a gente expulsa de dentro de nós algo que fica ali no nosso íntimo, sabe? — E toca no próprio coração, como se sentisse cada palavra.

Eu sei o que é catarse, mas ver Benício falando é tão fofo que eu apenas assinto, como se absorvendo cada palavra da explicação.

— É algo que eu aprendi nas aulas de teatro — acrescenta.

— Foi realmente incrível — falo, estendendo a minha mão e segurando a dele que está no meu rosto.

Não sei por que fiz isso, mas agora parece tarde demais para simplesmente soltá-la e fingir que nada aconteceu. O que eu faço?

Benício fica estático, me olhando nos olhos, e desviando por um segundo para os meus lábios. Parece que ele esqueceu como respirar.

E eu também.

Nós dois estamos suspensos naquele instante em que não sabemos exatamente o que fazer.

Eu vejo o rosto dele com tantos detalhes... As pequenas marquinhas de espinhas que são furinhos lindos na sua bochecha. As sardas no nariz grande. A camada fina de pelos que nascem no queixo e no bigode. Ele é tão lindo. Tão hipnótico. Até o arzinho que sai do seu nariz me prende...

Até que eu dou um passo para trás, finalmente desfazendo a magia e travando uma conversa mental bem sincera comigo mesma.

ACORDA, GAY!!!!!!!!! ACORDA, VIADO TROUXA!!!!!!! BORA!!!!!! VOLTA PRA REALIDADE!!!!!!! ELE É SEU NAMORADO DE MENTIRA!!!!!! REPETE COMIGO: NAMORADO DE MENTIRA!!!!!!!! ELE NUNCA OLHARIA PRA VOCÊ!!!!!!!!!!!

Benício se mexe, dando um passo para trás também e enfiando as duas mãos nos bolsos de trás da calça jeans, como se não soubesse o que fazer com elas.

Mas eu não vou deixar a gente regredir... Agora que pareço estar ganhando a amizade de Benício, preciso cultivá-la ainda mais.

— Vamos lá! — falo, mais confiante do que nunca. — Vamos quebrar tudo na pista de dança!

Os jovens ainda falam "quebrar tudo"? Eu sou de uma geração em que essa expressão funcionava. Será que estou brega demais? Desatualizado demais?

Não sei.

Mas de alguma maneira Benício sorri e diz "vamos", o que me faz acreditar que de alguma forma fui entendido — e isso precisa bastar.

## 28
# BENÍCIO

Do caminho do quarto até a entrada da Hot Hot, eu simplesmente não consigo parar de pensar no que aconteceu. Rolou um clima ou foi algo da minha cabeça? Provavelmente nunca vou saber a resposta e tá tudo bem. Preciso me lembrar a todo momento de que Alessandro é um cara famoso, com uma gama de opções que vai muito além de um aspirante a ator fracassado em busca de um sonho.

A entrada da festa está movimentada. Muitas pessoas chegando e se encontrando, com algumas flertando visivelmente.

Alessandro: Você curte boates?

Eu: Então, eu nunca fui a uma.

Alessandro: Quê? Como assim?

Eu: É sério.

Alessandro: Mas você nunca foi porque odeia ou outro motivo?

Eu: Alê, eu venho de uma cidade muito pequena. Provavelmente tem mais gente aqui neste cruzeiro do que a população do meu município. Tudo bem, talvez eu esteja exagerando, mas eu nunca fui a uma boate gay. Nem tem lá.

Alessandro: Entendi. Espero que seja uma boa primeira experiência. Mas caso você odeie muito, a gente pode fazer uma horinha aqui e sair, combinado?

Sinto meu coração acelerar e acho que essa é uma reação que tem se tornado constante toda vez que tenho que lidar com uma atitude fofa do Alessandro.

Eu: Combinado.

Falo, enquanto desviamos das pessoas amontoadas na frente do lugar e finalmente entramos.

A primeira coisa que percebo é que o ambiente é imersivo. Há um corredor onde as luzes são mais escuras, variando entre o azul-marinho e o vermelho. Nas paredes, há quadros pendurados, fazendo releitura de obras de arte, mas em uma versão gay. Por exemplo, *O nascimento de Vênus*, de Michelangelo, é um cara gay todo sarado e *Monalisa*, um homem fazendo biquinho.

Assim que passamos do corredor, chegamos à festa propriamente dita. O interior é tipicamente caracterizado por uma atmosfera escura, acentuada por efeitos de iluminação vibrantes e coloridas. Minha visão demora a se adaptar e só depois eu percebo que todas as paredes são contornadas por espelhos. A pista de dança é a peça central da Hot Hot. É uma área grande e aberta, totalmente tomada por uma euforia que é quase física, como se fosse um portal levando as pessoas para outro mundo. A música, obviamente, tem um papel fundamental nisso. Numa das paredes em frente a um telão gigantesco está a picape do DJ, que toca versões remixadas de clássicos da música pop. Agora, por exemplo, provavelmente uma dezena de pessoas está com as mãos para cima cantando a plenos pulmões "Born This Way", da Lady Gaga.

Alessandro: Vamos beber alguma coisa?

Eu: Vamos!

Alessandro aponta para as laterais, onde balcões de madeira extensos se encontram com uma dezena de funcionários preparando drinques do outro lado.

Alessandro: Por aqui.

Ele está na frente e estende a mão. Eu fico sem entender o que é para fazer. Ele olha para trás, por cima do ombro.

Alessandro: Me dá sua mão pra gente não se perder.

Ele grita e eu finalmente entendo. Concordo com a cabeça e entrelaço meus dedos nos dele. A mão de Alessandro é macia, a pele lisa como se fosse feita de seda.

Juntos, começamos a atravessar o mar de gente para chegar à área do bar.

Eu não sei o que está acontecendo comigo... Tipo, essa iniciativa de pegar na mão dele para não nos perdermos deveria partir de mim, que fui contratado para ser seu namorado, e não do Alessandro. Mas é tão estranho... Desde o beijo mais cedo, que parece que aconteceu há séculos, desde a situação no quarto, em que fiquei excitado sem saber o motivo, parece que não consigo mais atuar com tanta facilidade. E é horrível admitir, mas quando éramos estranhos e ele era apenas um cara grosseiro comigo, atuar era bem mais fácil.

Quando finalmente chegamos ao balcão de madeira e Alessandro solta a minha mão, sinto que é quando volto a respirar. Um barman sem camisa, besuntado de óleo, vestindo apenas uma cueca preta, se aproxima da gente.

Barman besuntado no óleo: Oi, meninos! Já sabem o que vão querer?

Alessandro: Qualquer drinque com gin tônica, por favor.

Barman besuntado no óleo: E você, bonitão?

Olho para trás, mas aparentemente o cara está falando comigo mesmo.

Eu: Ah... Eu não sei...

Barman besuntado no óleo: O QR Code com o cardápio está aqui no balcão. Qualquer coisa é só me chamar.

Fico aliviado quando o barman se afasta, porque meu celular é tão velho que eu nem sei se essa tecnologia de leitura de QR Code chegou nele.

Eu: Odeio cardápios em QR Code.

Alessandro: Por quê? É tão mais prático.

Eu: Não é inclusivo! E quem tem celulares ruins que vivem travando?

Alessandro: Mas é bom pro meio ambiente, já que é menos papel no mundo. Olha o cardápio aqui no meu celular. Eu abri pra você.

Olha lá ele sendo fofo de novo. Que saco! Pego o celular do Alessandro e literalmente não consigo ler nada, as letrinhas miúdas.

Alessandro: Você sabe que pode dar zoom, né?

Mostro a língua pra ele ao mesmo tempo que devolvo o celular com uma das mãos e com a outra chamo o barman.

Eu: Vou querer o mesmo que ele, por favor!

Barman besuntado no óleo: Pode deixar!

Alessandro: É sério! Você podia ter dado zoom e olhado direito.

Eu: Sou inimigo número um de cardápios por QR Code. Dar zoom e examinar o cardápio com muita atenção faria com que eu traísse meus princípios.

Ele joga a cabeça para trás, rindo.

Alessandro: Um namoro de mentira não está na lista de coisas que traem o seu princípio?

Engulo em seco. Alessandro está me provocando? É o que parece. E parece que o jogo virou de alguma forma. Antes, ele era o cara retraído, contra a parede, e eu conduzia a situação. Agora eu pareço mais confuso do que tudo, me pegando envergonhado com possíveis aproximações, como se eu não soubesse o que fazer com as mãos.

Antes que eu responda, nossas bebidas finalmente chegam. Em silêncio, fazemos um brinde. Mas Alessandro não bebe; ele me encara profundamente, como se continuasse em busca de resposta.

Eu dou uma boa golada, sentindo o álcool fraquinho ardendo na minha garganta. A bebida é gostosa. Refrescante. Cai superbem no calor que já faz a minha regata grudar no suor das minhas costas.

Eu: Até o fim dessa experiência eu te dou uma resposta. Ou talvez não.

Digo, por fim. Alessandro desvia os olhos, mas vejo que ele tem um sorriso no rosto.

# 29
# ALESSANDRO

Não sei onde perdemos o controle exatamente. Pode ter sido no quinto drinque ou quando o barman gostosão trouxe uma rodada de tequila. Mas eu e Benício estamos no meio da pista, dançando juntos, nos divertindo, completamente envolvidos pela música. Eventualmente nossos corpos se tocam. Eventualmente nossos olhos se encontram no piscar de luzes frenético. Eu estou suado, ele está suado, e a gente não consegue parar de sorrir.

Eu estou... atraído por ele.

Eu quero ele.

No meio do meu cérebro levemente embriagado, eu consigo sentir a verdade dessa informação.

— Opa, achei você!

Escuto uma voz atrás de mim e quando me viro encontro Lucinha. Benício me encara, segurando o riso frouxo. Deve estar pensando o mesmo que eu: o que essa figura vai aprontar agora?

— Oi, Lucinha! — Paro de dançar e falo alto para que ela me escute.

— Eu preciso de você para uma ação! — avisa ela aos berros para ser ouvida.

— Agora? — pergunto.

Eu não quero sair de onde estou. Quero continuar dançando, mexendo meu corpo de olhos fechados, e quando abrir os olhos quero ver Benício bem ali, na minha frente.

— É, menino. — Acho que Lucinha está revirando os olhos. — Agora.

Eu assinto, meio incerto. Benício apenas me olha, um sorriso largo no rosto, e acho que ele está me enviando energias positivas e incentivo, mas meu cérebro viaja e só consigo pensar no momento em que ele estava excitado no quarto. Nem sei se ele estava mesmo, mas acho que sim. E por que estou pensando nisso agora? Meu Deus! Minha cabeça de bêbado...

— Vamos — falo para Lucinha, e começo a segui-la.

Não sei como Lucinha chegou ao cargo que ocupa hoje, porque ela não tem muito jeito com as pessoas. Ela empurra uma dezena de gays para que abram caminho, enquanto eu vou atrás, encarando os olhares azedos que jogam sobre a gente, pedindo desculpas.

Demoro a perceber que Lucinha está me levando basicamente para o palco do DJ. E então me recordo do que Melina tinha me falado... show com strip-tease... Meu Deus!

— Lucinha! — Paro de andar e seguro o pulso dela para que me olhe. — O show de strip-tease...

— É isso mesmo! — Ela volta a me puxar. — Está animado, né, safado?!

— Não! Mas tipo... Eu que vou fazer o strip-tease? — pergunto, segurando-a de novo. — Pelo amor da deusa, não faça isso comigo!!!!!! Eu não tenho autoestima para ficar sem roupa nem dentro de um quarto, imagina em cima do palco com esse tanto de homem sarado e...

Lucinha dá uma risadinha debochada que me quebra. É óbvio que não sou eu que vou fazer o strip-tease.

— Já acabou com o seu showzinho? — Ela joga as mãos para o alto de modo extravagante.

— Já — falo, me sentindo ainda mais envergonhado.

Ela respira fundo, como se reunindo paciência para lidar comigo. Será que eu sou tão difícil assim de trabalhar? Acho que não.

— Eu vou te apresentar para o público — Lucinha fala devagar, como se eu tivesse dificuldade de entender frases simples —, e aí você vai subir no palco. E então os dançarinos profissionais de strip-tease vão fazer o show com você. Ok?

Engulo em seco enquanto vejo Lucinha se afastar. Melina não tinha me dado detalhes dessa ação, assim como a da piscina... Será que ela estava com medo de eu desistir de tudo caso me falasse? Eu não a culpo. Muito provavelmente eu desistiria mesmo.

Respiro fundo e tento não pensar muito no que vai acontecer. Já estou aqui mesmo.

— Atenção, gays! — Lucinha invade o palco no meio da música segurando um microfone.

O DJ parece surpreso por um instante, mas logo entende e abaixa o som. Algumas pessoas começam a vaiar.

— Ei, viado de cabelo verde, para de me vaiar agora e corta logo essa franja! Você não tem amigos pra te avisar, não?

Algumas pessoas riem. Imagino que a maioria ache que Lucinha é um personagem, mas eu tenho certeza de que ela é exatamente assim.

— A música já vai voltar. Mas antes eu vou entregar algo que vocês todos amam. Talvez mais do que amem divas pop. — Algumas pessoas batem palmas e Lucinha já ganhou a plateia. — Que é o quê?

Várias pessoas gritam uma variação de nomes e apelidos popularmente usados para pênis.

— Isso mesmo! — Ela aponta para a multidão. — E para isso eu convidei uma gayzinha pão com ovo que vai representar todas vocês.

Olho para trás, procurando o outro gay que vai participar da ação.

— Pode entrar, ALESSANDRO! — grita ela, apontando para mim.

Opa! *Eu* sou a gayzinha pão com ovo!!!! Entro no palco ao som dos gritos da plateia. A luz é tão forte no meu rosto que eu tropeço nos fios que estão no palco, ligados à aparelhagem do DJ.

— Aqui, bicha! — Lucinha fala teatralmente, sem paciência, e mais pessoas caem na risada.

Vejo que ela está apontando para uma cadeira de madeira no centro do palco e me sento ali. Estou transpirando mais do que em toda minha vida, sentindo meu rosto quente como se estivesse a ponto de explodir.

— Nunca pensei que um gay teria tanta dificuldade em *sentar*. — Ela dá um tapinha no meu ombro.

Não chego a rir, mas esboço um leve sorriso, ao som de algumas gargalhadas.

Olho para a plateia e finalmente o encontro... Benício vem caminhando, pedindo licença, desviando de algumas pessoas, para poder chegar mais perto do palco. Ele me encara e percebe que o encontrei. Eu sorrio. Ele estende a mão e me faz sinal de joia. Sempre achei sinal de joia a coisa mais hétero e sem-graça que existe, mas ele fazendo é tão fofo...

— Agora, que comece o show! — grita Lucinha, me pegando de surpresa.

Dou um pulo na cadeira ao mesmo tempo que as luzes se apagam e a música começa. Acho que é uma versão de "Gimme More", da Britney Spears.

De repente, sinto mãos encostando em mim. Eu pouso as minhas sob as coxas, nervoso, sem saber o que fazer com elas e com medo de acabar segurando em alguma parte de um corpo que não seja o meu.

Quando as luzes param de piscar e ficam coloridas, vejo que há exatamente três homens ao meu redor. Eles estão apenas com sungas pretas e máscaras da mesma cor e seus corpos são como estátuas gregas. Me pergunto quando foi a última vez que eles mandaram para dentro um hambúrguer com refrigerante.

Todo mundo parece estar curtindo o show. Os caras são gostosos? São. E eles dançam e rebolam de um jeito sensual? É, a resposta é sim.

Olho para a plateia, procurando por Benício, e o encontro olhando diretamente para mim. Ele está com as mãos erguidas, parecendo curtir o show também, sorrindo. Ele move os lábios e parece que quer me dizer algo, mas eu demoro a entender. Só na terceira tentativa que eu compreendo o que ele está tentando falar: SE DIVIRTA. Eu assinto de leve, enquanto uma cueca bem preenchida roça meu cotovelo.

Ergo as mãos para o céu e entro na brincadeira também. Os dançarinos se aproximam, como se realmente me quisessem e eu fosse desejável. Eu sei que não sou — é o que a minha mente me fala o tempo todo. Mas por aqueles poucos minutos, pelo período daquela canção, eu me permito ser.

Os strippers pegam nas minhas mãos e esfregam no próprio corpo, meus dedos descendo pelos desenhos de cada gominho dos abdomens trincados. O terceiro está atrás de mim, soltando o ar quente da sua respiração na minha nuca. De relance, vejo que Lucinha está com o celular na mão, filmando tudo.

A situação está divertida. Até que deixa de estar. Lá embaixo, na plateia, vejo que Raul está ao lado de Benício. Os dois falam coisas um para o outro que eu não consigo entender. E num piscar de olhos eles estão gritando, um apontando o dedo na cara do outro, como se à beira de uma briga física.

Me levanto num pulo, sem conseguir enxergar nada além da cena. Sem querer acabo esbarrando a mão nas bolas de um dos dançarinos com um pouco de força, que de forma automática levas as duas mãos à virilha enquanto cai no chão, rosnando de dor. Mal tenho tempo de pedir desculpas, porque o outro stripper tropeça na perna do caído, e tenta se segurar no terceiro, que estava dançando alheio a tudo, e os dois vão para o chão.

De repente ali estou eu, com as mãos na boca, enquanto os três strippers estão no chão apenas de cueca, e uma centena de gays aplaudem e dão risadas como se tudo fosse ensaiado e fizesse parte de um show de comédia!!!

— Isso que é ter os homens aos seus pés, né, galera? — grita Lucinha para a plateia, que cai na risada.

Os dançarinos me encaram, carrancudos. Se não fosse real, se não fosse comigo, eu diria que estava participando de um filme de comédia de baixíssimo orçamento.

Ignoro todos e volto a andar na direção do meu ex de verdade e do meu atual namorado de mentira. Ainda em cima do palco, vejo quando Raul empurra Benício e se afasta, sumindo no meio da multidão. Sento no palco e pulo para a área da plateia a tempo de segurar Benício, que estava se preparando para ir atrás dele.

— O que aconteceu? — pergunto sem ar, segurando o braço dele.

— O otário do seu ex veio me encher o saco. — Benício tenta se soltar, mas eu ainda o seguro.

— Mas por que ele veio falar contigo?

Ainda não entendo. Foi Raul que me traiu e terminou comigo. Por que se importaria se estou com outra pessoa sendo que foi ele quem destruiu tudo?

— Ele ainda deve gostar de você — Benício fala isso com raiva, como se doesse em algum ponto do seu corpo.

Não digo nada. Não sei o que responder... Não acho que essa teoria esteja certa, mas a forma como Benício está tratando o assunto me deixa confuso.

— Acho que vou dormir. — Ele suspira. — Estou bêbado e falando coisas sem pensar.

— Vamos, então — concordo —, eu também exagerei um pouco no álcool.

Benício assente e então estende a mão. E dessa vez é ele que me conduz pelo caminho.

# 30
# BENÍCIO

Ciúmes.
Eu estou com ciúmes.
O que é muito frustrante.

Nunca achei que a não monogamia fosse para mim, mas também sempre achei careta aquelas pessoas que têm crises de ciúmes em público como se fossem donas das outras. Mas é isso o que está acontecendo comigo. Não que eu ache que seja dono do Alessandro, mas estou mordido pelo bichinho do ciúme, sim.

Pode ser que seja o álcool? Nem sei quanto tempo faz que fiquei bêbado pela última vez. É como se uma nuvem de fumaça ficasse ali, pairando preguiçosamente pelos meus pensamentos. E talvez isso esteja me tirando do meu normal.

Ou pode ser… que o álcool apenas ajudou a trazer à superfície… que o meu namoro de mentira…

Eu: Não!

Alessandro: Não o quê?

Eu: Não o que o quê?

Alessandro: Hã? Você que gritou "Não!" do nada.

Eu: Ah… Eu estava gritando comigo mesmo, na minha mente.

Alessandro: Nossa. Entendi. Pelo jeito que falou, você parecia furioso consigo mesmo.

Não falo mais nada. Não estou em condições. Em silêncio, caminhamos pelos corredores até chegarmos à nossa suíte. Parece que no final eu corri uma maratona. Alessandro abre a porta e eu sento na cama.

Alessandro: Toma.

Ele me entrega uma garrafinha de água e uma aspirina.

Eu: Pra que isso?

Alessandro: Confia em mim. Vai ajudar, e muito, na ressaca de amanhã. Com sorte, você vai acordar novo em folha.

Eu apenas obedeço e tomo o comprimido junto com a água.

Eu: Obrigado.

Alessandro: Pelo quê?

Eu: Por cuidar de mim.

Alessandro: Ah, você espantou o Raul, então você também cuidou de mim.

Eu: Certo…

Levanto da cama, mas acabo cambaleando na direção dos braços do Alessandro. Nossas bochechas se tocam antes de eu conseguir retomar meu equilíbrio. Ele apoia as mãos nos meus ombros, como se tivesse medo de que eu cambaleasse de novo.

Eu: Perdão. Só fiquei um pouco tonto.

Alessandro: Tudo bem…

Vou na direção do banheiro e tranco a porta. Meu pau está ali, duro de novo, como uma rocha. Por que toda vez que a gente se encosta isso acontece? Que coisa mais desagradável. Fico me sentindo um tarado, sei lá.

Entro no box do banheiro e deixo a água fria cair no topo da cabeça e escorrer pelo corpo. Ajuda um pouco na tontura e na ressaca. Não ajuda na ereção. Então faço o que é preciso para me aliviar e me masturbo com tanto vigor que me surpreendo com a quantidade de porra que sai.

Quando saio do banheiro, Alessandro está sentado, me esperando para poder tomar banho também.

Alessandro: Boa noite.

Ele fala ao passar por mim, fechando a porta do banheiro atrás de si. Reparo que dessa vez ele preparou tudo para mim também, com os travesseiros que eu usei na noite passada dispostos em cima da cama junto ao edredom.

Ele não quer que eu durma no chão de novo. Ele quer que eu durma na cama também.

Abro um sorriso sem perceber.
Coloco uma cueca, um short e deito na cama, adormecendo quase que imediatamente.

# 31
# ALESSANDRO

Quando acordo, a primeira coisa que sinto é a boca seca. Tenho certeza de que há algo na ciência que explique o motivo de as ressacas se tornarem quase um atropelamento de ônibus conforme vamos envelhecendo.

Lentamente, minha vista vai se acostumando à claridade do dia e ao que está no meu entorno. Benício está de pé, vestindo um short curto, desses de academia. Seu corpo está completamente suado. Até que num pulo ele vai pro chão. Demoro a entender que ele está fazendo exercícios.

Ao meu lado, na mesinha de cabeceira, está uma bandeja com uma xícara de café, um copo de suco de laranja e um brioche.

Bocejo alto e me sento na cama, fazendo com que Benício finalmente me note.

— Olá! — diz ele, se levantando num pulo. — Finalmente você acordou!

— Sim — falo, ainda sonolento, bebericando um pouco do café. — Que horas são?

— Olha... Onze e pouca da manhã. Algo assim.

— E por que você não me acordou?

— A gente tem algum compromisso? — Ele me encara com os olhos arregalados.

— Não... — Apenas dou de ombros. — Mas não gosto de acordar tão tarde. Parece que parte do dia já foi embora.

— Ah, então relaxa. Eu não te acordei porque você estava dormindo tão tranquilo... Pensei em simplesmente trazer o seu café e esperar você acordar de forma natural.

Isso é fofo. Mal acordei e o cara já está mexendo comigo.

— Obrigado, Benício.

— Por nada.

Benício fica ali parado, as mãos na cintura, a respiração ainda ofegante. Seu peitoral sobe e desce em movimentos ritmados. E odeio ser assim, mas meu cérebro se enche de pensamentos depravados em que eu lambo lentamente cada um dos seus mamilos. É que é difícil não pensar em nada com ele todo suado e com aquele pequeno tecido facilmente arrancável que ele chama de short na minha frente.

— E o que você está fazendo? — pergunto, para tentar desviar o foco.

— Ah, estou só malhando um pouquinho.

— Por quê?

— Por que o quê?

— Por que você está malhando, tipo, hoje? É domingo, né?

— Sim. É domingo. Mas quando você inclui os exercícios na rotina, o corpo meio que sente falta.

— Ah, sim — assinto, enquanto penso que o único exercício que meu corpo já sentiu falta em toda vida foi de transar com alguém confiável.

— Olha, acaba seu café. Eu vou jogar uma água no corpo e volto com a programação do dia.

— Programação do dia? — Ergo uma sobrancelha.

— É. Hoje a gente tem o dia livre, não? Ou tem algum compromisso?

— Olha, até onde sei, só aquela coisa básica de tirar fotos para que Melina atualize as redes. Mas com a organização do cruzeiro, realmente nada que me faça subir num palco com vários homens quase nus.

— Não me diga que você não gostou.

— Já que você insiste, não direi.

Benício ri e eu também.

— Pois bem. Vou tomar banho e aí hoje a programação vai ser por *minha* conta.

— O que você quer dizer com isso? — Cruzo os braços, na defensiva. Se tem uma coisa que eu odeio é não ter controle de tudo o que me envolve.

— Apenas confie em mim. — Benício manda um beijo no ar.

— Não. Não confio.

— Só coma o seu brioche e siga as instruções!

E antes que eu possa responder qualquer coisa, ele some atrás da porta do banheiro.

## 32
# BENÍCIO

Sim. Alessandro não mentiu. Ele não confiava em mim, o que tornava todos os meus planos um grande desafio.

Alessandro: Eu não vou sair do navio para entrar em alto-mar. Que ideia é essa?!

Eu: Mas isso é a coisa mais normal em passeios como esse.

Alessandro: Normal pra quem?

Eu: Pra todo mundo!

Alessandro: Eu não sou todo mundo...

Eu: Ok, Alessandro.

O funcionário do cruzeiro nos lança um olhar atravessado e eu apenas puxo Alessandro para fora da fila. Atrás da gente, dezenas de gays de sunga se amontoam para receber seus coletes salva-vidas e entrarem no outro barquinho que vai levá-los para a praia de Búzios, no Rio de Janeiro.

Alessandro: Não tem nem condições de fazer uma coisa dessas... Isso não tem segurança nenhuma.

Caminho até um pedacinho de sombra e ele apenas me segue. Encosto na parede, de frente para o mar que se estende em toda sua magnitude, encarando tudo de braços cruzados e com um bico. Não quero parecer uma criança birrenta, mas estou, sim, chateado. O dia hoje parece mais quente que o normal. A água da praia é azul cristalina, tipo uma piscina preenchida com enxaguante bucal. Eu queria, sim, poder conhecer a praia e mergulhar ali.

Alessandro para ao meu lado de braços cruzados também. Ele veste uma camisa branca e short curto azul, que é o máximo de corpo que ele já mostrou desde que entramos no cruzeiro.

Eu: Você tem medo do quê?

Alessandro: Medo do quê? Você ainda pergunta?

Eu: Olha... A gente vai voltar amanhã pro porto de Santos. Essa é literalmente a última parada do cruzeiro. Búzios é considerado um dos lugares mais lindos do mundo! Não tem motivos para não explorarmos um pouco a cidade e as praias.

Alessandro: Você acha normal a gente colocar esse colete que eu nem sei se funciona e entrar em uma canoa minúscula, em alto-mar, só para ir conhecer uma praia?

Eu: Acho.

Alessandro: Pois ache sozinho, então!

Eu: Pro seu governo, é óbvio que os coletes salva-vidas funcionam. Duvido muito que a empresa que organizou esse passeio com a maior concentração de gays da história correria o risco de algo ruim acontecer. E em segundo lugar, esse barco pequeno não é uma canoa. É óbvio que você sabe disso, nem sei por que estou explicando. Mas ele se chama tender e tem justamente a função de levar as pessoas do navio para o píer ou para a praia.

Alessandro: Ele se chama TENDER?

Eu: Sim.

Alessandro: Pior ainda! Tender pra mim é comida, não navio.

Eu: Você está engraçadinho hoje, né?

Alessandro: Eu sempre sou, para quem sabe apreciar. E isso me lembra sabe o quê? Que está quase na hora do almoço. Por que a gente não vai logo comer?

Eu: Ok, Alessandro. E quais são os seus planos depois de almoçar? Fazer igual na sexta-feira? Me expulsar do quarto e ficar o dia inteiro lendo?

Alessandro: Você não levaria para o lado pessoal se eu fizesse isso de novo, né?

Ele quer ser engraçadinho, mas tudo o que consigo sentir é ainda mais frustração.

Eu: Tá. Você tem medo de embarcar no tender... E se a gente fosse pra piscina, então?

Alessandro: Como assim? Não viu como estava ontem? Literalmente lotada!

Eu: Sim, mas hoje vai estar bem mais vazia, já que a maioria das pessoas está indo para a praia.

Alessandro: Será que eles limpam direito as piscinas?

Eu: Como assim?

Alessandro: O tanto de germes que deve estar na água com esse tanto de gente entrando e saindo... Fora o que deve ter rolado nas festas de madrugada... Eu não sei, não...

Eu: Alessandro, é óbvio que eles limpam a água!

Alessandro: Como você tem certeza disso? Eu não colocaria minha mão no fogo. É assim que começam essas mutações de doenças que depois viram coisas superperigosas.

Eu: É sério isso?

Alessandro: É sério! Tem um documentário no...

Eu: Não quero saber de documentário nem nada. Eu só quero que você entre na piscina comigo. Você pode fazer isso?

Alessandro me encara por um segundo que parece durar muito, e então desvia o olhar. Sinto um nó na garganta. Para mim está claro que o Alessandro não me quer por perto. Todos os planos que eu sugiro, ele simplesmente inventa as desculpas mais esquisitas possíveis...

Eu: Certo, então. Bom domingo pra você.

Digo para ele e me afasto na direção da piscina. E por mais que eu saiba que é ele que não quer a minha companhia, é horrível a sensação que fica no meu coração enquanto me afasto.

# 33
# ALESSANDRO

Assim que fecho a porta do quarto, ligo para Melina. O telefone toca até cair na caixa postal e eu apenas me jogo na cama. Eu sabia que esse momento chegaria, só pensei que estaria preparado para ele. Spoiler: eu não estava.

Afundo o rosto no travesseiro, enquanto sinto a ansiedade penetrando dentro de mim, contaminando meu sangue, cravando os dentes nos meus ossos.

Quero chorar.

Quero gritar.

Mas, mais do que tudo, não quero sentir o que estou sentindo.

Abro as redes sociais, tentando me acalmar, mas tudo só piora. O vídeo dançando com os strippers está com trilhões de curtidas no falecido Twitter, e várias pessoas repostando com mensagens motivacionais sobre como é afrodisíaco se amar. Mas é mentira! Tudo é uma grande mentira. Eu não me amo. Não tenho autoestima. Sou um mestre na autossabotagem e é só assim que sei viver.

E Raul? O que ele queria? Por que se incomodou tanto? Será que ele percebeu que ainda sente algo por mim? Será que só se sentiu incomodado por me ver feliz? Será que me ver com outra pessoa feriu o seu ego? Por que eu ainda me preocupo com o que ele sente ou pensa?

Meu celular toca e rapidamente atendo.

— Oi! — diz Melina. — E aí, gatinho? Como você tá? Eu vi os vídeos no palco com os strippers. Quando você vai me contar o que aconteceu?

— Melina. Crise de ansiedade.

As palavras saem da minha boca como se fossem feitas de areia, arranhando minha garganta, queimando no processo.

— Certo. — Melina respira fundo. — Vamos respirar juntos, que tal?

— Eu não quero respirar. Eu só... — Mordo o lábio, as lágrimas já descendo pelo meu rosto. — Só quero não sentir mais isso aqui no peito.

— Qual foi o gatilho?

— Ficar sem camisa.

— Certo. — Melina espera um segundo. Eu não sei o que seria de mim sem minha melhor amiga. — E por que você cogitou tirar sua camisa?

— É que o Benício queria fazer um passeio até a praia de Búzios. E eu me recusei a ir. Dei a desculpa de que não me sentia bem naqueles barquinhos. Mas aí ele me chamou para ir pra piscina e eu disse que não também. Acho que ele ficou chateado, porque deve estar me achando um mimado chato que só faz o que quer. Mas eu queria ir... Só que...

— Entendi. Então você queria ir?

— Queria... — Minha voz sai meio sufocada. — Na verdade, eu quero.

Essa é uma verdade que me surpreende, no fim das contas. Então eu quero estar na piscina com Benício? Sim. A resposta é sim.

— Então vai, amigo... — Melina fala baixinho do outro lado. — Eu sei que já disse isso antes, mas é importante repetir. Essa neura, essa insegurança, só está na sua cabeça.

— Eu sei disso. Só que eu estou cansado de ouvir frases como "Você tem o rosto tão bonito, por que não emagrece?", como se as pessoas tivessem o direito de opinar sobre o meu corpo... Eu tento não me deixar afetar, mas é como se essas palavras jogassem a minha autoestima na lata de lixo.

— Eu entendo, amigo...

— Só que eu estou cansado de me privar também... É óbvio que eu queria ter ido pra piscina todos esses dias... Só que, quando penso no que eu posso vir a escutar, nos olhos acusatórios das pessoas, disfarçados apenas de preocupação com a saúde, eu prefiro ficar recluso. Você sabe disso. E, porra, eu só quero ser eu mesmo sem medo.

As lágrimas descem pelo meu rosto. Mas eu nem sei o sentimento que as causa. Parece uma mistura de frustração com autopiedade e cansaço.

— Eu não sei o que te dizer — admite Melina do outro lado da linha. — Eu te amo de todas as maneiras possíveis e imagináveis. Você sabe disso. E queria muito que você se visse através dos meus olhos. Você é lindo pra caralho. E não estou falando isso só porque sou sua amiga. Eu sei que por dentro você é uma pessoa incrível, mas em uma avaliação completamente fútil e baseada em gostos carnais, você é lindo pra caralho. Você é um gostoso.

— Por favor, continua massageando o meu ego... Estou gostando.

— Ai, viado chato! — ralha Melina, o que me faz rir alto.

— Paraaaa! Você fofa é tão mais legal!

— Você está me usando para receber biscoito. Mas saiba que, apesar disso, eu não retiro nada do que disse. Você só precisa parar de ligar tanto para a opinião de quem nem faz parte da sua vida e simplesmente viver...

— Tá — digo mais para mim mesmo do que para ela. — Eu vou enfrentar essa ansiedade.

— Por favor, gay! Faça isso!

Sento na cama e encaro o espelho. O Alessandro que olha de volta no reflexo parece ser um cara tão legal. E ele é bonito, sim, para além de qualquer coisa que seu cérebro diga para se autossabotar.

— Eu vou! — repito, com ainda mais força. — Eu já passei por tanta merda nessa vida que não é a porra da ansiedade que vai me impedir de entrar na piscina com um menino que eu gosto!

— Espera aí...

— Opa!

— Você disse...

— Não...

— Você disse sim!

— Não!

— Menino que você gosta?

— NÃÃÃÃÃÃOOOOOO!

— Alê do céu!

— Não fala nada.

— Amigo.

— Amiga...

— Olha, só vai. Depois a gente conversa.

— Tá.

— Te amo.

— Te amo mais.

Meu rosto está pegando fogo!!!! Parece que as palavras que eu disse estão pairando no ar, invisíveis, e então caem no chão como se pesassem toneladas!!!! Minha insegurança com meu corpo parece ter sido há uma década!!!!!!!!

Fico me encarando no espelho, as palavras flutuando acima da minha cabeça. Eu não acredito que isso está acontecendo... Isso não pode estar acontecendo!

— Minha deusa!

Levo as mãos à boca como se pudesse pegar cada palavrinha e colocá-las de volta ali. Mas não há maneira de isso acontecer. Palavras ditas estão ditas. Marcadas na eternidade da minha vida.

Começo a andar de um lado para o outro, a ansiedade mostrando seus dentes de novo, pronta para me morder como um animal à espreita.

— Não!

Falo em alto e bom som, mais para minha mente, para o meu interior. Eu não vou deixar a ansiedade me atacar de novo e apenas aceitar isso como um filhote pronto para o abate.

Apoio as mãos na parede e respiro fundo. Faço isso por um, dois, três, quatro, cinco minutos. Faço isso até o meu coração parar de socar meu peito e começar a se acalmar. Uma batalha de cada vez, né? Sou apenas uma gay tentando ser feliz e dar certo nessa vida. Não consigo lidar com tudo ao mesmo tempo.

Abro a porta do quarto pronto para seguir até a piscina e então dou um pulo para trás.

— BENÍCIO! — grito, com a mão no peito. — O que você está fazendo aqui?

— Oi! — Ele deu um pulo para trás também. Agora está pálido como papel. — Caramba, você sabia que eu estava chegando no quarto?

— Quê? — Faço uma careta. — Claro que não! Como eu poderia saber?

— Sei lá! — Ele joga as mãos para o alto.

— Não era pra você estar na piscina?

— Era. — Ele ainda está com os olhos arregalados, e agora parecem se abrir ainda mais. — Mas...

Sinto um frio na barriga.

— Fala — peço.

Preciso que ele diga qualquer coisa porque eu não tenho condições de falar nada.

— É que eu me senti mal de ter ficado com raiva por você não querer ir pra piscina — admite, sem me olhar nos olhos. Ele encara os próprios. — Porque eu pensei que você não quisesse estar perto de mim. Mas depois caiu a ficha de que talvez você tenha seus motivos e...

Porra.

Por que esse menino faz isso?

Por que ele é tão fofo e especial?

AAAAAAAAAAAAAAAAAAAAAAAAAAAAAA!!!!

— Sim. Era exatamente isso. Mas nesses dez minutos eu tive uma crise existencial completa e estava exatamente no ponto de adrenalina que me fez sentir que eu deveria levantar a bunda da cama e ir até a piscina, tirar a camisa e pular com tudo na água como se minha vida dependesse disso — falo tudo de uma vez até sentir o ar fora dos pulmões.

Benício está me olhando assustado, como se a mensagem não fizesse sentido na sua cabeça. Mas então ele abre um sorriso. Um dos sorrisos mais lindos que eu já vi.

E ergue a mão pra mim.

Benício está sem camisa, cabelos bagunçados, uma regata branca no ombro, com uma bermuda feia, brega toda vida, uma estampa que não diz nada com nada e parece até algo que um hétero usaria, mas ele nunca esteve tão lindo quanto naquele momento com a mão erguida.

Eu encaixo a minha mão na dele.

Nossos dedos se fecham.

E então a gente começa a correr juntos.

E a gente corre.

E corre.

Nossos corpos se esbarram, às vezes um no outro, às vezes nos corredores do navio.

A gente não fala nada.

A gente só ri.

A gente só corre.

Quando saímos da área dos quartos, a gente continua.

O sol nos alcança.

Queima acima das nossas cabeças.

Sinto meu corpo todo quente.

Estou pegando fogo.

Meus dedos ainda estão encaixados nos de Benício até que ele solta a minha mão e tira o próprio short.

Eu faço o mesmo.

Não paro pra pensar e só tiro a camisa e jogo para o lado.

Respiro fundo e fecho os olhos.

Até que Benício pega minha mão de novo e eu o encaro.

Mergulho nele, dentro dos seus olhos, antes de pularmos juntos na piscina.

# 34
# BENÍCIO

Alessandro está diferente. Não sei exatamente o que aconteceu, mas é como se algo tivesse despertado dentro dele. É como se tivesse deixado algo preso dentro de si finalmente sair. E eu queria poder dizer que essa é a melhor versão dele que eu conheci até agora, mas fico com medo de estragar o momento.

As horas que passamos na piscina são incríveis. O espaço realmente está vazio, com pouco mais do que uma dezena de pessoas passando para lá e para cá, pegando sol ou bebendo drinques em espreguiçadeiras. E dentro da piscina, só estamos eu e Alessandro.

Em determinado momento, estamos nós dois deitados numa parte rasa, a água encostando na parte de trás dos nossos corpos. Ficamos em silêncio por um bom tempo, até que Alessandro senta e me encara.

Alessandro: Era esse o seu plano?

Eu: Como assim?

Alessandro: Ficarmos só nós dois nadando nessa piscina de tamanho olímpico com capacidade para uns cem gays?

Eu: Olha, o destino me deu uma forcinha... Meu plano secundário, contando que você não iria querer sair do cruzeiro, era só entrar na piscina e de cara imaginei que você diria não também. Mas suspeitava que talvez você ficasse deitado na espreguiçadeira, tomando algum drinque e lendo um livro. Então isso é basicamente melhor do que eu tinha imaginado.

Alessandro: Ah, que bom. Sonhos se realizam.

Eu: Não disse que era um sonho. Quem disse foi você.
Alessandro ri alto e eu também.
Eu: E você tá bem, né?
Alessandro: Bem? Eu corri desesperadamente e pulei na piscina como se fosse uma bola de canhão!!!!! Não sei se essa é a definição correta de estar bem. Mas, sim, estou melhor.
Eu: Você comentou que já pensou em fazer terapia, né?
Alessandro: Hum... Sim. Quase todos os dias.
Eu: E o que te impediu até agora?
Alessandro: É meio idiota o que eu vou falar...
Eu: Nada do que você diz é idiota, Alê.
Alessandro: Tá... Você sendo fofo. Pela milésima vez.
Eu: Você acha isso?
Alessandro: Que você está sendo fofo? Sim, é claro! Nenhum gay no século em que vivemos diz coisas tão simpáticas assim.
Eu: Mas...
Olho para Alessandro, que me olha de volta, esperando uma resposta. Não quero dizer nada que pareça que estou me vangloriando quando só acho que estou sendo uma pessoa decente.
Alessandro: Tá. Existem gays simpáticos também.
Eu: Viu?
Alessandro: Mas eles são legais apenas para te comer.
Eu: Meu Deus!
Solto uma risada, enquanto movimento a cabeça em sinal de negação.
Alessandro: É sério! Na cidade grande é assim.
Eu: Acho que você está procurando afeto e amor nos lugares errados. E nas pessoas erradas também.
Alessandro: Estou narrando os fatos apenas.
Eu: Tá. Não vou discutir sobre isso. Mas e a terapia? Por que você foge dela?
Alessandro: Eu acho que... É a minha relação com a independência que eu conquistei.
Eu: Como assim?
Alessandro: É que eu sempre fui sozinho. Muito sozinho. E desde pequeno eu tive que aprender a resolver problemas

de pessoas adultas, o que acabou atropelando muitos processos na minha vida e me tornou essa gay com um abismo imenso em reconhecer que precisa de ajuda... E é estranho estar frente a frente com esses momentos. Quando eu encaro uma situação em que me sinto fraco e simplesmente compartilho o problema com os outros, me sinto derrotado, o que me deixa ainda pior.

Eu: Certo... Mas sua família, eles...

Alessandro: Eu não tenho família.

Ele me interrompe e desvia o olhar. Fica ali, mexendo a mão na água, provocando pequenas ondas.

Fico suspenso naquele momento constrangedor quando não sei se recuo ou acabo instigando mais. Tenho receio de provocar outro gatilho em Alessandro, então apenas fico quieto e espero.

Alessandro: Minha única família de verdade é a Melina.

Eu: Não sabia que vocês eram parentes.

Alessandro: Não somos. Melina é a amiga que eu fiz depois de adulto e criamos um laço de família mesmo.

Eu: Ah... Então ela é sua amiga.

Alessandro: Não. Ela é minha família. Nós escolhemos um ao outro para sermos a família que não tivemos. A gente se cuida, se acolhe, se ama e quer ver o outro feliz. É isso o que deveria ser uma família de verdade, né?

Eu: Sim.

Fico sem saber o que falar. É nítido que há um buraco dentro da história de Alessandro que ainda causa dor nele, mais até do que ele próprio imagina.

Queria também poder falar sobre a minha família. Sobre como amo meus pais e meu irmão. Sobre como eles me apoiam em todos os meus sonhos, inclusive os mais loucos, que me trouxeram até esse cruzeiro, mas eu não quero que a minha boa experiência deixe tudo ainda mais pesado para ele.

Alessandro: Inclusive, quando eu descobri a traição do meu ex e blá-blá-blá foi a Melina que tomou as rédeas da situação para que não perdêssemos essa publicidade. E... Bem, agora estamos aqui.

Fico grato que a conversa tenha tomado outro rumo.

Eu: E você está gostando do Benício Day?

Alessandro: Benício Day? Que merda é essa?

Eu: O meu dia, ué!

Alessandro: Mas hoje é seu aniversário?

Eu: Não... Sou de 24 de fevereiro.

Alessandro: Peixes.

Eu: Adoro. Só não curto muito cru.

Alessandro: Não, besta! Seu signo. É Peixes, né?

Eu: Ahhhh sim! É claro. Sim, sou Peixes. E você?

Alessandro: Capricórnio. Ou, mais recentemente, "Capricorno".

Eu: Que horror! Mas eu vou ser um péssimo namorado de mentira se disser que não entendo quase nada de signos?

Alessandro: Eu me tornaria um péssimo namorado de mentira se dissesse que já dei fora em alguns carinhas por conta do signo?

Eu: Você vai me dar um fora agora?

Alessandro: Hum... Não?

Eu: Esse "não" me soou quase como uma pergunta.

Alessandro: Talvez não.

Eu: "Talvez não" não é uma resposta.

Alessandro: É, sim.

Eu: Ok. Eu não vou me prolongar nessa discussão boba no Benício Day.

Alessandro: Que porra é Benício Day, afinal?

Eu: É o dia em que eu decido toda a nossa programação no Cruzeiro do Amor.

Alessandro: Uau. Você inventou isso agora?

Eu: Não. Tinha pensado desde cedo, mas guardei só pra mim.

Alessandro: Tá bom. E qual é a próxima programação do Benício Day?

Eu: Vamos almoçar? Aí eu te passo as próximas coordenadas.

Fico de pé e me espreguiço, alongando todo o corpo. Alessandro não se move, fica apenas deitado, olhando na minha direção. Num primeiro instante, acho que é casual. Mas ele não desvia o olhar e começo a achar que há algo de errado comigo.

Eu: Que foi?

Alessandro: Que foi o quê?

Eu: Você não para de me olhar.

Alessandro: O que é que tem?

Eu: Sei lá? Pensei que eu estivesse sujo.

Alessandro: Não. Eu só estou admirando a sua sunga.

Fico vermelho e de repente sinto a necessidade urgente de me esconder. Saio da piscina e procuro um dos porta-toalhas disponíveis, me enrolando na primeira que eu alcanço.

Alessandro: Que foi?

Volto para perto de Alessandro com a toalha enrolada na cintura.

Eu: Você é muito indiscreto!

Alessandro: Eu não sou nada discreto, Benício. Sou uma gay gorda usando sunga dentro de uma piscina em um cruzeiro em que todos os gays são sarados e têm oblíquos como se fossem atores de uma produtora de filme pornô.

Eu: Oblíquo? Que isso?

Alessandro: Essa linha tentadora abaixo do abdômen, tipo essas entradinhas que geralmente somem no tecido da sunga. Tipo o seu.

Ele aponta para mim e eu vejo.

Eu: Ah… Minha mãe chama de caminho da perdição.

Alessandro: Olha, eu preciso concordar que caminho da perdição é um nome muito mais apropriado.

Eu: Mas não se faz de besta! Você estava zoando a minha sunga.

Alessandro: Não estava exatamente zoando…

Eu: É que eu não trouxe nenhuma sunga pra viagem. Tipo, eu iria fazer testes como ator em São Paulo. Não imaginei que precisaria de sunga em algum momento.

Alessandro: Mas você deveria ter trazido. Vai que algum dos testes envolvesse cenas mais picantes?

Eu: Chega!

Ele abafa uma risada.

Alessandro: Tá, perdão! E como essa sunga chegou até você?

Eu: Foi a Melina que comprou.

Alessandro: A cor rosa-choque foi algum pedido especial?
Eu: Não. Acho que era a mais barata.
Alessandro: Melina nunca erra. Ficou perfeita em você, Benício.
Eu: Para de me provocar.
Alessandro: Tô falando sério.
Eu: Aham, com esse sorrisinho debochado no rosto, né?
Pego outra toalha e jogo em cima de Alessandro.
Eu: Agora vamos comer antes que você fale mais alguma besteira.

# 35
# ALESSANDRO

> *Preciso te agradecer pela escolha da sunga do Benício.*
> *Cavada, pequena e rosa — três coisas que gosto em uma sunga!*

Mando a mensagem para Melina enquanto Benício está escolhendo sua segunda sobremesa do almoço. O menino parece que tem um portal para Nárnia dentro da boca — come como se não houvesse amanhã.

— Certeza de que não vai querer mais? — Ele se aproxima e senta à mesa, equilibrando uma montanha de pudim em um prato.

— O cheiro está ótimo — digo —, mas vou passar.

— Nem uma colherzinha? — insiste ele, com uma colher generosa no ar, a meio caminho da minha boca.

— Não, muito obrigado! Não é tão simples quanto parece.

— E por quê?

— Benício...

Olho para o meu prato de comida vazio só para ter um lugar para encarar que não seja os olhos dele. É tão estranho como minha cabeça funciona perto do Benício. É como se ele conseguisse destravar uma chave em que eu me sinto confortável em ser eu mesmo e totalmente vulnerável, expondo meus medos, meus gatilhos e minhas feridas. E, então, uma parte racional do meu cérebro obviamente emite um alerta de que estou me abrindo demais e que isso inevitavelmente vai terminar comigo ferrando meu emocional, e preciso segurar a minha língua dentro da boca para que eu não me exponha mais.

— Olha... — volto a falar —, entrar na piscina hoje foi uma vitória. Vitória, não. Foi como vencer uma guerra. — Eu me encolho.

— E foi incrível, né? — insiste ele.

Reviro os olhos, porque me sinto encurralado e não quero mentir.

— Sim. Foi incrível.

— Então... Você pode viver mais momentos incríveis como esse.

— Mas no mundo real não é simples assim.

— E aqui não é o mundo real?

— Não.

— Por que não?

— Porque no *meu* mundo real, uma parte importante são as redes sociais, e lá ninguém poupa comentários sobre quem você é. Sob o pretexto de se preocuparem com você existe uma crítica imensa ao que você é. E, tipo, ninguém se importa se estou feliz de verdade. Eles só querem me ver pra baixo, triste e me sentindo inferior.

— Eu entendo... — Ele pousa a mão sobre a minha. — Sei que a maioria das pessoas são escrotas. Mas você estava feliz na piscina, não estava?

Ele espera até que eu confirme com a cabeça. Então continua:

— Aquela felicidade foi real. Então, pra mim, isso é tudo o que importa. O que você sentiu, se estava confortável, se estava alegre, se vai querer repetir isso de novo. Os outros são os outros.

Engulo em seco. Sempre odiei discursos moralistas de como a gente deve se amar, quando na verdade tudo o que o mundo quer é que a gente se odeie tanto a ponto de desistir e se encaixar nos padrões. Mas agora, com as mãos grandes de Benício por cima das minhas e seus olhos bem desenhados encarando os meus, é como se eu conseguisse sentir o impacto de cada palavra. Sei que não é fácil assim, e que na prática é muito mais difícil do que na teoria, mas se mais pessoas pensassem como ele, a gente já daria alguns bons passos rumo a um mundo mais acolhedor.

— Tá — suspiro, derrotado —, você tem razão.

E então abro a boca o máximo que posso.

— Que isso? — Benício me encara, confuso.

— Manda logo uma colher de pudim pra cá! — falo e volto a abrir a boca.

— Não! — Benício afasta o prato. — É meu!

— Mas você me ofereceu uma colher!

— Ofereci no passado.

— Isso foi literalmente um minuto atrás.

— Sim. Passado.
— Idiota.
— Olho grande.
— Eu não estou sendo olho grande... Você que ofereceu! Tá vendo, por isso que...

E antes que eu continue meu protesto nervoso, Benício dá uma gargalhada e volta com a colher cheia de pudim, fazendo movimentos no ar.

— Não. Você não está fazendo um aviãozinho.
— Vai! — Ele me ignora. — Abre o bocão pra mim!

Sinto um arrepio. Isso não é para ser sexy, né? Mas, na minha cabeça pecaminosa, acaba sendo. Minhas bochechas ardem.

— Já perdi a vontade — digo, o que é mentira, mas estou sem-graça demais para continuar essa interação.

Mas Benício me ignora. Ele se inclina por cima da mesa, e, com a mão livre, leva a colher até o meu queixo. Eu abro a boca como se estivesse hipnotizado, e me odeio por saber que receberia na minha boca qualquer coisa que ele quisesse me dar.

Engulo o pudim e, caramba, ele estava certo. O pudim está bom demais.

*

Assim que acabamos de comer, Benício diz que precisa me levar a um lugar. Como estamos no Benício Day, eu apenas aceito sem contestar.

Para minha sorte, a próxima parada não envolve nenhum evento em que eu precise ficar sem roupa. Ele me leva ao teatro.

— Eu pensei que você já tivesse visto todas essas peças — digo, assim que ele pega dois ingressos para a próxima sessão do que parece ser uma releitura de *Romeu e Julieta*, só que gay.

— E eu já vi.
— E você vai ver de novo?
— Vai ser diferente dessa vez. Porque estou com você.

Assinto, meu coração batendo um pouquinho mais rápido por conta dele.

O interior do teatro é bem bonito. As poltronas são acolchoadas em tom bordô e há detalhes nas paredes em tom dourado.

A gente se senta bem no meio e, faltando dez minutos para a peça começar, o teatro ainda está vazio. Devem ter cinco pessoas, no total: eu, Benício e mais três idosos.

— Quando você veio estava cheio? — pergunto por curiosidade.

— Hum... Acho que não. Mas um pouco mais cheio que hoje.

— Por que será?

— Acho que a parada em Búzios esvaziou um pouco o cruzeiro, para ser sincero.

— Ah, é verdade. — Engulo em seco, me sentindo um pouco culpado. — E era pra estarmos lá na praia se não fosse por mim, né?

— Ah, relaxa. Búzios vai continuar no mesmo lugar. A gente pode ir em qualquer outro momento. Agora *Romeu e Juliano* muito provavelmente não teremos a chance de assistir de novo.

Benício é tão fofo! Mas ele é mais do que fofo. A simplicidade e a forma leve com que ele encara o mundo é algo admirável. Faz ele ficar ainda mais bonito.

— Fora que eu queria te levar ao teatro também — continua ele. — É uma forma de mostrar um pouco do meu mundo. Sabe quando você entrou na livraria e parecia que aquele lugarzinho era o seu lugar no mundo, feito especialmente pra você, sem que você se sentisse ansioso ou com medo de não se encaixar? O teatro é assim pra mim...

— Fico feliz de estar aqui. — É tudo o que consigo dizer.

— E eu fico feliz de você estar aqui também.

As luzes se apagam, indicando que a peça vai começar, e Benício se acomoda ainda mais no banco reclinável. Sutilmente ele passa o braço por trás das minhas costas, como namorados fazem. Será que ele está atuando? Por que ele tem que atuar tão bem sendo um namorado falso? Fica cada vez mais difícil não nutrir sentimentos não falsos por ele. Mas antes que minha mente caia nas armadilhas da ansiedade, eu apoio minha cabeça em seu braço e fico ali. É isso. Estou atuando também? Não sei... Quero dizer, não, definitivamente não. Mas ele parece feliz e eu estou feliz. É tudo o que importa, no fim das contas.

# 36
# BENÍCIO

Quando a peça acaba, Alessandro está com lágrimas nos olhos e aplaudindo de pé. É legal ver que ele se emocionou tanto com algo que faz parte do meu universo.

Alessandro: Foi uma das coisas mais lindas que eu já vi!

Eu: De nada.

Alessandro: Sério. Muito obrigado por ter me trazido. Acho que teatro nunca foi um tipo de arte que eu consumi muito e estou disposto a mudar isso a partir de hoje.

Eu: Fico muito feliz em saber disso.

As cortinas se fecham e nós dois começamos a caminhar na direção da saída quando eu o vejo.

Eu: Medeiros.

Alessandro: O quê?

Eu: O Salazar Medeiros está aqui. Aquele diretor fodão que você pegou o contato...

Alessandro: Ah.

Ele então faz algo que eu não esperava.

Alessandro: Ei, Salazar!

Ele fala alto. O cara se vira, nos reconhece e se aproxima.

Salazar: Oi, rapazes! Vocês por aqui! Não foram conhecer a praia como a maioria dos embarcados?

Alessandro: Ah, eu até queria muito. Mas o Benício é apaixonado por teatro e ele meio que quis me trazer aqui pra ver a peça.

Salazar: Sério? E você gostou?

O diretor fodão olha pra mim.

Bem nos meus olhos.

Ele está literalmente falando comigo.

Alessandro me encara também. Devo estar com cara de pastel, de boca aberta sem conseguir falar nada, até que Alessandro me dá um tapinha no ombro.

Eu: Ah! Eu adorei. Sério. É a quarta vez que eu vejo a peça, no caso.

Salazar: Uau! Você gostou mesmo, então.

Eu: Sim… A forma que adaptaram todo o texto original de Shakespeare para algo pop e atual é realmente louvável. Fora o final feliz. Eu gostei muito de darem um final feliz e gay para a história!

Salazar: Vou passar a sua opinião para o diretor, está bem?

Eu: Ah, claro. Eu não sei quem dirigiu a peça, mas está de parabéns.

Salazar: Fui eu.

E então ele solta uma risada gloriosa.

Eu: Sério?

Salazar: Sério. Fico feliz de receber uma crítica sincera, ainda mais sendo positiva e ao vivo.

Eu: Ah, Medeiros. Você é incrível!

Salazar: Olha… Não é sempre que isso acontece, mas eu gosto do seu namorado e gostei de você. Amanhã, umas onze horas, antes de o navio finalmente chegar a Santos, me procure aqui no teatro. Como o cruzeiro acaba por volta do meio-dia, não teremos peça. Aí a gente pode conversar pessoalmente. O que você acha?

Meu coração está batendo tão forte que fico com medo de ele poder ouvir. A chance da minha vida está simplesmente acontecendo aqui e agora.

Eu: N-nossa… Seria incrível! Sério mesmo?

Salazar: Não se atrase, hein! Eu sei como são os atores.

Eu: Não! Pode deixar. Sem atrasos.

Salazar: Até amanhã, rapazes. Divirtam-se.

Ele dá um tchauzinho e se afasta, me deixando ali, tremendo.

Eu: Você ouviu isso?

Alessandro: Eu ouvi!

Eu: Meu Deus! É a chance da minha vida.

Alessandro: Já estou mentalizando pra dar tudo certo!

Eu: O Benício Day não podia estar melhor!

Ele ri.

Alessandro: Não fique falando "Benício Day" tão alto!

Eu: Por quê?

Alessandro: Porque é um pouco brega.

Eu: E eu lá sou homem de ligar para a opinião dos outros?! Agora vem, porque o Benício Day precisa continuar!

*

Após voltarmos para nossa cabine e tomarmos banho, o sol já se foi e o céu noturno está estrelado. De dentro do quarto, consigo ouvir as vozes crescendo pelos corredores, conforme as pessoas estão voltando do passeio e se arrumando para continuarem seus planos.

Eu fico me encarando no espelho do quarto. Coloquei uma camiseta preta, abotoando até a região do peito, e uma calça jeans casual. Não que eu tenha muitas opções, mas fiz o meu melhor.

Quando Alessandro sai do banheiro, ele está só de cueca e segurando uma peça de roupa diferente em cada mão. É gostoso sentir que estamos criando o tipo de intimidade que se demora muito tempo para ter com alguém.

Alessandro: Eu não sei o que vestir. Calça jeans ou short curto?

Eu: Já te disse pra se vestir normalmente… Como se fosse a uma festa.

Alessandro: Então a gente vai para uma das boates do Cruzeiro do Amor?

Eu: Te pedi para não ficar perguntando coisas e estragar a surpresa do Benício Day.

Alessandro: E eu já te falei pra parar de ficar chamando o dia de hoje de Benício Day. Parece que é o seu aniversário.

Eu: Mas poderia ser o meu aniversário…

Alessandro: Não poderia porque piscianos fazem aniversário entre fevereiro e março, e estamos em junho.

Eu: Ok. Mas eu vou continuar chamando de Benício Day. Até agora tivemos sorte e um dia maravilhoso.

Alessandro: Uma vez, um ator de conteúdos adultos que eu sigo no Twitter fez promoção no OnlyFans e pediu pros seguidores usarem a hashtag #AmávelPintoDay.

Eu: Espera. O nome artístico do cara era Amável Pinto?

Alessandro: Não. O nome de batismo.

Eu: É sério?

Alessandro: Sério. Ele postou uma vez a certidão de nascimento para comprovar.

Eu: Ele poderia ter editado, não?

Alessandro: Acho que não. Parecia bem legítimo.

Eu: E por que você segue um ator pornô no Twitter?

Alessandro: Ué, não se faça de santa! Eu o sigo pelo… conteúdo dele… Sem contar que ele é um ator independente, fora dos grandes conglomerados da indústria pornográfica, e merece todo nosso apoio, antes que você queira militar em cima de mim.

Eu: Ah, tá. Como a gente chegou nisso mesmo?

Alessandro: Com você se negando a me ajudar. Com que roupa eu vou, Benício?

Eu: Vai de cueca.

Alessandro: Eu tenho certeza de que terá pessoas de cueca em qualquer ambiente que a gente vá neste navio.

Eu: Então vai.

Alessandro: Não me provoca.

Eu: Por que não? Você nunca teria coragem mesmo…

Alessandro fica vermelho. É quase como se eu pudesse ouvir as engrenagens em seu cérebro bolando uma resposta à altura.

Alessandro: Eu não posso ir de cueca.

Eu: E por que não?

Alessandro: Porque você não para de olhar pra mim.

Ele é certeiro. E não está mentindo. Meus olhos estão nele. Na cueca dele. No volume por trás do tecido da cueca dele. Eu literalmente engasgo com a resposta, ou com um arzinho que entra pelo lado errado no interior do meu corpo, e fico tossindo alto por um tempo.

Eu: Me engasguei.

Alessandro: Percebi.

Ele tem um ar de triunfo nos olhos. Um brilho de confiança.

Alessandro: E aí? Qual das duas eu uso?

Encaro as duas peças. O short é bonitinho, listrado em amarelo e preto, mas talvez ele fique parecendo uma abelha. A calça jeans é mais tradicional e acho que vai combinar com qualquer blusa que ele use.

Eu: Vai de calça.

Alessandro: Obrigado.

Ele joga a calça para longe e passa as pernas pelo short, vestindo-o.

Eu: Por que você pediu minha opinião, então?

Alessandro: Só pra fazer o oposto.

Eu: E você acha que está sendo um bom namorado fazendo isso?

Alessandro: Acho, porque sua cara de irritado é hilária e porque geralmente é o que namorados fazem — irritam um ao outro.

Eu: Ah, uau, parabéns!

Reviro os olhos e fico encarando qualquer outra coisa que não seja Alessandro. Pego meu celular, respondo as mensagens do Gustavo, até que Alessandro pigarreia, chamando a minha atenção. Quando o encaro, ele está segurando duas blusas: uma preta e uma amarela.

Alessandro: Qual das duas eu uso?

Eu: Vai tomar no seu cu.

Alessandro: Se Deus quiser.

# 37
# ALESSANDRO

Antes de sair do quarto mando uma mensagem para Melina avisando que a ideia dela para eu sair do banheiro só de cueca foi assertiva e Benício não desviou os olhos do meu corpo. O namoro pode até ser de mentira, mas o olhar não mente.

— Espero que você goste da última atração do... — Benício para de falar abruptamente, enquanto caminhamos juntos pelo corredor.

— Benício Day — digo, sem implicância dessa vez.

— Isso aí. — Ele dá de ombros.

A verdade é que o dia está perfeito de verdade. Acho que disparadamente é o dia mais divertido desde que coloquei meus pés nesse cruzeiro.

Benício então me guia para uma área em que eu ainda não tinha pisado. Parece a entrada de uma casa de shows. Ele tira dois ingressos do bolso e entrega para um funcionário, que usa uma maquininha de reconhecimento e bipa nossos ingressos.

— Que horas você fez isso? — pergunto.

— Isso o quê?

— Comprou esses ingressos.

— Ah, de manhã. Antes de você acordar.

— Ah, legal — digo, mas não acho que seja apenas legal. Benício é do tipo romântico que não percebe o quão linda suas atitudes são. — E para que exatamente são esses ingressos?

Ele não responde de cara. A gente sai da área de entrada, desembocando num espaço imenso, que já está um pouco lotado. Mais à frente, há um palco montado, com algumas pessoas atrás de instrumentos musicais e outras que parecem ser da produção, andando de um lado para o outro.

— É um show?

Mas é óbvio que é um show. Eu só queria saber de quem...

— Sim, senhor — responde ele, enquanto continua caminhando para um espaço lateral.

Ele se debruça no balcão, pega dois copos de cerveja e me entrega um.

— Um brinde? — sugere ele, com o copo erguido.

— Vamos brindar a quê?

— À vida.

— Meu Deus! Que brega.

— Brindar à vida não é brega. — Ele me olha, ofendido. — Talvez se as pessoas fizessem mais isso, viveriam bem melhor.

— Você tem um lado "uhul, sou positivo, vamos abraçar as árvores e aplaudir o pôr do sol!" que às vezes é irritante.

— Melhor do que ser "ai, meu Deus que coisa chata, ai, meu Deus não quero isso, ai, socorro por que o mundo é tão cruel comigo só porque nada está saindo como eu planejei na minha cabeça" o tempo todo.

— Nós estamos brigando? — pergunto em tom de desafio.

— Estamos? — revida Benício.

Eu amo esses joguinhos passivo-agressivos que a gente faz às vezes. Me sinto em um relacionamento hétero daqueles em que as pessoas só se suportam e ficam juntas porque não têm coragem de terminar. Mas a verdade é que não quero contrariá-lo, então apenas concordo com a cabeça e bato no copo de plástico dele com o meu.

— À vida, então! — digo, erguendo a mão para o alto.

— Por que você soa tão debochado o tempo todo? — Ele estreita os olhos, me examinando.

— Será que é meu charme? — Pisco para ele, bebericando a cerveja gelada.

Benício parece pronto para me responder e continuar essa queda de braço verbal, quando as luzes se apagam completamente e as pessoas começam a gritar.

— Eu ainda não sei pra que show você me trouxe — digo perto do ouvido dele, para que possa me ouvir.

Ele não responde, mas inclina o rosto na direção do palco. As luzes começam a piscar, sincronizadas com o telão de led ao fundo. Até que os nomes "Benjamin e Theodoro" aparecem no telão.

— Espera. — Seguro o braço de Benício. — É o Benjamin e o Theodoro de "Eu vejo você"?

— Pois é. — Benício me encara com ar de convencido. — Digamos que eu tenha visto no seu feed que você curtia um pouquinho o som deles...

— Minha deusa! Eu amo eles! Amo, tipo, demais! Eles são os caras mais lindos do universo e meus artistas nacionais favoritos! — grito, como uma fã descontrolada, o que eu realmente sou, sem medo de assumir. — Nossa, eu estou muito feliz! Caramba!

Benício sorri ainda mais, passa o braço pelo meu ombro e me aperta. Eu me aconchego ali, sentindo seu perfume. E por mais que eu saiba que é tudo de mentira, eu me permito fingir um pouquinho que aquela é a minha realidade, segurando a sensação de que sou o cara mais feliz do mundo.

*

Eu já fui a alguns shows do Benjamin e do Theodoro, mas separados, é claro. Desde que assumiram o namoro e lançaram "Eu vejo você", eles têm feito alguns shows especiais em parceria. Quando a última música acaba, eu dancei, chorei, dancei mais um pouco e estou completamente entregue àquele momento de catarse purinha, quando você sabe que viveu algo que vai levar para o resto da vida.

— Gostou? — pergunta Benício, naquele tom pedante que eu conheço tão bem porque é minha marca registrada.

— Dessa vez eu não vou te responder de um jeito irônico, tá? Eu amei cada segundo do show.

— O Benício Day é ou não é incrível?

— O Benício Day é simplesmente perfeito.

— Obrigado.

— Pronto. Admiti. Tá feliz?

— Estou. Gosto de ter reconhecimento.

Encaro Benício e sinto os olhos dele me fitando de volta. Eu não sei bem o que eu quero ou o que estou procurando, mas meus olhos se perdem na boca dele. Lembro do beijo que demos ontem, na piscina. Lembro da textura dos seus lábios... macios e molhados. Lembro do seu hálito, quente e doce ao mesmo tempo.

— Nossa. — Minha visão se perde em um ponto além dos ombros de Benício. É a mesma sensação de estar em um sonho e de repente ele virar um pesadelo. — O meu ex está aqui.

— Ai, não. — Benício revira os olhos.

— Não olha. — Seguro o rosto dele para que não vire para trás.
— Estava com esperança de que esse cara se afogasse em algum momento.
— Benício! — censuro.
— É brincadeirinha.
— Sei.

Do palco, um DJ aparece atrás de uma aparelhagem de som, tocando uma versão remixada de "Lavender Haze", da Taylor Swift. Olho ao redor e não encontro nenhuma gay parada, além de mim e do Benício. Quando volto a olhar para ele, vejo que Raul se aproxima pelas suas costas.

— Vamos dançar? — convido, com um sorriso nervoso no rosto.

Não quero ter que lidar com Raul nem que Benício viva outra situação constrangedora.

— Você? Querendo dançar? — Ele me olha, desconfiado.

— Depois de dois drinques tenho certeza de que vou ser a rainha dessa pista de dança lotada de gays básicos.

Benício se curva diante de mim, como numa reverência.

— Será que este simples camponês poderá acompanhar vossa majestade nesta dança?

— Vem logo, gay! — Pego a mão dele e o puxo na direção da mistura de corpos e sombras, nos camuflando antes de Raul nos alcançar.

# 38
# BENÍCIO

Não sei que horas são quando finalmente eu e Alessandro atravessamos a porta da nossa cabine e entramos em nosso quarto, um apoiado no outro. Perdemos completamente a noção de tempo e espaço dentro do local de shows — a iluminação escura e a música boa eram faísca na pólvora de animação que a bebida criava dentro da gente.

Eu: Você vai tomar banho primeiro?
Alessandro: Eu não quero tomar banhooooo...
Eu: Não me diga que você vai dormir sujo!
Alessandro: Eu não estou sujooooo...
Eu: Para de fazer birra como se fosse um bebê.
Alessandro: Eu não sou um bebêêêêê!

Ele está claramente mais bêbado do que eu, então decido ir tomar banho primeiro.

Por algum motivo, lembro agora do banheiro com cromoterapia e deixo a luz azul relaxar minha mente e levar a tontura por embriaguez do meu corpo. O que obviamente não acontece — acho que você precisa estar em um estado de espírito propício para que isso aconteça, e eu não estou.

Amanhã o cruzeiro vai acabar. Conforme a água do chuveiro cai nas minhas costas, me dou conta de que muito provavelmente não verei mais Alessandro com tanta frequência. Tipo, como seria possível? Ele mora em São Paulo e eu, em Minas Gerais... Essa constatação faz o meu coração se encolher um pouco. E até doer.

Mas por que estou sentindo isso? Será que criei um laço de carinho e amizade por Alessandro? Ou será que...

Eu nunca tive nenhum amigo que me deixou excitado... Será que eu realmente cometi o erro de gostar dele? Não pode ser!

Desligo o chuveiro, como se de alguma forma essa linha de pensamento pudesse ficar presa ali até escorrer pelo ralo. Me seco, coloco uma calça de moletom e deixo para procurar uma blusa limpa na mala. Quando saio do banheiro, Alessandro está em pé, só de cueca, com a toalha no ombro. Isso me pega desprevenido e meu pau fica duro automaticamente. E só pra constar: uma ereção coberta por um moletom não é a coisa mais fácil de disfarçar.

Segurando a toalha contra minha virilha, me sento na cama quase que num pulo. Provavelmente parece que estou com dor no saco, mas é o melhor que consigo fazer.

Alessandro me encara com ar confuso.

Eu: Resolveu tomar banho, né?

Alessandro: Você está bem?

Eu: Estou. Por quê?

Cruzo as pernas.

Alessandro: Nada... Você só parece...

E ele fica ali me olhando, como se procurando uma palavra em seu vasto vocabulário. Mas por fim ele sacode a cabeça e apenas entra no banheiro.

Sozinho, me jogo na cama e encaro o teto. Quando olho para a minha cintura, meu pau está tão duro contra o moletom que parece uma barraca armada.

Suspiro alto.

Só mais uma noite.

Só preciso aguentar mais uma noite.

*

Quando Alessandro sai do banheiro, as luzes estão apagadas. Eu estou deitado, com um fino lençol cobrindo meu corpo. Não sei até onde isso pode ser uma atitude babaca, mas finjo que já estou dormindo.

Infelizmente essa foi a única alternativa que pensei para fugir da aura de atração que parece cada vez mais forte quando estamos sozinhos.

Até agora a gente só se beijou uma vez, porque fomos praticamente forçados por toda a ação de marketing do cruzeiro. E foi tão rápido, tão invasivo e não particular, mas foi... bom. Fico pensando como seria se eu e Alessandro realmente nos conhecêssemos de verdade, sem precisarmos fingir para milhares de pessoas na internet que estamos juntos...

Alessandro: Não acredito que você já dormiu.

Ele diz enquanto deita ao meu lado.

Alessandro: Eu precisava tanto te contar algo... Que saco!

Hum... O que será que ele quer me contar? Será que é alguma fofoca boa? Pior que não sei se Alessandro vai lembrar o que quer me dizer no dia seguinte... E se ele for daquelas pessoas que perdem a memória quando estão de ressaca?

Estico os braços e me viro de lado, fingindo estar com o sono leve, enquanto lentamente abro os olhos e simulo um bocejo. Alessandro está deitado de lado, de frente para mim. Está sem camisa, porque consigo ver parte dos seus ombros e peitoral, mas um lençol parecido com o meu cobre o restante do seu corpo.

Eu: Oi? Você me chamou?

Alessandro: Eu?

Eu: É... Pensei que você tivesse falado o meu nome...

Alessandro: Hum... Que engraçado. Acho que não falei, não.

Droga! Será que ele já esqueceu?

Eu: Certeza? Sei lá, eu sinto que você quer me dizer alguma coisa...

Alessandro: Não, não. Eu só estava fingindo que tinha uma fofoca fresquinha pra contar e confirmar se você estava dormindo de verdade ou apenas fingindo.

Fico vermelho e basicamente me engasgo enquanto Alessandro cai na gargalhada.

Eu: Para sua informação, eu estava naquele estado do sono leve em que você começa a relaxar, mas ainda consegue ouvir as coisas ao seu redor!

Alessandro: Aham. Sei.

Eu: É sério.

Falo, o que não é bem uma mentira, mas também não é de fato o que estava acontecendo.

Alessandro: Vamos brincar.

Eu: Brincar? Como assim? Olha a hora.

Alessandro: Estou sem sono...

Eu: Mas eu estou com...

Alessandro: Vamos brincar de jogo da verdade. Um faz uma pergunta pro outro e a pessoa tem que ser sincera, não pode mentir!

Eu: Sei como funciona o jogo da verdade...

Alessandro: Tá. Qual o maior mico que você já pagou na frente de alguém?

Eu: Nem preciso pensar muito. O que está mais fresco na minha cabeça foi o último teste que eu fiz. E que deu errado.

Alessandro: Tá... Mas qual era o mico?

Eu: Precisei fingir que estava com prisão de ventre dentro de um elevador e peidar... A propaganda era para um remédio chamado Peidonol.

Vejo quase que em câmera lenta as expressões de Alessandro se transformando em uma alta gargalhada.

Eu: Ok. Pode caçoar do meu sonho.

Alessandro: Perdão. Não estou rindo do seu sonho... Mas é engraçado, vai.

Eu: Sim. Muito.

Alessandro: Ao menos você está aqui! Se tivesse passado no teste do Peidonol provavelmente nada disso estaria acontecendo.

Eu: É. Você tem um ponto. Mas ok... Vamos lá, deixa eu pensar.

Não sei qual o objetivo de Alessandro com esse jogo, se ele quer me conhecer mais ou simplesmente arrancar alguma informação específica. Mas eu lembro bem de uma conversa nossa que acabou de forma vaga quando ele começou a falar sobre sua família...

Eu: Você sempre soube que é gay? Tipo, como foi com os seus pais?

Meus olhos estão presos em Alessandro. Ele respira fundo e muda de posição, ficando de barriga pra cima e encarando o teto.

Alessandro: Eu sempre fui uma criança afeminada. Quando era mais novo, acho que era ainda mais… E meus pais perceberam isso. Lembro até hoje quando eu assisti a uma das inúmeras reprises de *O Quarteto Fantástico* na TV e fiquei obcecado com o Chris Evans por meses. Até comprei um pôster dele e coloquei na parede. Eu devia ter uns treze anos. Óbvio que eu fingia que era só muito fã de super-heróis e queria ser como ele, mas na verdade eu sentia algo diferente, mesmo que não entendesse. Ou quando fiquei obcecado por aquele desenho *Avatar*, mas na verdade eu era obcecado pelo príncipe Zuko e…

Eu: Você tinha um crush em um desenho.

Alessandro: Você não tinha?

Eu: Em personagem de desenho animado, não. Mas acho que em metade do elenco de *Malhação* com certeza sim.

Alessandro: É estranho porque são sentimentos que a gente nem entende quando sente, né? É quase hipnótico. Dá aquele friozinho na barriga. Você não sabe se quer ser ele, bonito como ele, atraente como ele, ou se quer ele…

Eu: Sim.

Alessandro: Mas logo meus pais perceberam que isso não era… comum, por assim dizer. Eles sentiram que eu era diferente e que meus gostos eram diferentes também. E eu lembro de forma muito marcante quando isso aconteceu…

Eu: Se você não quiser falar, está tudo bem.

Alessandro: Pior que eu acho que nunca contei isso pra ninguém. Mas vai ser bom colocar pra fora.

Eu: Está bem.

Alessandro: Eu devia ter uns oito anos, não lembro direito, só sei que eu amava todas as coisas adolescentes da época. *Rebelde*, *High School Musical*… Eu nem tinha idade pra isso, mas sabia todas as músicas de cor. E um dia, no meu quarto, eu coloquei a toalha na cabeça, colei uma estrelinha na testa, usei uma toalha de rosto para fingir que era uma saia, e o controle da TV de microfone. E fingi que era a Mia de *Rebelde*.

Eu: Isso é fofo. Tipo, quando eu era criança, eu também fingia que atuava e tal. Era só uma brincadeira inocente…

Alessandro: Sim. Na minha cabeça, eu não estava fazendo nada de mais. Mas quando meus pais abriram a porta do quarto e me viram daquele jeito, eles simplesmente perderam a cabeça e me deram uma surra que eu cheguei a desmaiar.

Eu: Nossa… Sinto muito, Alê.

Alessandro: Tudo bem… Foi há muito tempo.

Eu: Mesmo assim. Você era uma criança.

Alessandro: Uma criança LGBTQIAPN+ e afeminada, tudo o que eles não queriam.

Não consigo evitar de sentir meu coração doer um pouquinho. Sempre que escuto histórias de pessoas LGBTQIAPN+ sofrendo no ambiente familiar, é como se um pedaço da minha própria história estivesse entrelaçado na delas.

Eu: Mas hoje em dia… Está tudo bem, né?

Alessandro: Não. Não sei, na verdade. Quando completei dezoito anos, eu menti que não tinha passado em nenhuma faculdade próxima da nossa cidade no interior e disse que a única opção era em São Paulo. Eles não ficaram felizes por mim nem nada do tipo, só pareceram aliviados por eu sumir de vista, sabe? Aí eu me mudei. Eles nem se preocuparam com o primeiro mês nem nada. Eu tive que trabalhar de garçom por meses, morando em uma república esdrúxula, dividindo quarto com mais cinco meninos… E tipo, ok, eu escolhi isso, mas meus pais nem se preocuparam em saber onde eu moraria…

Eu: Entendo.

Alessandro: Natal? Ano-Novo? Meu aniversário? É tão raro eles entrarem em contato. É no máximo uma mensagem seca, que parece ter sido escrita por inteligência artificial ou copiada da internet. Muito provavelmente nem devem perceber que enviam pra mim.

Eu: Alê… Eu sinto tanto! Sério! Meu coração até dói.

Alessandro: Porque você é um fofo e sensível. Mas não remói isso. Estou bem.

Eu: Sei que você está bem... Mas imagino todo o esforço para conseguir ficar bem. Não é justo! Família não é isso. Não deveria ser assim.

Alessandro: Eu sei, mas acontece... Mais do que a gente imagina.

Eu: É... Você acha que isso pode ter agravado suas crises de ansiedade?

Não sei se deveria abordar o assunto dessa maneira, mas é o melhor que consigo.

Alessandro: Do que você tá falando?

Eu: Percebi como você tem crises quando se depara com algum gatilho.

Alessandro: Não é verdade...

Eu: Tá tudo bem. Eu não quero te constranger nem nada. Só fico preocupado.

Alessandro: Preocupado?

Eu: É. Com você, com a sua saúde... Tipo, hoje em dia, com a vida que a gente leva, é lógico que todo mundo sofre com ansiedade, em graus diferentes. Mas quando isso começa a te machucar mais do que deveria, te impedindo de viver, de fazer o que quer, talvez seja a hora de olhar com mais atenção.

Por um momento longo, ficamos em silêncio. Alessandro encara o teto, e acho que assim ele acha mais fácil de lidar com seus próprios monstros.

Alessandro: Sinto que sempre fui uma pessoa ansiosa, acelerada, mas parece que quanto mais velho eu fico, mais a vida cobra de mim uma postura que às vezes, sério, eu não consigo dar conta. Tipo, eu amo o que faço hoje, que é trabalhar com internet. Mas desde que tudo começou a dar certo, a pressão que comecei a carregar às vezes é um castigo. E é assim que a ansiedade encontra brecha para me derrubar. E ela vai me minando de diversas maneiras. São as mensagens de autossabotagem que eu jogo contra mim dentro da minha cabeça. É o enjoo que acaba ferrando meu apetite. O suor excessivo que me faz odiar ainda mais o meu corpo. Às vezes, sobreviver é complicado.

Eu: Entendo. E odeio que tudo o que posso fazer é te escutar, te entender e estar ao seu lado. Mas agora me promete uma coisa?

Alessandro: Que quando essa viagem acabar eu vou procurar um psicólogo?

Eu: Sim.

Alessandro: Beleza. Eu já prometi isso pra Melina também.

Eu: Certo, mas é pra cumprir e não ser só dá boca pra fora.

Alessandro: Eu sei… É que está foda. Eu tenho essa dificuldade em pedir ajuda. E atualmente meus dias estão sendo caóticos.

Eu: Sei bem… Você tem vivido dias muito estressantes, né?

Ele dá uma risadinha sombria.

Alessandro: É. Estressante é um eufemismo. Eu meio que estou vivendo um inferno na Terra.

Eu: Sinto muito que eu esteja fazendo parte dessa fase tão ruim.

Alessandro: Benício…

Ele fala meu nome e apenas espera. Até que se vira de lado de novo, me olhando nos olhos.

Alessandro: Você tem sido a única coisa boa desses dias.

As palavras dele batem em mim com intensidade, e não consigo responder. É como se eu tivesse sido mergulhado em água fria, mas da melhor maneira possível. Estou acordado, desperto, completamente presente no aqui e no agora.

Alessandro: E a sua família?

Solto o ar do meu corpo, feliz por ele dar continuidade à conversa.

Eu: Ah, não sei se quero falar sobre isso.

Alessandro: Hummm… Ou seus pais morreram, ou seus pais foram ainda mais cruéis do que os meus… Ou seus pais são incríveis e você não quer me contar nada porque está com pena de mim?

Eu: É, por aí.

Alessandro: Benício, para de bobeira! Pode falar, sem medo.

Eu: É que os meus pais são literalmente o sentido da palavra família pra mim e pro meu irmão. É até engraçado falar sobre essa coisa toda de descoberta e tal, porque essa nunca foi uma questão na minha casa.

Alessandro: Sério?

Eu: Sim... Mesmo sendo do interior, meus pais sempre tiveram amigos gays, lésbicas, transexuais... Eles recebiam esses amigos em casa, então eu sempre vi tudo com naturalidade. E eles me ensinaram a enxergá-los como pessoas.

Alessandro: Isso é tão simples e tão difícil para a maioria das pessoas, né?

Eu: Acho que sim. Meus pais sempre contam como os vizinhos os julgavam por andarem com pessoas "depravadas". Mas meus pais sempre cagaram pra isso. Então quando eu tinha lá meus quinze anos e contei que queria ser ator e que achava que estava apaixonado por um menino da minha turma, a única pergunta que minha mãe me fez foi se o sentimento era correspondido. Eu disse que não, e que achava que ele era hétero. Meu pai sentou ao meu lado e começou uma longa conversa sobre como era importante eu nutrir sentimentos por pessoas que nutririam esses sentimentos de volta.

Alessandro: Você tá me zoando?

Eu: Não! Por quê?

Alessandro: Minha deusa! Seus pais parecem personagens de, sei lá, um conto de fadas gay!

Eu: Sim! Eles são quase isso. E acho que todos os pais deveriam ser assim. Mas muito disso vem por conta de uma tia minha chamada Margarida, irmã da minha mãe. Ela era muito amiga do meu pai também, inclusive ela que os apresentou. E quando ela contou que era uma mulher trans e que estava decidida a fazer a transição, a família a expulsou de casa. Isso marcou muito os meus pais, porque eles a amavam de verdade. Então acho que eles acabaram seguindo a via totalmente oposta do que seria uma família conservadora.

Alessandro: Isso é tão incrível. Digo, eles pegaram uma situação traumatizante e a usaram para evoluir e não cometer os mesmos erros.

Eu: Sim, eu também acho isso incrível.

Alessandro: E por onde anda sua tia Margarida?

Eu: Ah, ela faleceu pouco tempo depois... Minha mãe ainda morava na casa dos meus avós, era menor de idade, então não conseguiu ajudar a irmã do jeito que gostaria.

Alessandro: Que ódio! Por que ser LGBTQIAPN+ é tão difícil?

Eu: Acho que a questão não é nem ser LGBTQIAPN+, e sim as outras pessoas que fazem questão de tornar tudo horrível pra gente... Mas acho que a nova geração está cada vez mais aberta ao diferente, a buscar entender o que eles próprios não conhecem, sabe? Eu vejo isso pelo meu irmão caçula, o Gustavo. Ele é um menino trans e isso nunca foi uma questão pra ele. Acho que com catorze anos o Gustavo me contou que era um menino. Tipo, com 14 anos eu não sabia escolher o meu lanche no McDonald's.

Alessandro: E seus pais foram perfeitos com o Gustavo também?

Eu: Sim, sim! Eles tiveram um pouco mais de dificuldade no começo. Achavam que o Gustavo era uma mulher lésbica e por um tempo insistiram para que ele não mudasse seu corpo, que era algo que o Gustavo queria. Mas depois, com dedicação e pesquisa, eles foram descobrindo mais sobre as nuances da transexualidade e começaram a entender melhor o Gu. E tenho certeza de que muito disso veio por causa da tia Margarida.

Alessandro: E o Gu já operou?

Eu: Não. Ele é doido pra fazer a mastectomia, mas é caro, né? Inclusive, a grana que você vai me pagar pela viagem vai todinha pro cofrinho dele.

Alessandro: Sério?

Eu: Sim. Tipo, é óbvio que eu sou ator e meu sonho é me dar bem na profissão. Mas parte de eu ter vindo parar em São Paulo era pra conseguir levantar grana e ajudar a acabar com esse sofrimento do meu irmão. Ele é tão incrível, Alê. Inclusive ele é seu fã. Mas eu vejo nos olhos dele o quanto ele sofre. Parece que está sempre um passo atrás de ser feliz por não se reconhecer no próprio corpo. Ele diz pra mim que é como uma prisão. Imagina viver assim... Deve doer muito.

Alessandro: Vocês vão conseguir a grana. Tenho certeza.
Eu: Também tenho...
Alessandro: Sério. Você vai dar um jeito, porque você é incrível, Benício. E é tão raro encontrar pessoas como você.
Eu: Como assim?
Alessandro: Você é gente boa. Bonito por dentro e por fora. Sem ironia ou brincadeira.

Fico feliz que as luzes estão apagadas porque provavelmente estou vermelho de vergonha.

Eu: Ah, obrigado. Eu só trato as pessoas como eu gostaria de ser tratado. Acho que se todo mundo fizesse isso, o mundo seria um lugar melhor.

Alessandro então pega a minha mão e a leva até a sua boca, plantando um beijo ali. Eu fico parado, sem reação, meu coração martelando tão alto contra o peito que chega a doer. Ainda segurando a minha mão, ele a leva para o próprio peito, e eu consigo sentir seu coração. É estranho e bonito ao mesmo tempo. Parece que nossos corações batem no mesmo ritmo acelerado.

Olho para ele, e Alessandro está me fitando com intensidade, seus olhos passeando pelo meu rosto e parando diretamente na minha boca.

Umedeço os lábios.
O coração dele acelera ainda mais.
Eu respiro fundo.
Ele respira fundo.
Seus olhos se fecham.
Seus lábios parecem sibilar o meu nome.
Quando percebo, estou me inclinando na direção dele.

# 39
# ALESSANDRO

Os lábios de Benício me encontram no escuro, encaixando-se nos meus como se estivesse acostumado a fazer esse caminho desde sempre. Solto a mão dele e uso minhas duas mãos para agarrar seu cabelo, os fios deslizando por entre os meus dedos, e o puxo para mais perto de mim.

Benício é lindo.

É sexy.

É uma boa pessoa.

Tudo nele me faz querê-lo ainda mais.

Sinto tanto desejo dentro de mim que meu peito dói, como se meu corpo não fosse capaz de comportar tanto sentimento.

Benício fica por cima, seus braços servindo de apoio, sem deitar completamente sobre mim. Por um momento, me permito um vislumbre e abro os olhos.

Olho para baixo e vejo pedaços do seu corpo iluminado pela luz fraca que escapa do blackout da cortina. As linhas dos seus músculos, as veias serpenteando sua pele, pequenos pelos espalhados ao redor do mamilo rosado...

Fecho os olhos quando ele desce e nossas línguas dançam uma na outra, silenciando meu suspiro.

Não estou pensando mais. O meu raciocínio se perdeu em algum lugar no meio da cama. Eu só quero senti-lo por completo comigo. Dentro de mim. Em todo e qualquer espaço que ele queira estar.

Puxo Benício para mais perto e ele deita por cima do meu corpo. Sinto seu peso e solto um gemido de prazer.

Os braços dele estão ao meu redor, parece que criando uma proteção para mim, uma barreira contra o resto do mundo, enquanto sua boca desce dos meus lábios e começa a explorar o meu pescoço, como se minha pele fosse doce e ele quisesse lamber cada parte possível.

Sua barba por fazer arranha minha pele, causando um arrepio que sobe por toda a minha espinha. Quero gritar, mas mordo o lábio, prendendo dentro de mim todo o meu desejo.

Com uma das mãos, jogo o cobertor que está enrolado em seu corpo para o chão. Olho para baixo só para confirmar que o pau dele parece tão duro quanto o meu, pressionando a calça de moletom centímetros à frente. Minha boca saliva de tesão. Ergo a mão e alcanço seu membro. Com delicadeza, aperto a cabeça dele coberta pelo tecido da calça, sentindo algo úmido.

— Meu pau... — Benício solta um risinho por cima de mim, sem falar mais nada.

— Tá tudo bem. Não precisa ficar sem-graça.

— Ele é todo seu, então.

Respiro fundo. A cabeça do pau de Benício está úmida e, movido pelo desejo, tomo suas palavras como incentivo. Começo então a descer pela cama, empurrando meu corpo para baixo, até que meu rosto esteja na mesma altura da sua cintura. Com as duas mãos, seguro no cós da calça e começo a puxá-la para baixo, liberando lentamente o pau dele.

Quando a calça está na altura dos tornozelos, deixo o tecido ali e olho para seu membro de baixo para cima. O pau de Benício é incrivelmente bonito. É grande, não de forma exagerada, mas bem acima da média. O tronco é branco e grosso, com pequenas veias percorrendo toda sua extremidade. Seu saco é volumoso, pendendo pesado para baixo, com as duas bolas bem separadas. A cabeça exposta está lá também, lustrosa, molhada e rosada. Parece reluzir em meio à escuridão.

Minha boca saliva ainda mais.

Pode ser egoico. Eu não ligo. Mas saber que o pau do Benício está pulsando, duro, imponente, por minha causa, me preenche por um fogo quase animalesco.

Eu posiciono minhas duas mãos no espaço entre sua virilha e sua coxa e começo a chupar seu pau em um ritmo contínuo. Não é lento, como se eu o saboreasse, nem rápido demais. Chupo ele em uma velocidade média, tentando a cada estocada engolir um pouco mais de sua extensão.

Benício geme alto, o som escapando dos seus lábios e preenchendo o espaço vazio do quarto. Até que ele me surpreende, usando uma das mãos para segurar meu cabelo. Ao menos, era o que eu imaginava, até perceber que ele está segurando minha cabeça para meter na minha boca com pressão.

Meus olhos ardem e depois lacrimejam. Duas lágrimas escapam sorrateiras. Mas não ouso pedir para ele parar. Não quero parar. Estou explodindo de tesão.

Sinto o pau dele deslizando pela minha língua, minha saliva se misturando com a baba do seu próprio pau e sua cabeça tocando algum ponto da minha garganta.

Engasgo e Benício tira o pau encharcado da minha boca. Meu rosto está vermelho, mas me pego sorrindo ao encontrar um sorriso no rosto de Benício também.

— Desculpa — diz ele, baixinho.

— Não pede desculpa — disparo. — Estava uma delícia.

— Você gostou?

— Eu amei — respondo, sem vergonha de falar coisas do tipo e de expressar o meu desejo em palavras.

Acho que sinto um misto de sentimentos. Estou mais confiante? Sim, estou. Mas Benício abre uma porta para que eu possa ficar completamente à vontade, e isso faz toda a diferença também.

— Me come — peço baixinho, as palavras saindo da minha boca sem que eu pense muito.

Eu quero isso.

Quero que Benício fique por cima de mim.

Quero sentir seu pau entrando em mim o mais fundo que puder.

Quero tudo.

Benício segura minha nuca e me puxa para um beijo quente, selvagem, sua língua tocando meus lábios e depois se embolando na minha.

— Você não tem noção de como deixou meu pau duro várias vezes durante esses dias — sussurra, ainda segurando minha nuca e me mantendo a centímetros do seu rosto.

Engulo em seco, me sentindo incendiar.

— S-sério?

— Sério. E agora você vai me pagar por isso.

O jeito que ele diz isso me causa um arrepio. É sensual e perigoso e me faz quase gritar para ele me comer logo.

Benício me solta e se inclina na direção da sua mala, que está jogada no chão. Não consigo desviar os olhos do corpo dele nem por um segundo. Os músculos dos seus ombros são bem desenhados. Seu peitoral é reto, com contornos bem delineados. Seu abdômen é serpenteado pelos músculos. E seu pau está ali, duro como uma rocha.

Depois de um tempo curto, Benício se ergue novamente, com uma camisinha na mão, preparando-se para abri-la.

— Quer dizer que você veio preparado? — digo com um sorrisinho.

Não sei por que eu falei isso, mas queria soar engraçado.

— Ah, não. Eu ganhei aqui no cruzeiro depois de dar meu e-mail — explica ele, enquanto coloca o preservativo no pau. Mal consigo piscar. — Eu fiquei puto porque me senti enganado e sei que provavelmente essa marca vai me bombardear de e-mails até o fim da minha vida. — Benício levanta os olhos e me encara profundamente. — Mas pelo menos agora vai valer a pena — sussurra ele, engatinhando na minha direção.

Ainda estou deitado de barriga para cima, ofegante, meu pau tão duro como jamais esteve.

Benício se coloca entre minhas duas pernas, de frente para mim, e volta a beijar minha boca. Sinto sua língua mais eufórica, me beijando com mais pressão e abro mais a boca, como se fosse possível recebê-lo ainda mais, ao mesmo tempo que o masturbo com uma das mãos. Sinto a lubrificação da camisinha e agradeço à deusa pela ajuda enviada.

— Agora vou te comer... — sussurra pra mim, e eu apenas concordo com a cabeça, praticamente implorando por isso. — Me avisa se você estiver desconfortável, ok?

— Pode deixar... — sussurro de volta, mas internamente estou ardendo.

Só quero senti-lo dentro de mim!

Benício então fica de joelhos na minha frente, abre as minhas pernas e as flexiona. Ele faz um sinal para que eu as segure e eu apenas o faço.

Ele cospe nos dedos médio e indicador, e então começa a massagear meu cu em movimentos leves e circulares. É tão gostoso! Preciso morder o lábio para não emitir um som gutural, mas meus gemidos escapam sorrateiramente.

Benício então cospe de novo e sua saliva cai diretamente na altura da cabeça do seu pau. Ele então me olha nos olhos e depois desvia o olhar para outra parte do meu corpo, a parte que ele mais quer agora.

Com a mão fechada em torno do próprio pau, Benício encosta a cabeça rosada na entrada do meu cu. Fecho os olhos. Sinto o membro dele forçando a entrada, a lubrificação ajudando no caminho. Dói um pouco, não posso mentir. Solto o ar com força e respiro de novo. Eu quero sentir o máximo de prazer possível e sei que para isso eu preciso estar completamente entregue e relaxado...

Até que sinto a mão de Benício no meu rosto. Ele segura os dois lados da minha face, me fazendo formar um biquinho involuntário. Abro os olhos e o encaro bem ali, em cima de mim.

— Relaxa, vai... — murmura ele. — Até agora só entrou a cabeça do meu pau... Deixa eu te foder gostoso, deixa?

Explodo de tesão. Meu corpo relaxa automaticamente, se abrindo todo para Benício entrar. E então ele geme alto quando seu corpo vem mais para a frente. O pau dele entrou todo. Posso senti-lo pulsando dentro de mim e a sensação é maravilhosa.

Benício ainda está ali, meio imóvel, imerso no próprio frenesi, quando eu sussurro seu nome. Ele abre os olhos e me encara.

— Vai, Benício — falo, baixinho. — Você não queria me foder? Me fode gostoso, então.

Minha voz não é mais um gemido, é um pedido simples... É uma ordem.

Os olhos de Benício brilham na escuridão. A mão dele que estava no meu rosto desliza pelo meu pescoço, se fechando sobre minha pele e me segurando com firmeza. Ao mesmo tempo, ele joga seu corpo todo para trás e então para a frente. O movimento é preciso. É forte. É com pressão. Solto um gemido alto enquanto Benício continua as estocadas, mantendo um ritmo rápido e feroz.

Não sei quanto tempo duramos nessa posição, mas quando ele cai ao meu lado, a respiração ofegante, eu me coloco para jogo e mudo nossas posições, deixando Benício deitado de barriga pra cima e sentando nele, rebolando com vontade com ele dentro de mim.

Sempre tive vergonha do meu corpo, mas agora essa questão parece uma vaga lembrança de quem já fui; um fantasma perdido, sem forças para me fazer parar.

Benício está com a cabeça apoiada nos dois braços, as axilas à mostra, e um sorriso de êxtase no rosto. Isso faz com que eu me empenhe ainda mais, rebolando em movimentos curtos enquanto seguro o peito dele com as mãos.

O desconforto pelo tamanho do pau de Benício some completamente quando sou eu controlando os movimentos. Inclusive, em certo momento, preciso parar de mexer no meu próprio pau, pois sinto que posso gozar com qualquer toque a mais.

Benício parece perceber isso e pede para eu ficar de quatro. Eu obedeço, saio de cima dele e tento empinar a bunda o máximo que posso, enquanto ele pula da cama.

— Vamos gozar juntos? — sugere. — Você quer?

— Vamos... Eu estava quase gozando...

— Eu quase gozei várias vezes. Tive que segurar pra caramba.

Isso me pega de surpresa. Benício sente tanto tesão em mim que quase gozou mais de uma vez... Tipo? Isso é real mesmo?

Benício dá um tapa na minha bunda, me fazendo voltar à realidade.

— Mas agora não vou me segurar mais, ok? — Ele aperta minha cintura com as mãos e mete com tudo dentro de mim.

Solto o ar enquanto um gemido alto escapa pela minha boca. Minhas costas se arrepiam e eu sinto um formigamento dentro de mim. Não sei o que está acontecendo, mas, nessa posição, Benício me faz sentir algo que nunca senti na vida. É quase como se... É isso? Deve ser isso. Benício provavelmente está alcançando a minha próstata... E a sensação é boa demais. É como uma massagem com cócegas, mas causadas pela pressão de um pau te levando em uma montanha-russa no ápice do tesão.

— Eu vou gozar... — Benício rosna, metendo com mais força.

Eu mordo o lábio.

Sinto como se um fio invisível abaixo do meu umbigo me puxasse de dentro para fora, e então meu pau lateja muito duro e sinto algo se mexendo dentro dele.

E então acontece...

Benício explode, gozando sem parar de meter. E ao mesmo tempo eu gozo também, sem nem ao menos encostar no meu pau.

Eu praticamente grito de tesão. É como se eu tivesse corrido uma maratona sem sair do lugar. Minhas pernas tremem, fracas, tomadas por espasmos, e então eu me deito, sem conseguir continuar de quatro.

Benício arranca a camisinha com seu gozo, dá um nó e então se joga na cama, ao meu lado.

Nós dois só conseguimos respirar, ofegantes. Por um tempo, a gente só fica assim: ele deitado de barriga pra cima e eu deitado de bruços, em um silêncio confortável e quente.

— Caralho — diz ele depois de um tempo.

— É. Caralho — concordo, ainda tremendo.

Benício abre um sorriso enquanto vira o rosto para me olhar.

— Para um namoro falso, essa foi a melhor falsa primeira vez da minha vida.

Eu dou uma risada e um tapinha no braço dele.

Não digo nada, mas entre todas as transas de verdade e de mentira, essa foi a melhor da minha vida.

# 40
# BENÍCIO

Quando acordo, o sol está banhando parte do meu corpo. Olho para o lado e Alessandro está aninhado no meu peito, o rosto completamente relaxado. Abro um sorriso lembrando da noite passada e do sexo maravilhoso que fizemos.

Estico o braço livre em busca do meu celular, que está em algum lugar no chão. Alessandro se movimenta um pouco, saindo do meu braço e rolando para o lado.

Quando finalmente consigo pescar meu aparelho e vejo a hora, um grito escapa da minha garganta e eu fico de pé num pulo.

Alessandro: Hummm... Oi, bom dia...

Ele murmura da cama, abrindo os olhos, enquanto eu rodo pelo quarto, buscando uma cueca e roupas limpas.

Eu: Oi! Bom dia!

Alessandro: O que aconteceu?

Eu: A gente perdeu a hora.

Alessandro: Perdeu a hora para o que exatamente?

Eu: Meu teste.

Marquei com Salazar Medeiros às onze da manhã e agora faltam dez minutos para as onze. Contando que devo demorar uns cinco minutos para chegar até o teatro, eu tenho outros cinco para ficar apresentável para a maior oportunidade da minha vida.

Alessandro: Minha deusa! Nossa, perdemos a hora mesmo.

Ele se senta e me encara. Neste ponto, já enfiei uma cueca — a mesma que eu usei ontem e a única que encontrei na bagunça do quarto. E estou tentando enfiar a calça jeans pelas minhas pernas, mas acabo escorregando e caindo no chão com tudo.

Eu: Porra!!!!

Alessandro solta um grito assustado e parece a ponto de rir, mas ele apenas joga o cobertor para o lado e vem ao meu encontro, me ajudando a levantar.

Quando estamos de pé, ele segura as minhas mãos e me olha nos olhos.

Alessandro: Vai dar certo.

Eu: Será? Eu não me preparei e…

Alessandro: Você se preparou pra isso a vida toda, Benício. Vai dar certo. Confia em mim.

Ele se aproxima e me dá um beijinho no rosto. E eu sinto parte da tensão do meu corpo simplesmente se esvair.

Alessandro: Vai lavar o rosto, tirar essas remelas, escovar os dentes, e eu procuro uma blusa pra você.

Eu: Tá bom.

Faço o que ele diz seguindo exatamente a ordem de tarefas, porque sinto que nesse momento seguir esse plano é tudo o que tenho. Quando saio do banheiro, Alessandro está segurando uma blusa polo cor-de-rosa que ele encontrou emaranhada na minha mala e eu nem lembrava que existia. Ele me ajuda a vesti-la e depois passa as mãos pelo meu peitoral, como se desamarrotando o tecido.

Alessandro: Você está lindo.

Eu: Ah, obrigado.

Alessandro: Agora vai lá e arrasa! Vou te esperar aqui na cabine.

Eu: Mas por que você não vai tomar um café, sei lá? Dar uma volta? O navio vai pousar daqui a pouco.

Alessandro: Atracar.

Eu: Atacar quem?

Alessandro: Não. O cruzeiro vai atracar, e não pousar. Só aviões e helicópteros que pousam.

Eu: Meu Deus! Como eu sou burro…

Alessandro: Você não é burro. Só está nervoso.

Eu: Sim... Quero dizer, não sei!

Alessandro: Ei, apenas respira fundo e se concentra. Eu não vou a lugar nenhum. Vou ficar te esperando aqui, torcendo pra tudo dar certo.

Eu: Ai, Alessandro... Seu lindo. Eu te...

E sinto um formigamento dentro do peito ao mesmo tempo que prendo as palavras dentro de mim.

Será que eu estava a ponto de dizer o que eu ia dizer?

Cacete!

Deus deve ter um lugar especial no paraíso para todos os gays sensíveis e intensos como eu. É o mínimo que eu espero por todas as vergonhas que passo nesta vida.

Alessandro me encara, olhos arregalados, cheios de expectativa e... medo?

Eu também estou com medo.

Eu: Eu te... agradeço por tudo. Pelo sexo ontem e pela blusa que você achou...

Digo, sentindo a língua pesada e a garganta coçando.

Que porra eu acabei de dizer? Por que falei isso? Por que a minha cabeça é tão zoada assim?

Alessandro dá um passo à frente e me beija com carinho. Um beijo doce e molhado no rosto.

Alessandro: Eu te agradeço também. Por um monte de coisas. Agora vai lá e arrasa.

Eu: Deixa comigo!

Abraço ele com força e saio da cabine. Minhas pernas tremem. Minhas mãos tremem. Mas se neste segundo eu dissesse que sei o motivo real para isso, seria mentira.

# 41
# ALESSANDRO

Peço para entregarem meu café da manhã na cabine e entro no banheiro para um banho rápido enquanto espero a comida chegar. Conforme a água do chuveiro vai caindo pelo meu corpo, me pego lembrando de tudo o que aconteceu na madrugada... Se eu fecho os olhos, é quase como se eu pudesse sentir as mãos de Benício passeando pela minha pele, segurando minhas curvas, apertando minha cintura, me preenchendo...

*Será que ele curtiu também ou será que não foi tão bom pra ele? Será que eu estava fedendo? Eu não lembro de ter escovado os dentes... Será que ele odiou tudo e fingiu esse tempo todo ou será que...* Opa! Sacudo a cabeça, tentando me livrar dos tentáculos gosmentos que a ansiedade desliza em torno do meu pescoço. O cara gozou depois de ter segurado algumas vezes. Isso só pode ser um sinal claro de que ele estava gostando também!!!

Saio do banho tentando assimilar o fato de que alguém como eu deixou alguém como o Benício com... tesão? É, tesão. Muito tesão. Então a campainha toca. Mas, ao abrir a porta, não encontro nenhum funcionário do cruzeiro. Pelo contrário. Vejo a última pessoa que eu esperava reencontrar.

— Raul! — falo alto, segurando a toalha enrolada na minha cintura com ainda mais força.

— E aí, Alêzinho! Você tá bem? — Ele dá dois passos à frente, me tasca um beijo na bochecha e entra no meu quarto com tudo.

— Ei! — grito em protesto, sem conseguir impedi-lo.

Raul sempre foi e sempre será uma gay furacão. Não espera para pedir licença e simplesmente sai atropelando tudo o que vê pela frente, inclusive eu.

Fecho a porta com um baque, sem paciência, e me viro para encará-lo. Raul simplesmente coloca seu celular e sua pochete em cima da cômoda, atravessa o quarto, passa pela porta de vidro e se inclina sobre a varanda.

— Nossa. Seu quarto é incrível — comenta, se perdendo na vista exuberante — e bem maior que o meu, sabia? É que eu também fui convidado de última hora, depois que souberam que a gente terminou e tal...

— Hum. — Engulo em seco. — Interessante. A senhora veio aqui medir meu quarto ou o quê?

— Ei! — Raul se vira para me olhar enquanto joga as mãos para o alto e volta para dentro do quarto. — Por que você está tão reativo?

— Não estou reativo. — Fuzilo ele com os olhos, sendo deliberadamente reativo. — Só acho um absurdo você entrar no meu quarto sem ser convidado depois de tudo o que rolou!

— Ai, Alessandro! — Raul revira os olhos e se joga na poltrona mais próxima. — Amor livre! — Faz o sinal da paz com os dedos. — Pra que ficar guardando ressentimento nesse coração? Me perdoa, vai...

É sério que isso está acontecendo?

Sério mesmo?

Que tipo de pecado eu cometi em outra vida para ter que passar por uma situação dessas?

— Raul — falo o nome dele como se ardesse minha boca. — Apenas. — E respiro fundo enquanto conto até dez. — Sai AGORA da porra do MEU quarto. Por favor — acrescento, com um sorriso irônico.

— E essa bagunça? — Ele aponta para o chão, onde há um mar de roupas. — Seu namorado é bagunceiro, né? Porque lembro que quando estávamos juntos você era bem organizado. E eu também era, você sabe. A casa estava sempre impecável.

— A bagunça do Benício não te interessa. — Eu o corto da maneira mais rápida que consigo.

O problema é que sou uma gay pacífica. Nessas horas, queria ser mais impulsiva e passar por cima de Raul e sua regata minúscula como um rolo compressor.

Quem ele pensa que é para sentir que tem algum direito de ainda me dirigir a palavra?

— Tá, tá! — Raul apoia o rosto na mão, como se estivesse entediado. — Desculpa. Eu vou direto ao ponto...

— Não tem ponto nenhum pra você ir direto! — digo, um pouco escandaloso demais, enquanto caminho até a porta e a escancaro com tudo. — Cadê seu namorado, hein, gay? Ficante, acompanhante de luxo, sei lá o que ele for seu! Vai atrás dele e me deixa em paz!

— Oi! — chama alguém atrás de mim. — Desculpa, eu não entendi o que o senhor quis dizer.

Olho para trás e um funcionário do cruzeiro está com uma bandeja com o meu pedido de café da manhã. Seus olhos estão arregalados de puro terror.

— Meu Deus! Perdão! Não era contigo! — falo, todo sem-graça, pegando a bandeja das mãos dele. — Muito obrigado, viu? — digo, mas nem sei se ele ouviu porque está literalmente correndo para se afastar o mais rápido que pode.

— Você está feliz? — pergunta Raul, sem se mover um centímetro, parecendo uma estátua grega.

Por um segundo, a vergonha com o garçom quase me fez esquecer da presença desse chorume no meu quarto. Penso seriamente em jogar a bandeja nele com tudo, mas sinto que talvez o suco de laranja e as torradas com requeijão nunca me perdoem.

— Que p-porra você está falando? — É tudo o que consigo dizer.

Estou nervoso. Ele está conseguindo me atingir. E eu o odeio ainda mais por isso.

Fecho a porta de novo e meu celular começa a tocar descontroladamente em algum lugar dentro do quarto. Deixo a bandeja em cima da cama e começo a procurá-lo.

— Presta atenção em mim! — Raul se levanta, se aproximando. — O Benício te faz feliz?

— Mas que...

E não consigo mais falar, porque Raul está realmente próximo. Engulo em seco, sentindo uma gota de suor escorrer pela minha coluna. Ele me olha com tanta intensidade que é quase como se pudesse encontrar todas as palavras não ditas que se escondem por baixo da minha pele.

— Sim — digo, a voz saindo fanha.

Eu posso odiá-lo com todas as forças e nunca mais querer contato, o que devido a tudo o que aconteceu, acho que é válido. Mas nunca poderei negar o quanto Raul sabe ser atraente. A pele escura, os braços enormes, os lábios carnudos, a voz rouca... Tudo te faz salivar e querer tê-lo o mais perto possível. Raul é provavelmente o cara mais bonito que vi na vida. E o menos confiável também.

— Por que será que eu não consigo acreditar em uma palavra que você diz? — insiste ele, estreitando ainda mais os poucos centímetros que nos separam e segurando a minha cintura.

O toque dele me arrepia. É gostoso. Me deixa excitado ao mesmo tempo que me queima por dentro. Esse é o encanto dele. Eu conheço muito bem.

— Quem sabe mentir muito bem aqui é você — respondo com firmeza. — Cadê o seu namorado? Por que não vai ficar com ele?

— A gente terminou, Alê. Porque eu não consigo parar de pensar em você.

Desvio o olhar. Raul diz isso como se saboreasse cada palavra. Ele sabe a exata reação que causa nas pessoas.

— Eu estou feliz e o Benício é o melhor namorado que eu poderia encontrar — digo, inicialmente a voz fraca, mas então respiro e falo com mais confiança. — Ele é romântico, é bom de cama, é um ótimo parceiro...

— Um ótimo ator — interrompe Raul, com um sorrisinho de canto de boca.

Eu arregalo os olhos. Não estou em frente ao espelho, mas tenho certeza de que estou pálido. O nervosismo faz eu ouvir as batidas do meu próprio coração no ouvido — e parece uma sentença de morte.

— Do que você está falando? — É tudo o que consigo dizer, porque meu cérebro me abandonou e não consigo mais formular frases com mais de cinco palavras.

— Seu *namorado* — sussurra, e um sorrisinho de canto nasce em seus lábios grandes — é ator, não é?

Raul é como uma cobra. Ele rodeia a presa antes do bote final. Me sinto um coelho encurralado por uma naja.

— Sim. — Desvio o olhar e dou alguns passos para trás até estar fora do alcance dele. — É a profissão que ele escolheu. Mas isso não tem nada a ver contigo ou com qualquer outra pessoa.

— Interessante. — Raul continua sorrindo.

Ele então se vira de costas para mim, olhando todo o quarto. Raul parece estar buscando algo que perdeu.

— Que jogo é esse, Raul? — Estou nervoso, minhas mãos tremendo e minhas axilas ensopadas de suor por conta da ansiedade. — Quero que você saia da porra do meu quarto. Agora.

Ele me ignora. Raul continua andando pelo quarto, os olhos atentos, até que ele parece encontrar o que está procurando. Caminha com passos rápidos até a mala de Benício e a vira de cabeça para baixo, fazendo os pertences que estavam ali dentro caírem no chão sem cuidado algum.

— Seu idiota! Para com isso! — Eu vou pra cima dele para impedi-lo.

Sinto vontade de chorar de raiva. Raul não cansa de me violar. Eu tolerei seus abusos por tanto tempo que ele continua passando por cima de mim sem nenhum pudor.

Raul se abaixa sobre as poucas coisas que caíram da mala de Benício e se afasta antes que eu o alcance.

Eu demoro a entender, e só então percebo que o que ele segura nas mãos é um ofício branco e uma folha do meu caderno de anotações.

Seus olhos brilham e um sorriso nasce em seu rosto.

— Uau. *Contrato de confidencialidade* e *regras do namoro falso*. — Seu tom de voz brinca com a entonação de cada palavra. — Quer me explicar o que é isso?

## 42
# BENÍCIO

Estou nervoso. É como se todas as terminações nervosas do meu corpo estivessem em alerta, mandando mensagens confusas para o meu cérebro. Tento me concentrar, respirar fundo, mas nada funciona.

Assim que chego ao teatro, Salazar está lá, sentado na beirada do palco, as pernas cruzadas enquanto segura um papel, lendo atentamente.

A distância que nos separa é curta. Tento, inutilmente, dar passos lentos, como se numa tentativa desesperada de ganhar mais tempo. Porém, mais tempo para o quê? Para pensar em uma desculpa, para fugir discretamente, para desistir?

Eu não posso fazer isso.

Não estou aqui só por mim.

Estou aqui porque muitas pessoas acreditaram em mim, no meu sonho.

Meu celular começa a vibrar no bolso da calça jeans. Pego o aparelho rapidamente e vejo que é uma ligação do Gustavo. Abro um sorriso quase que instantâneo. O Gustavo conta comigo. Ele é um dos motivos de eu estar ali. Desligo o celular, guardo-o de volta no bolso com a promessa de que, quando o teste acabar, poderei ligar para ele com uma notícia boa para contar.

Eu: Olá! Sr. Salazar?

Ele tira os olhos do papel e finalmente nota a minha presença.

Salazar Medeiros: Ah, rapaz! Você chegou!

Eu: Sim… Desculpa o atraso.

Salazar Medeiros: Não se preocupe. Você não está atrasado. Está em ponto, para ser mais exato. Sente aqui.

Ele aponta para o espaço no palco ao seu lado. Eu respiro fundo antes de voltar a caminhar e me acomodar onde ele indicou.

Salazar Medeiros: Pois bem. Vamos lá. O que eu disser aqui é estritamente confidencial, ok?

Eu: Claro, sr. Salazar.

Salazar Medeiros: Deixe disso de senhor, por favor.

Eu: Ah. Me desculpa.

Salazar Medeiros: Bom. Vamos lá. Eu vou dirigir um filme para os streamings, sabe? É basicamente uma comédia romântica em que um cara jovem, bonito e atraente precisa fazer um acordo de namoro falso com o seu colega de trabalho, que ele supostamente não suporta, para que os dois não percam seus respectivos empregos.

Não consigo esconder meu sorriso ao ouvir a trama e automaticamente pensar em Alessandro.

Eu: E eles se apaixonam no meio desse namoro de mentira.

Salazar Medeiros: Exatamente. Uma comédia romântica típica, clássica e irresistível. Crocante e com sabor de pipoca de cinema, como toda comédia romântica tem que ser.

Eu: Ótimo! Mas o senhor acha que eu seria um bom ator? Digo, para um papel principal… que tenha tanta importância assim?

Salazar Medeiros: Você não confia no seu talento, rapaz?

Sou pego de surpresa com a pergunta. Minha mente começa a viajar por um labirinto de medo e insegurança. Esses sentimentos quase sempre ficam guardados dentro de uma caixa secreta escondida no meu peito, onde esqueci a chave ainda mais fundo no meu interior. Porém, às vezes, sem perceber, essa caixa se abre e meus fantasmas saem, assombrando minha cabeça e meus pensamentos.

Salazar Medeiros: Benício?

Eu: Ah… Oi! Perdão.

Salazar Medeiros: Posso te fazer uma pergunta um pouco pessoal?

Eu: Claro.

Engulo em seco. Minha garganta está quente. Parece que tem areia por todas as paredes internas do meu pescoço.

Salazar Medeiros: Como você era quando criança?

Eu: Quando criança?

Salazar Medeiros: Exatamente.

Eu: Ah, eu tive uma infância boa. Simples, porque sou de uma família sem muitos recursos. Meus pais sempre trabalharam muito. Os dois são feirantes, sabe? Mas nunca me faltou nada. Absolutamente nada.

Salazar Medeiros: Mas não foi isso o que eu perguntei...

Eu: Então eu não entendi.

Salazar Medeiros: Hum... Pense um pouco. Como você era como criança? Não o que os seus pais te deram ou deixaram de te dar... Era do perfil bagunceiro, que dava problema, ou...

Olho para baixo, para os meus pés, depois para o carpete vermelho do teatro.

Eu: Ah... Eu era aquela criança mais sozinha, no próprio mundo da imaginação. Meus pais sempre trabalharam muito, então eu me cobrava para ser o filho que não dava trabalho. Evitava a todo custo pedir ajuda com as lições de casa ou simplesmente fazer alguma queixa, de qualquer coisa que fosse. Acho que fui um bom filho.

Salazar Medeiros: Eu perguntei só para confirmar porque já imaginava isso mesmo. Que você tinha esse perfil.

Eu: Mas como?

Salazar Medeiros: Porque eu sou parecido, Benício. Ser uma criança que nunca deu trabalho na infância pesa, porque essa criança nunca vai embora e ela cresce junto contigo, se tornando um fardo cada vez maior. Isso porque nenhuma criança deveria saber agir da melhor forma possível ou se esforçar para agradar Deus e o mundo. Crianças precisam apenas ser crianças, porque senão a gente cresce sem saber mostrar nossas inseguranças, medos e emoções negativas. E como nosso eu criança, a gente engole tudo e só tenta seguir em frente, para agradar todo mundo, sem nunca pensar em nos agradar.

Fico parado, estatelado, olhando para o chão, sentindo duas lágrimas escorrendo pelo meu rosto. É como se ele tivesse aberto um manual com a definição mais direta e simples da minha alma.

Salazar Medeiros: Eu estou te falando isso porque dificilmente uma pessoa com boa autoestima e confiança chegaria em um teste tão importante com essa expressão de derrotado.

Olho para Salazar. Não sei se ele está sentindo pena de mim, empatia ou achando graça. Limpo as lágrimas o mais rápido que consigo.

Eu: Desculpa.

É tudo o que consigo falar. Não sei o que dizer. Me sinto envergonhado e nem sei se ele ainda nutre interesse em fazer o teste.

Salazar Medeiros: É claro que você iria me pedir desculpas…

Ele pula do palco enquanto dá uma risada alta.

Salazar Medeiros: Rapaz, não tem o que desculpar. Você é um artista. Você é sensível. Apenas deixe seus sentimentos tomarem conta da narrativa. Veja bem, tome isso aqui.

Ele se aproxima e me entrega um papel. Vejo que se trata de um monólogo.

Salazar Medeiros: O personagem é parecido com a gente. Mas neste ponto do texto, ele já percebeu o que sente pelo outro rapaz. É uma das cenas finais. Tem que ser sincera, emocionante… Ele precisa se despir dos seus medos. E deixar seu coração explodir, ser aberto para que o sentimento transborde. Você acha que consegue?

A pergunta dele ecoa no interior do teatro. Ou será que é só na minha mente? Eu não sei. Mas a pergunta está lá, indo e vindo…

Será que eu consigo?
Será que eu consigo?
Será que eu consigo?
Será que eu consigo?
Será que eu consigo?
Será que eu consigo?
Será que eu consigo?

Será que eu consigo?
Será que eu consigo?
Será que eu consigo?

Penso em Alessandro. A forma como os olhos dele sempre desviavam dos meus quando a gente se conheceu. Como ele sempre parecia tímido, receoso, desconfortável com a minha presença. E como lentamente essas barreiras foram caindo uma por uma.

E então eu estava ali, do outro lado, confiante, sem medo, apenas querendo encarar tudo aquilo como um trabalho simples. Até que fui deixando Alessandro entrar, me conquistando com seu jeito engraçado, inquieto e sonhador. E aí minhas inseguranças começaram a pipocar dentro de mim, ricocheteando por todos os espaços do meu peito, porque sem perceber eu estava me permitindo sentir de verdade, e não apenas de mentira.

Eu conheço esse personagem. Conheço seus medos, suas artimanhas para se defender do amor.

Será que eu consigo?

Eu: Sim, Salazar Medeiros. Eu consigo.

# 43
# ALESSANDRO

Estou travado. É como se meu corpo não obedecesse às ordens que meu cérebro envia para ele. Quero me mexer e pegar os papéis das mãos do Raul. Quero dar um soco bem no meio cara dele. Quero expulsá-lo do meu quarto. Quem ele pensa que é para invadir a minha privacidade? Que direito ele pensa que tem sobre mim e minhas decisões?

Mas não consigo me mexer. Estou paralisado de medo.

Raul se movimenta levemente, trocando o peso de uma perna para a outra, enquanto lê atentamente os papéis em suas mãos. Para mim, parece durar uma eternidade.

— A Melina se superou dessa vez. — Ele suspira. — Quando a gente começou a namorar, o contrato que ela fez para mim tinha cláusulas sobre nunca expor intimidades suas e coisas parecidas. — Ele abaixa as folhas e dá uma risada. — Mas é porque o nosso namoro era de verdade, né, Alessandro? Não um teatrinho de merda.

Raul então joga os papéis na minha direção, no meu rosto, no meu ego. Minhas mãos tremem e eu sinto as lágrimas escapando dos meus olhos. Parece que minhas pernas pesam uma tonelada. E então um instante depois elas ficam leves, como se fossem feitas de poeira. A sensação é assustadora. Será que estou tendo um AVC? Será que é uma crise do pânico? Será que é apenas a constatação pura e realista de que alguém bonito, inteligente e interessante nunca vai sentir afeto por mim por conta do meu corpo? Olho para os meus pés só para me certificar de que eles ainda estão ali, sólidos. Por dentro, é como se eu estivesse afundando. Meu corpo feito de cimento e eu sendo jogado do alto em queda livre. Um vaso de barro pronto para encontrar o chão e se espatifar em milhares de pedacinhos irreparáveis. Não tem como eu me recuperar de uma queda dessas. Eu sei. E o Raul também sabe.

Meu celular continua tocando sem parar, mas parece que o som vem de algum lugar fora de onde estou, totalmente descolado da realidade que me soca por dentro.

Raul não diz nada. Ele fica me encarando, seus olhos acompanhando cada movimento mínimo do meu rosto. Parece estar em busca de alguma reação exagerada, da mesma forma que eu chorei e gritei quando o peguei na cama com outro cara. Será que é isso que ele quer de mim? Me ver perder o controle por conta dele? Será que isso é tudo o que importa para o seu ego? Será que isso o deixa feliz?

Tento me manter frio, sem emoções, mas meus olhos me traem... Sempre eles que me traem...

— SAI DA MINHA VIDA! — grito, minha voz vindo de um lugar dentro de mim que eu próprio desconheço.

Me sinto rasgado, violado... Me sinto sujo. Pareço um animal machucado, acuado, mostrando os dentes de forma bestial com medo da próxima agressão. Quantas vezes mais eu terei que ser diminuído? O que eu fiz para merecer isso?

— Então manda seus seguidores me deixarem em paz! — rebate Raul, sem demonstrar nenhum arrependimento.

É óbvio que ele está aqui por conta das redes sociais, por conta do próprio ego... Sua reputação é tudo o que importa para ele, no fim das contas.

— Desde que a gente anunciou o término, eles ficam me mandando mensagens dizendo que sabem que eu te traí! Ficam comentando nas minhas fotos, me chamando de safado! — Raul aponta o dedo para mim. — Tudo isso porque quando a gente terminou você ficou compartilhando aquelas merdas de músicas de corno!

Tudo o que estou ouvindo é tão surreal que sou jogado da incredulidade ao ódio em poucos segundos.

— Você me enganou e tudo com o que você se importa é a porra da música que eu usei nas redes sociais? — retruco, sentindo as palavras queimando na minha garganta. — Eu quero mais é que você se foda! Você foi um escroto comigo e mesmo assim eu nunca te acusei de nada na internet!

— Eu posso ter te traído, ok? Assumo a minha culpa! — Ele dá de ombros. — A carne é fraca mesmo.

— Não é que a carne seja fraca. Esse é um dos argumentos mais esdrúxulos que existe. Você não teve respeito por mim em nenhum momento. — Sinto meu peito arder. As lágrimas inundam a minha visão. Tudo dói.

— Você só sabe apontar os meus erros, mas e você, Alessandro? — Raul rebate sem pena, sem compaixão. Ele parece estar em um jogo, disparando argumentos apenas para que possa ganhar a discussão. — Você mente para seus milhares de seguidores! Você posta fotos com seu namorado de mentira e faz todos os seus fãs torcerem e acreditarem numa grande mentira que você inventou! — Ele estende os braços como se estivesse em um show. — Sério. Como você consegue? Você não sente vergonha de agir assim? Por que não preferiu ser como uma pessoa normal e encontrar um namorado de verdade em vez de pagar um cara pra sair contigo?

— Sai daqui, Raul! — falo, minha voz fraquejando, saindo quase como uma súplica. Mordo o lábio. Odeio que minha voz esteja me traindo, mas não tenho mais forças para estar nesta guerra. Estou implorando por paz, por tempo, por espaço, por qualquer migalha de autocompaixão que ainda possa existir dentro dele. — Você não tá cansado de simplesmente me deixar mal toda vez que passa pela minha vida? Será que não é repetitivo pra você pisar em mim e na minha autoestima em toda oportunidade? Isso te faz feliz? Precisei de um namorado de mentira, já que o de verdade me magoou de todas as maneiras possíveis. Precisei contratar um namorado falso porque o que eu pensava ser de verdade me ferrou em cima da hora e eu ia perder um dos trabalhos mais importantes da minha vida. Por isso eu paguei o Benício pra vir ao cruzeiro comigo. Porque eu tinha pessoas que dependiam desse dinheiro e não quis deixar ninguém na mão... É isso o que você queria saber?

Raul me olha com pena. E acho que talvez isso seja ainda pior.

— Eu sabia que, se mexesse nas coisas do Benício, encontraria um contrato de relacionamento. Só que nunca imaginei que seria... um contrato de um namoro falso. Só espero que você e seus fãs finalmente entendam que eu sempre fui um cara bom e apenas cometi um deslize — diz ele, sem se dar ao trabalho de sequer me olhar enquanto vai até a cômoda e pega sua pochete e o celular. — Agora você vai ter muito o que explicar para sua audiência, já que eu estava ao vivo, transmiti nossa conversa na internet e todo mundo sabe quem é o mentiroso da história.

Recebo a informação com a sutileza de um soco na cara. Por um segundo, sinto que minha visão está perdendo o foco, como se eu estivesse a ponto de desmaiar.

Não é possível que isso seja verdade. Não é possível que Raul tenha ido tão longe porque simplesmente se sentiu incomodado de ter sua reputação manchada. Porra, ele só é gostoso! Ele não tem nada a perder. Quem segue ele vai continuar seguindo! Ele não pode ter feito isso comigo...

— Você está mentindo. — É tudo o que consigo falar.

Mas eu sei que não. Ele falou a verdade. Dá para ver em seus olhos o prazer que sente com o seu plano dando certo.

Minhas pernas tremem, mas não vou cair na frente desse narcisista de merda. NÃO VOU!

— Não, Alêzinho. — Ele suspira, caminhando até a porta. — Eu juro que agora estou falando a verdade. Boa sorte!

Então, Raul sai do quarto.

É isso.

Ele me atropelou com tudo o que podia porque eu era apenas um pequeno efeito colateral na sua alçada imaginária à fama ou seja lá onde esse maníaco de merda queira chegar.

Só quando a porta se fecha eu me permito cair ajoelhado no chão. As lágrimas vêm sem controle e eu não faço questão de segurá-las. Me sinto envergonhado, humilhado... Toda a minha ansiedade, meus medos e minhas fragilidades foram expostas a milhares de pessoas.

Neste momento, já devo ter virado meme, e meu rosto choroso transformado em figurinhas, minha dor como puro entretenimento vazio.

As pessoas amam cultuar, ter ídolos, alguém a quem seguir. Mas amam muito mais ver essas pessoas caindo em desgraça. E é isso o que sou hoje para muita gente, tenho certeza.

Quando estiver na minha casa, com a cabeça no lugar, vou traçar planos para nunca mais deixar ninguém se aproximar de mim e partir o meu coração. Mas agora sou apenas uma represa cujas comportas não suportaram mais tanta pressão, então simplesmente deixo a água fluir e destruir tudo, inclusive a mim mesmo.

## 44
# BENÍCIO

Quando acabo o monólogo, finalmente abro os olhos. A claridade da iluminação do teatro me atinge como um raio. Mal tinha percebido que estava pressionando tanto os olhos para mantê-los fechados e agora tenho certeza de que Salazar vai me recusar por isso.

Encontro-o sentado na segunda fileira das cadeiras. Ele está de pernas cruzadas, óculos no rosto, digitando furiosamente no celular.

É. Acho que ele odiou mesmo meu teste. Só que, de alguma forma, pensar nisso não me assusta mais. Acho que tudo o que Salazar me falou sobre meus medos e inseguranças se tornou uma lição mais valiosa do que qualquer teste poderia me dar.

Salazar Medeiros: Pois bem. Você não disse o texto à risca, né?

Eu: Eu... É, não. Acabei complementando um pouco.

Salazar Medeiros: Certo. E o que te fez pensar que o texto precisava ser complementado, Benício?

Engulo em seco. Sinto minha autoconfiança indo embora do corpo quase como a fumaça frágil de um cigarro se perdendo no ar e no espaço.

Respiro fundo. Preciso me concentrar. Caso contrário, toda a experiência que eu passei não terá valido de nada. Eu mudei. Reconheci um traço de comportamento que não me fazia bem. Preciso manter esse aprendizado comigo.

Eu: Salazar, o texto é incrível. Disso não tenho dúvida alguma. Mas quando eu o li e guardei suas palavras na cabeça, elas tinham um significado forte. Só que conforme eu ia atuando e deixando as palavras fluírem, eu senti que esse significado poderia ficar ainda mais poderoso se deixasse a minha sensibilidade agir, emprestando um pouco de mim e da minha história pro personagem.

Salazar Medeiros: Hum... Interessante.

Ou ganhei um ponto, ou ele está me odiando muito.

Salazar Medeiros: Não são todos os diretores que aceitam isso. Mas eu particularmente gosto muito dessa técnica. Acho que traz mais naturalidade e personalidade ao texto.

Eu: Ah... Que alívio ouvir isso.

Salazar Medeiros: Benício, você é especial. Sua atuação é natural, o que é exatamente o que eu estou buscando em um ator. Óbvio que decisões como essa passam por outras pessoas... Mas deixe seu contato e em breve eu retorno a você, pode ser?

Eu: Ah, meu Deus! Claro! Eu não tenho um cartão nem nada profissional...

Salazar Medeiros: Salve seu número na minha agenda.

Desço do palco e pego o celular de Salazar. Digito meu contato e entro num ciclo provavelmente tedioso de agradecimentos pela oportunidade.

Saio do teatro com o coração na boca. Meu celular continua vibrando sem parar, mas não posso atender o Gustavo neste momento ou quem quer que esteja me ligando. Preciso ver o Alessandro e contar o que aconteceu. O rosto dele é tudo o que aparece na minha mente...

O texto de Salazar me fez encarar o que eu estava escondendo de mim mesmo, não sei se por medo ou insegurança. A arte tem esse poder, né? Transformar em algo sólido o que na nossa mente é apenas um fio de possibilidades e ideias. E o roteiro que Salazar me entregou me jogou diretamente para o foco da minha vida: eu estou apaixonado.

Me apaixonei pelo cara que era para eu fingir que estava apaixonado.

Solto uma risada sozinho, e algumas pessoas me olham desconfiadas. Elas seguram suas malas na mão e só então percebo que o cruzeiro atracou. Provavelmente acham que eu estou sob o efeito de alguma droga. Mas na realidade estou rindo porque me peguei vivendo o maior clichê da história: um namoro falso em que me apaixonei de verdade.

Começo a correr na direção do quarto que divido com Alessandro e nunca, em toda minha vida, corri tão rápido como agora.

# 45
# ALESSANDRO

@Queerandro.

Foto de Alessandro e Benício postada.
Três dias atrás.

> **luciana_queiroz1124** 1 min
> NÃO ACREDITO QUE ESSE NAMORO ERA MENTIRA!
> **Responder** — 17 curtidas

> **luquinhas157_silva_correia** 1 min
> eu torci tanto pelo Alessandro e pelo Benício. Estou me sentindo enganado!!!!!!!
> **Responder** — 44 curtidas

> **mirelasouz4_mendes** 1 min
> Espero muito que dê tudo de errado na sua vida! Você não tinha o direito de mentir para a sua audiência!!!
> **Responder** — 143 curtidas

> **ladyrafaelpimentel0** 1 min
> DANDO UNFOLLOW AGORA! QUEM VEM COMIGO?
> **Responder** — 80 curtidas

> **livr0sestranh0s** 1 min
> Perdeu completamente o respeito que eu tinha por você!
> **Responder** — 120 curtidas

**dandanblackzone** 2 min
você é uma vergonha para a comunidade gay, ALESSANDRO! Basta de fake news!
**Responder** — 829 curtidas

**murilospears2308** 2 min
esperava mais de você, Alessandro! Sempre te defendi! Mas não dá para acreditar nas suas mentiras!
**Responder** — 400 curtidas

**play09kell** 2 min
SUA MÁSCARA CAIU, SEU NOJENTO!
**Responder** — 180 curtidas

**martinha157_little** 2 min
Quem está com raiva e vai de unfollow curte aqui!
**Responder** — 490 curtidas

**danibruqz** 3 min
🤣🤣🤣🤣🤣🤣🤣🤣
**Responder** — 1.010 curtidas

**leitoraassidua211** 3 min
Já estou com a pipoca pronta para acompanhar de camarote esse cancelamento hahaha
**Responder** — 220 curtidas

**donaruth22** 3 min
#ALESSANDROISOVERPARTY
**Responder** — 790 curtidas

**Assuntos do Momento**
Alessandro CANCELADO
**44** mil Tweets

**Assuntos do Momento**
QueerandroIsOverParty
**35** mil Tweets

**Assuntos do Momento**
Alessandro mentiroso
**26** mil Tweets

**Assuntos do Momento**
Alessandro e Benício
**17** mil Tweets

Meu corpo dói. Minha mente dói. É como se minha visão perdesse e recobrasse o foco várias e várias vezes. Pareço a Alice, caindo em um buraco sem fundo. Olho para o meu corpo. Meu coração está acelerado. O ar entra de forma turbulenta pelo meu nariz. O suor me cobre inteiro. Estou encharcado. É só suor ou é medo? É tudo, provavelmente. Coloco a mão no meu ombro. Na minha nuca. Meus músculos estão duros. Dói. Tudo dói. Sinto vontade de chorar. De correr. O que está acontecendo?

Ouço batidas na porta. Dizem o meu nome. Pedem para eu abrir. Mas não consigo fazer minhas pernas se moverem.

Meu celular vibra. Ele não para de tocar. Tenho medo de olhar o visor. Vai que são mais ofensas, mais xingamentos, mais dor? Por que me submeter a isso? Não quero saber.

— Alessandro — chamam na porta.

Nunca ouvi essa voz. Eu me forço a abri-la. Há dois seguranças ali. Eles falam coisas que não consigo ouvir.

Suo frio. Minhas mãos tremem. Meus pensamentos estão acelerados, indo e vindo, como se fossem vaga-lumes voando ao meu redor sem que eu consiga segurá-los.

Eles me encaram. Mandam eu pegar minha mala. Esperam na porta. Faço o melhor que posso para enfiar tudo o que é meu dentro dela. Os dois seguranças me apressam porque alguém quer me ver. Eu concordo, sem saber o que isso significa. Eles me pegam pelos braços no final, me guiando para um lugar que não sei onde é.

Olho para o visor do celular. Melina me mandou uma mensagem.

> *SÓ RESPIRA!*

Eu fecho os olhos e respiro.
Só respiro.
E lentamente volto à realidade.

# 46
# BENÍCIO

Quando chego ao quarto, Alessandro não está. O ambiente parece ainda mais bagunçado do que antes, mas só com as minhas coisas espalhadas. Nem as roupas de Alessandro, nem sua mala estão no meu campo de visão.

Será que o cruzeiro atracou há tanto tempo que eu perdi a noção enquanto estava fazendo o teste? Isso não me parece uma opção muito razoável.

Pego meu celular para ver se ele mandou alguma mensagem e percebo que Gustavo me ligou 26 vezes. Melina me ligou oito. O celular começa a tocar de novo, então atendo.

Gustavo: Porra! Por que você não me atendeu antes?

Eu: Olha a boca, mocinho! Eu estava ocupado.

Gustavo: Que calma é essa?

Eu: Por que você está gritando, Gustavo? O que aconteceu? Os pais estão bem?

Gustavo: Os pais estão ótimos! Eu quero saber é como você está!

Eu: Cara, eu estou… feliz? Acho que essa é a palavra que melhor me define no momento… Tanta coisa aconteceu e…

Gustavo: Benício, pelo amor de Deus! Você está com o Alessandro?

Eu: Sim, nós estamos juntos.

Gustavo: Agora? Ele tá aí contigo?

Eu: Não, eu quis dizer que nós estamos juntos, tipo, ficando, sabe? Agora ele não está aqui. Na real, eu não sei onde ele está…

Gustavo: Vocês estavam juntos na última hora?

Eu: Meu Deus! Que interrogatório chato, cara. O que você quer saber?

Gustavo: Você não viu as redes sociais, né?

Eu: Não. Desde aquela foto que o Alessandro postou no perfil dele, eu comecei a receber um monte de mensagens e solicitações para me seguir, então simplesmente parei de ver tudo. Juro que não sei como ele não enlouquece com aquele tanto de gente falando com ele todos os dias e…

Gustavo: Benício. Me escuta. O Alessandro está sendo cancelado.

Eu: QUÊ?

Gustavo: Você também. Mas você nem é famoso, então não importa.

Eu: Mas espera… Por que estão cancelando o Alessandro?

Gustavo: Irmão, o ex dele foi até o quarto de vocês e encontrou um papel que comprovava que o namoro de vocês era falso. Só que o cretino estava transmitindo tudo ao vivo, em segredo.

Eu: O Raul?

Gustavo: Ele mesmo.

Eu: Puta que pariu! Ele deve ter encontrado o contrato que a Melina fez.

Gustavo: Sim, acho que foi isso mesmo! Parece que na época que eles namoravam, a assessora do Alessandro fez ele assinar um também, aí ele deduziu que você também teria um.

Eu: É, mas o meu contrato deixa claro que é um namoro de mentira.

Gustavo: Sim… Mas as pessoas também não querem saber o contexto! Elas estão simplesmente massacrando o Alessandro on-line e cancelando o garoto porque se sentem enganadas por conta do namoro fake.

A essa altura, já não consigo escutar mais nada. Minha cabeça está viajando em várias teorias e motivos para o Alessandro ter me deixado para trás. Só que não adianta eu tentar deduzir… Só o próprio Alessandro tem as respostas que preciso.

Eu: Preciso desligar, irmão. Tenho que encontrar o Alessandro.

Gustavo: Boa sorte!

Desligo o celular e começo a olhar em volta em busca de alguma pista, qualquer coisa que me dê um sinal de onde posso achar o Alessandro. Só que aí meu celular começa a tocar de novo. Olho o visor e encaro o nome da Melina.

Melina: QUE PORRA VOCÊ FEZ?

Eu: Quê? Como assim?

Melina: Onde você estava quando o Raul invadiu o quarto de vocês?

Eu: Obviamente eu não estava no quarto, né?!

Melina: E onde ele está agora?

Eu: Ia te fazer a mesma pergunta!

Melina: Ai, cacete! Ele desligou o celular, então não consigo falar com ele.

Eu: Melina, olha só… Eu e o Alessandro tivemos uma noite ótima. Tipo, ótima mesmo, em todos os níveis. Não ótima apenas fingindo sermos namorados. Ótima como sendo pessoas reais. E aí hoje, quando acordamos, eu tinha um teste e eu fiquei fora por sei lá, no máximo uma hora e meia.

Melina: E foi aí que o Raul apareceu.

Eu: Você viu a live também?

Melina: Todinha.

Eu: O meu irmão me ligou e contou sobre essa live agora… Foi tão ruim quanto ele fez parecer?

Melina: Pior, muito provavelmente.

Eu: Merda!

Melina: Provavelmente a produção do cruzeiro já está sabendo que o namoro é falso. Não sei quais medidas eles vão tomar, mas…

Eu: Melina, eu gosto dele.

Sinto meu coração acelerado.

Melina: Como assim?

Eu: Me apaixonei pelo Alessandro, Melina. De verdade. Sem mentiras, sem fingimento. Eu… tô apaixonado.

Melina: Ai, meu pai do céu! Essa história só se transforma mais em uma novela a cada segundo que passa!

Eu: Sei que, pra você, o Alessandro é como alguém da família. Então é importante que você saiba que eu nunca faria nada para magoá-lo.
Melina: Beleza, Benício. Mas você já falou isso pra ele?
Eu: Como assim?
Melina: Você já disse pro Alessandro que está apaixonado por ele?
Eu: Er… Acho que não. Mas eu demonstrei.
Melina: Demonstrou como?
Lembro do meu pau extremamente duro e da noite de sexo incrível que tivemos.
Eu: Ai, Melina. Não vem ao caso dizer isso em voz alta.
Melina: Gays sendo gays. A questão é que o Alessandro tem graves problemas de autoestima e provavelmente deve estar achando que você delirou ao ficar com ele. Você já deve ter percebido como a cabeça dele funciona.
Eu: Meu Deus! O que eu faço, então?
Melina: Age como um ser humano e diz o que você sente, porra!
Melina desliga o celular com a sutileza de um coice.
Sento na cama, ainda sem chão, olhando para um ponto na parede. É óbvio que o Alessandro está destruído — o Raul, que o conhece bem, usou sua fragilidade para fazê-lo acreditar que não é digno de um amor de verdade. Como eu odeio esse cara!
Olho para o contrato não assinado no chão. Olho para o papel escrito à mão por Alessandro com todas as suas regras. Sorrio. Sinto que cumpri todas as regras, já que Alessandro nunca mencionou que era proibido se apaixonar. Porque é isso o que eu sinto. Estou completa e irremediavelmente apaixonado por ele.
Meu celular então vibra. É uma mensagem de Melina com uma foto. Ela demora um pouco para carregar, porque provavelmente meu pacote de dados está chegando ao fim e o wi-fi do cruzeiro está oscilando. Mas quando a foto carrega, meu coração acelera.

É a primeira foto minha e do Alessandro. A que Melina tirou na sala da casa dela, antes de embarcarmos no cruzeiro.

Eu: Ai, Alessandro. Eu gosto tanto de você... Como eu faço pra te encontrar?

Num estalo, um plano surge na minha mente. Precisa dar certo!

Fico de pé em um pulo e começo a correr.

# 47
# ALESSANDRO

Acabou pra mim.

Não só meu relacionamento falso com Benício, mas toda a minha carreira e os sonhos que lutei tanto para conquistar. Há decisões que você toma na vida que infelizmente não tem como se arrepender e voltar atrás. Sei disso. E estou pronto para arcar com as consequências dos meus atos.

— Pois bem, Alessandro...

A voz do gerente do Cruzeiro do Amor me chama a atenção. Seu nome é João Abrahão segundo a plaquinha de metal em cima da mesa.

Pisco rapidamente, voltando à realidade. Estou sentado de frente para um senhor de meia-idade, em um escritório bem luxuoso. As paredes são todas decoradas com madeiras opulentas. Há uma mesa escura e de aparência cara no centro e três notebooks ultrafinos espalhados por ali.

O homem que me encara não está de brincadeira. Seu cabelo branco desgrenhado e as olheiras firmes e arroxeadas criam uma aparência sinistra de quem não tem paciência nem tolerância para mentiras — senti isso principalmente quando os dois seguranças aparecem na porta do meu quarto dizendo que o tal gerente queria me ver. Queria não, *precisava*.

— Você sabe que a nossa ação era específica sobre estar acompanhado.

— Sim. — Cruzo as pernas, me sentindo estranhamente exposto, desejando mais do que tudo que Melina estivesse aqui com sua lábia e carisma. — Eu sei.

— Pois bem. Você é um influenciador famoso. — Ele junta as duas mãos, com uma aura de mafioso. — E as coisas que te envolvem se tornam rapidamente públicas.

Assinto, com uma sensação de claustrofobia percorrendo meu corpo. Olho para as minhas mãos e elas estão tremendo. Não tem saída agora...

— O senhor tem razão. — Abaixo a cabeça e solto um suspiro alto. — Eu sabia das regras e as quebrei mesmo assim. — Olho para João, buscando seus olhos. — E aceito qualquer uma das punições que estejam previstas no contrato firmado. Eu não tinha o direito de mentir.

Mordo o lábio, sentindo as lágrimas se formando em meus olhos.

É como se eu estivesse preso em uma cadeia de humilhações sem conseguir achar uma escapatória sequer. Ser obrigado a reviver minha mentira dói ainda mais do que antes, quando engoli meu ego e aceitei embarcar nesta loucura com um namorado falso.

— Eu devia ter aceitado minha incompetência em arrumar um namorado, um parceiro de verdade — admito, o que é ainda pior dito em voz alta.

Estou chorando. Só percebo isso quando as lágrimas caem no meu colo.

Olho para a frente, em busca de alguma resposta, mas João me encara com frieza. Parece entediado, para ser sincero.

— Eu definitivamente não queria isso. Quando aceitei coordenar esse projeto, achei que seria fácil e não que eu teria que lidar com homens querendo fazer boletins de ocorrência porque tiveram suas *jockstraps* cor-de-rosa roubadas ou porque um queria se vingar do ex-namorado e colocou molho de pimenta no seu lubrificante íntimo ou até mesmo receber denúncia de que uma pessoa teria feito uma chuca "malfeita de propósito" para estragar uma suruba. E agora estamos aqui... Um caso de namoro falso em uma ação em que tudo que pedíamos era que fosse com um namorado de verdade... Sinto muito pelas suas questões pessoais, Alessandro, mas minha equipe jurídica entrará em contato com o seu time e...

— ALESSANDRO!

Escutamos um grito vindo do lado de fora e olhamos para o alto ao mesmo tempo. Mas não é como uma presença física, atrás da porta ou próximo o suficiente. Parece vindo do céu. Talvez se Deus falasse comigo, imagino que seria exatamente assim.

— ALESSANDRO! CADÊ VOCÊ?

Fico de pé, sentindo meu corpo todo tremer, por dentro e por fora. É a voz dele... Do Benício.

— De onde está vindo esse som? — pergunto para João, que me encara tão assustado quanto eu.

— Da caixa de som — responde ele, a voz entediada.

Tenho certeza de que ele está arrependido de ter aceitado esse cargo e está cogitando exatamente agora se desiste da função, mesmo estando atracado no porto.

Olho para o alto e vejo que há duas caixas de som posicionadas bem no alto da salinha.

— ALESSANDROOOOOOOOOOOOOOO!

O grito agora vem com tudo. Alto, estridente, desesperado.

João tampa os ouvidos com as duas mãos e me olha de cara feia. Eu só fico parado ali, o coração a mil por hora, sem saber o que fazer.

— Parece que seu namorado está na cabine de comunicação — informa, com um rosnado cansado. — Ou namorado falso, sei lá. Só sei que é mais uma infração cometida sob minha direção.

— Onde fica isso? — pergunto com pressa.

Não acredito que o Benício está fazendo isso...

O que será que ele quer?

Será que ele está fazendo uma live também para me expor e dizer que foi obrigado a estar comigo nessa bagunça toda?

— Se você for na proa você vai conseguir ver a sala lá do alto — retruca João.

— O que é proa, moço? — revido, sem conseguir pensar.

— A parte da frente do navio, moleque!

— ALESSANDRO, CADÊ VOCÊÊÊÊÊ?!

— Obrigado! — digo, limpando as lágrimas dos olhos.

— Só some da minha frente! — dispara, fazendo um gesto com a mão para que eu vá o mais rápido possível.

Deixo minha mala na salinha e só saio correndo pelo corredor.

Desvio das pessoas que se amontoam pelo pequeno espaço enquanto desembarcam do navio.

Era para eu estar ali entre elas, olhando para a frente, indo embora, me afastando desse emaranhado de mentiras do qual aceitei fazer parte, mesmo sabendo que era um risco. Eu sabia que podia me magoar profundamente. Sabia que poderia acabar encantado, criando uma realidade na minha cabeça em que seria possível eu e uma pessoa como o Benício estarem juntas na vida real, mesmo com a vida me dando provas suficientes de que isso não acontecia com pessoas como eu.

E mesmo assim, mesmo tendo plena consciência de que era para eu estar correndo na direção oposta, que era para eu estar pensando apenas em como recuperar minha reputação virtual e não simplesmente jogar as mãos para o alto em busca de um milagre e deixar a única coisa estável que construí até hoje na minha vida se perder de vez, eu simplesmente não consigo.

Não consigo me afastar da voz do Benício.

Não consigo partir sem dizer adeus.

Não consigo.

Chego na proa sem fôlego. Estou vermelho, suando, ofegando em busca de ar. O sol queima meu corpo, enquanto eu olho para cima em busca da tal sala de comunicação.

— ALESSANDRO, AQUI! — Escuto o grito dele, dessa vez mais alto, e então o vejo.

Vista de cima, a sala parece pequena. Mas ela é toda de vidro e consigo ver Benício por trás dela, segurando um microfone de fio. Ele está sorrindo. Consigo ver isso mesmo à distância porque o sorriso dele é grande e lindo. E Benício sacode as mãos muito rápido, como se estivesse tomando um choque.

Do lado de fora, dois funcionários do cruzeiro estão batendo na porta e mandando-o destrancá-la.

— Perdão, pessoal. Juro que vou abrir a porta em um minuto. Eu só precisava que o Alessandro aparecesse. Espero de coração que isso não cause nenhum problema a vocês — diz Benício aos funcionários.

Mas agora percebo que o som realmente sai em várias caixas de som espalhadas pelo navio. É como se ele falasse com todo mundo, não só comigo. Inclusive algumas pessoas começam a caminhar na direção da proa, se amontoando ao meu lado e olhando para cima, curiosas.

— Alê... — diz Benício lá de cima.

Meu coração bate tão forte que chega a doer.

— Desce daí, doido! — falo, fazendo sinal para ele destrancar a sala e não nos causar ainda mais problemas.

— Só depois que todo mundo aqui ouvir o que tenho a dizer — afirma Benício, segurando o microfone com força e olhando para mim.

É estranho ter essa certeza, mesmo com a distância que nos separa, mas de alguma forma eu sei que ele me olha.

Benício continua:

— Sei que muito provavelmente você vai achar o que eu vou fazer a coisa mais brega do mundo. Tenho certeza disso. E quer saber? Você tem razão. Mas... eu não ligo. Hoje, agora, eu só quero colocar em palavras tudo o que estou sentindo bem aqui dentro de mim...

"Imagino que sua cabeça deve estar uma zona, uma loucura, com tudo o que aconteceu. Mas eu preciso falar, Alê. Preciso dizer que eu me apaixonei por você. Sei que esse não era o plano inicial. Eu deveria ser só um namorado falso por 72 horas, mas não consegui. Eu falhei. Porque eu chego ao fim dessa experiência querendo mais que tudo ser seu namorado de verdade.

"Eu acho você irritante? Sim, quando quer, você é. Mimado? Bastante mimado. Você cria paranoias na sua cabeça e vive de peito aberto como se elas fossem reais? Sim, você tem esse talento. Mas nada disso me faz gostar um pouquinho menos de você. Na verdade, todas as suas imperfeições só fazem com que sua humanidade e qualidades se sobressaiam ainda mais.

"Você é generoso, Alê, por mais que não perceba. E acolhedor. Você sempre se coloca para baixo e parte do princípio de que as pessoas te acolhem porque você precisa. Mas não. Todo mundo ao seu redor precisa de você. Você, que sem perceber, acolhe todo mundo que está ao seu lado.

"Sei que isso acaba atraindo pessoas egocêntricas, como o traste do seu ex-namorado, que precisa grudar em gente de luz para tentar ter brilho também. Mas isso nunca vai tirar o seu brilho próprio. Porque é isso o que eu sinto quando estou ao seu lado, Alessandro. Eu vejo você brilhar, e você brilha tanto que eu tenho certeza de que se existe vida fora da Terra, eles veem você, assim como eu vejo.

"Tudo isso começou como uma mentira, eu sei. Mas hoje eu gosto de você de verdade.

"Sua gentileza, inteligência e compaixão me encantaram de forma única. Sua presença se tornou meu refúgio, e seu abraço, o lugar onde me sinto mais seguro e capaz de realizar até os sonhos mais distantes. Isso tudo é real. Nós dois somos reais.

"Sei que não era o combinado, mas eu estou apaixonado de verdade. E se você me aceitar, quero muito ver onde isso tudo vai dar. Quero enfrentar o amanhã tendo você ao meu lado, como meu namorado."

Benício então abaixa o microfone. Ele me olha lá de cima e há lágrimas no seu rosto. E no meu também.

Olho para o lado e há várias pessoas me encarando com expectativa, os celulares apontados para mim, filmando tudo. Escondo meu rosto com as mãos.

O que está acontecendo, minha deusa?

— Vai, cara! — incentiva um completo desconhecido.

— Ele está esperando a resposta — diz outro.

— Anda, gay! — Até Lucinha aparece, de braços cruzados. — Eu já terminei meu expediente, estou cansada, com cecê e só estou esperando esse desfecho.

Olho para cima e o Benício ainda está lá, esperando alguma palavra minha.

Levo a mão ao peito e meu coração está tão acelerado que parece que vai sair do corpo.

Eu estou... feliz.

Então é essa a sensação de gostar de alguém e saber que essa pessoa gosta de você de volta. Eu quero sentir isso para sempre.

— SIM! — grito o mais alto que posso. — SIM, BENÍCIO! EU QUERO SER SEU NAMORADO!

Há uma onda de gritos e aplausos ao meu redor. Algumas pessoas se aproximam e me abraçam. Parece que fui transportado diretamente para a final de um jogo importante de futebol, mas apenas com gays.

Benício solta um grito lá de cima e depois finalmente abre a porta, sumindo do meu campo de visão.

Ele está vindo para mim. Eu sei disso.

Enquanto as pessoas continuam comemorando e me abraçando, tudo o que consigo fazer é contar mentalmente os segundos que se passam. Eu o quero aqui, na minha frente. Quero agora.

Até que eu vejo o Raul.

Ele está no meio das pessoas e caminha na minha direção como uma nuvem tempestuosa em dia de verão.

Sinto o ar escapando do meu corpo.

Mas então algo acontece. Antes que ele consiga se aproximar, Lucinha para na frente dele.

— Hoje não, gay!

— Opa! — Raul dá uma risadinha. — E quem é você, baixinha?

— A baixinha que você nunca mais vai esquecer! — rebate Lucinha antes de simplesmente dar um soco no nariz dele, que grita instantaneamente.

— Você estragou minha rinoplastia!!! — berra Raul e sai correndo, provavelmente em busca de algum espelho, enquanto a multidão grita e bate palmas, como se fosse um jogo do Super Bowl e Lucinha tivesse acabado de virar o placar.

É tudo tão surreal que eu nem consigo esboçar reação, só fico grato de não ter que lidar com ele.

Quando Benício finalmente aparece, as pessoas abrem espaço para ele passar. Ficamos então cara a cara, com alguns metros de distância nos separando, um sorrindo para o outro.

— Estou muito feliz — confessa Benício para mim, só para mim.

— Eu também estou muito, muito feliz!!! — Acabo sorrindo ainda mais, como um bobo.

Benício finalmente estreita a distância entre a gente, parando a centímetros do meu rosto. Ele se aproxima lentamente, roçando a ponta do nariz no meu.

— Vamos fazer dar certo? — pede ele num sussurro.

Meu corpo todo parece vivo, como se uma onda de choque percorresse cada centímetro da minha pele.

— Estou com um pouco de medo — sussurro de volta, com sinceridade —, mas você pode só calar a boca e me beijar?

Benício se afasta só o suficiente para me encarar nos olhos. Ele parece mergulhar em mim, em cada pedacinho meu. Então abre aquele sorriso que eu conheci noite passada — o sorriso safado, que me provoca e me faz querer mais.

Ele se aproxima, eu me aproximo, e a gente se beija.

As pessoas ainda estão ali, gritando, batendo palmas, transmitindo tudo para milhões de pessoas na internet.

Às vezes, nessa minha jornada como criador de conteúdo, sempre tive medo de passar a impressão de ser uma pessoa falsa, plastificada, que só quer mostrar as partes boas para a minha audiência. Eu tinha a teoria de querer apenas compartilhar os bons momentos, as conquistas, as pequenas vitórias cotidianas, seja por ter acabado um livro ou por comer pizza no jantar em plena terça-feira. Só que eu perdi o controle da narrativa, e agora eu estava ali, exposto, com todas as pessoas tendo visto meu lado feio, meu lado mentiroso, mas meu lado mais sincero, o lado que sempre teve medo de relacionamentos quando, lá no fundo, só queria ser amado.

Talvez essa seja a maior lição que eu possa deixar para quem me acompanha. Seja corajoso. Não tenha medo de amar. E mesmo que tenha medo, vai com medo mesmo.

Quando se afasta de mim, Benício encosta a boca no meu ouvido e diz:

— Só pra você saber. Também estou com um pouco de medo.

— Mas vamos enfrentar o que vier juntos, certo?

— Certo.

— E antes que eu me esqueça... Meu filme favorito é... *Para todos os garotos que já amei*.

— Sério? — Os olhos de Benício me reprovam.

— O que foi, hein? Já vai me julgar? — Dou um tapinha no peito dele. — Porque se você for falar mal dos livros ou do...

— Não, relaxa. — Ele repousa a ponta do dedo nos meus lábios. — Eu ia dizer que ia te apresentar as minhas histórias de relacionamentos falsos favoritas, mas nenhuma vai superar a nossa.

— É. Acho que você tem razão.

E antes que eu possa suspirar, os lábios dele já estão nos meus de novo, me beijando de verdade.

# BÔNUS #1
# ALESSANDRO

*Dois meses depois...*

Quando minha foto aparece no telão da palestra que Melina está dando, todo mundo vai ao delírio e começa a gritar e bater palmas.

Minhas bochechas ardem de vergonha, mesmo que eu esteja de moletom, com capuz e óculos escuros, o que significa que estou totalmente disfarçado e camuflado em meio à multidão.

Depois de tudo o que aconteceu envolvendo o relacionamento falso, meu cancelamento foi revertido em ainda mais fama com a declaração de Benício. E eu tenho trabalhado bastante minha autoconfiança e autoestima, mas é certo dizer que, se não fossem Melina e Benício, eu muito provavelmente teria apagado todas as minhas redes, me mudado para o interior e estaria atrás de um emprego de estoquista em uma loja de departamentos de senhores que não acessam as redes sociais.

Mas isso não aconteceu.

E além da exposição que veio diretamente para mim, Melina ganhou prestígio na área de marketing e construção de carreira, que era algo que ela sempre quis.

— Então, depois que a equipe jurídica do tal "evento", que não citarei o nome, entrou em contato comigo, ameaçando processar o meu cliente pela quebra de contrato, tudo o que eu precisei fazer foi jogar a formalidade de lado e mostrar os números que a declaração que o Benício tinha feito para o Alessandro alcançou na internet de forma orgânica. Um viral natural. Um viral romântico. Um viral inspirador. Um viral que atingiu todos os públicos, você sendo LGBTQIAPN+ ou hétero. Algo que eles nunca conseguiriam, mesmo pagando uma fortuna! Isso se chama visão de negócio.

Abro um sorriso enquanto Melina é aplaudida de pé, porque foi exatamente o que aconteceu.

Mesmo com o cruzeiro insistindo na quebra de contrato, Melina conseguiu convencê-los de que, na verdade, eles é que deveriam pagar algo para nós depois de toda aquela publicidade gratuita.

Provavelmente, se eu não a tivesse como agente, teria ignorado o e-mail do advogado por duas semanas, pensando nele 24 horas por dia, na esperança de acordar em algum momento e perceber que tudo foi um pesadelo. Sorte a minha tê-la.

Quando Melina finalmente termina seu discurso e anuncia que vai abrir uma agência de influência focada em criadores de conteúdo culturais, a Influência Cultural (eu ajudei no nome), as pessoas ficam de pé e batem palmas de forma animada.

— E depois de dominar o mercado de publicidade, mostrando que criadores de conteúdo que falam sobre livros, filmes e séries têm sim muito engajamento e formas de apresentar outros produtos às suas audiências, quem sabe o que mais nos espera? Obrigada pela atenção de vocês, senhoras e senhores. Tenham uma boa noite!

Bato palmas o mais alto que posso e grito também porque estou emocionado. Melina é feita de garra e de coragem inabaláveis.

Quando finalmente ela consegue chegar perto de mim, depois de ser abordada por vários aspirantes a influenciadores, querendo fotos, ou jornalistas, em busca de alguma fala, Melina pega a minha mão e me puxa para um canto.

— O que foi? — pergunto, preocupado.

Melina respira fundo e me encara nos olhos.

— Meus peitos ficaram bonitos lá em cima?

— Ah, não! — Reviro os olhos, sentindo a tensão ir embora. — Melina, que pergunta idiota!

— Idiota nada! — protesta ela. — É a minha primeira palestra depois do silicone. Preciso saber se eles estavam perfeitos! Isso mexe diretamente com a minha cabeça, você sabe.

— Ok — falo de forma paciente —, eles estavam lindos!

— Obrigada, bebê! — Ela aperta minha bochecha enquanto confere a tela do celular. — Quase cinco da tarde, Alessandro! Não vai se atrasar para a terapia.

Confiro a hora no meu celular só para confirmar.

— É verdade. A gente se vê mais tarde na sua casa?

— Combinado!

Melina me manda um beijo no ar enquanto volta para os flashes da vida popular de agência e influenciadores.

Coloco meus fones de ouvido enquanto saio do prédio e faço o caminho até o meu terapeuta a pé.

Desde tudo o que rolou no Cruzeiro do Amor, tenho tratado minha ansiedade com ajuda profissional e estava muito orgulhoso de mim mesmo.

Assim como ler um livro, eu sabia que precisava viver um capítulo de cada vez rumo a uma vida normal em que a ansiedade não me afetasse tanto. Mas eu já tinha começado. E não poderia estar mais feliz dos passos que estou dando.

# BÔNUS #2
# **BENÍCIO**

*Seis meses depois...*

Eu: Você tem certeza de que é isso que você quer?

Gustavo: Tenho, irmão. Eu já tenho vinte anos e acho que passei metade da minha existência sonhando com esse dia.

Eu: Desculpa perguntar... Mas é porque, sei lá, é algo irreversível.

Gustavo: Eu sei disso, Bê. De verdade. E não tem um só dia que eu não durma e acorde pensando quando vai chegar a minha vez... É terrível essa espera e falta de esperança se um dia vou conseguir fazer a minha mastectomia. Eu só quero olhar no espelho e me ver como eu realmente sou...

Os olhos do meu irmão se enchem de lágrimas, e os meus também. Eu apenas me aproximo e o abraço com mais força do que posso.

Eu: Desculpa ter feito a pergunta idiota que eu já sabia a resposta.

Gustavo: Tudo bem, você só está fazendo seu papel de irmão mais velho.

A gente então só fica em silêncio. A pequena sala da clínica em que estamos em Minas Gerais é fria e muito clara. Papai e mamãe estão lá fora, na entrada do hospital, à procura de algo para comer. A espera até a cirurgia acabar será longa.

Gustavo: Obrigado pelo dinheiro.

Eu: Você já me agradeceu, mano.

Gustavo: E vou agradecer pra sempre. Se você não estivesse pagando, eu nunca iria conseguir.
Eu: Tá tudo bem. Tudo pra ver você feliz.
Gustavo: Ah, e agradece ao Alessandro também.
Eu: Pelo quê?
Gustavo: Por te fazer feliz.
Isso me pega de surpresa e eu acabo corando.
Eu: Nunca poderei fazer isso, porque senão ele vai se gabar pelo resto da vida.
Na mesma hora, meu celular vibra. Quando olho no visor, vejo que é uma mensagem do Alessandro.

*bebê, emanando todas as energias positivas do mundo pro Gu! <3*
*já deu tudo certo!*
*ele tem muita sorte de te ter como irmão.*
*e eu tbm tenho sorte de ter na minha vida :p*

E então foi nesse dia, nesse momento, que eu me senti pronto para finalmente colocar em palavras algo que eu vinha sentindo há algum tempo, mas nunca tinha verbalizado.
Eu já tinha imaginado várias vezes como seria esse momento.
Nunca imaginei que seria agora, sentado em uma cadeira desconfortável, segurando a mão do meu irmão enquanto o espero realizar um sonho. Mas comigo e Alessandro as coisas eram assim. Não existiam momentos perfeitos e certinhos demais.

*Eu te amo. :)*

Mandei para ele.
Em poucos segundos, a resposta veio.

> *Eu te amo também! <3*

Quando Gustavo finalmente é levado para a sala de cirurgia e eu vou para a sala de espera, quase não acredito no que vejo.

Alessandro está lá, sentado com os meus pais.

Eu: Alessandro?

Alessandro: Oi!

Eu: Mas… como assim?

Alessandro: Como assim o quê?

Eu: O que você está fazendo aqui?

Minha mãe: Isso é jeito de falar com seu namorado, Benício?

Meu pai: Alessandro, essa não foi a educação que a gente deu pra ele.

Alessandro: Ah, eu tenho certeza de que não foi mesmo.

Eu: Não, quero dizer… Estou feliz de te ver, só não esperava que você viesse de São Paulo para Minas Gerais sem me avisar…

Ele se levanta e me abraça com força.

Alessandro: Eu sabia que você estaria nervoso e queria estar aqui contigo.

Ele sussurra só para mim.

Estar nos braços de Alessandro é como finalmente voltar a respirar. Ele me traz paz. Me traz conforto e segurança. Meus olhos se enchem de lágrimas de felicidade.

Eu: Nossa… Obrigado.

Alessandro: Tudo bem.

Eu: Te amo.

Digo ao pé do ouvido dele.

Ele se afasta para me olhar nos olhos e abre um sorriso.

Alessandro: É tão melhor ouvir pessoalmente do que ler por mensagem! Mas as duas formas são ótimas, só pra constar. E eu te amo também.

É a primeira vez que Alessandro encontra os meus pais. Não foi da forma como eu imaginava, é claro. Mas ele conquista os dois em poucos minutos. E quando o médico responsável por Gustavo aparece na sala de espera para dizer que a cirurgia foi um sucesso e todos nós estamos comemorando e nos abraçando e chorando de forma emocionada, é como se Alessandro sempre tivesse estado comigo. Como se sempre tivesse sido parte da família. E eu amo essa sensação.

# BÔNUS #3

*Um ano depois...*

**JORNAL BOM DIA, MUNDO**
**COLUNA DE CINEMA**
Por Jonathan Rothschild

**Título: "CRUZEIRO DO AMOR E A GRANDE REVELAÇÃO DO ANO"**
**Avaliação:** ★ ★ ★ ★ ★ (5/5)

Nem sempre é fácil unir risada e romance em uma única história, mas *Cruzeiro do Amor* consegue essa proeza com maestria!

*Cruzeiro do Amor* é dirigido pelo talentoso cineasta Salazar Medeiros, que após uma temporada de filmes considerados cults demais — ou pouco palatáveis —, finalmente pareceu encontrar seu lugar seguro, nos brindando com uma história encantadora que nos faz rir, suspirar e refletir sobre o amor e os relacionamentos modernos.

No centro da trama está o carismático Cauã, interpretado pelo já conhecido galã Rodolfo Samis. Um personagem atormentado pelos dramas do passado, que exige uma atuação que vai além do que Rodolfo já apresentou em cena. Rodolfo se favorece positivamente do roteiro, que é habilmente construído para colocá-lo neste lugar de autotortura e evolução constante, mas tudo feito com leveza e boas risadas, afinal de contas, *Cruzeiro do amor* é uma comédia romântica.

Falando nela, a comédia presente na narrativa é refrescante, inteligente e não se apoia em piadas clichês. A química entre o casal principal é palpável desde o primeiro momento em que se encontram na tela.

E já que estamos falando do casal, chegamos ao grande triunfo de *Cruzeiro do amor*. Benício Prospero. Ou Benício Monteiro Prospero, como é conhecido no interior de Minas Gerais, onde nasceu e nutriu o sonho de ser ator.

Benício é uma revelação que salta aos olhos com a sutileza de um chute no peito. Ele é um ator vivo, feroz, mutante, desses que incendeiam a tela quando aparecem. É impossível não o notar. Ele tem fogo no olhar!

Benício prova ter uma capacidade única de dar vida a um personagem complexo e multidimensional, que vai do sexy ao intragável em segundos, explorando cada camada de sua personalidade e entregando uma performance impecável.

Seu domínio da linguagem corporal e da expressão facial é notável, permitindo que comunique uma ampla gama de emoções sem a necessidade de palavras.

Cada gesto, cada olhar, é uma janela para a alma do personagem que interpreta. E eu já estou ansioso para conferir todas as outras janelas que este jovem talento abrirá!

*Cruzeiro do amor* já está disponível nos streamings. Corra pra assistir!

# AGRADECIMENTOS

Quando acabei de escrever *Cruzeiro do amor*, tinha tomado uma decisão muito importante: seria meu primeiro livro sem agradecimentos. Eu sentia que, sei lá, dez anos depois de ter embarcado nesta loucura que é escrever livros, eu já tinha agradecido a todo mundo que deveria. Pensa só: são muitos livros, muitos agradecimentos.

Mas aí fui traído pela minha própria teoria, e como você pode perceber, teremos agradecimentos por aqui. Isso porque eu quero que este livro marque minha própria celebração do fato de não ter desistido durante todos esses anos — e acredite, eu pensei mais nisso do que deveria.

Antes, eu tinha a crença enraizada de que o amor vinha com a dor. Como eu, gay, poderia amar de forma fácil e tranquila? Não, isso não existia para pessoas como eu! Nem em filmes, nem em livros, muito menos no mundo real. Mas vocês me provaram o contrário.

Vocês celebraram o meu amor. Vocês me celebraram.

Um agradecimento especial à minha agência Increasy. Me sinto visto, escutado e incentivado estando com vocês. Alba, você faz tanto por mim que nem sabe. Eu te amo tanto! Sua garra, sua luta e sua determinação me fazem um profissional melhor. Obrigado por não ter saído das trincheiras comigo, quando seria muito mais fácil apenas fechar os olhos e seguir em frente. Você seguiu o caminho mais difícil, porém, o caminho certo — o que é algo que raramente aconteceu comigo no mercado literário. Obrigado por isso.

Mari, minha editora querida, e toda a equipe da Ediouro. Vocês me receberam de braços abertos e fizeram eu me sentir em casa. Nós trabalhamos com arte e por que não trabalhar com afeto? Foi isso que vocês fizeram por mim desde o primeiro momento. Você, Mari, me acompanha há muito tempo. Mas, desta vez, por culpa das estrelas, dos astros, de um alinhamento do destino, não sei, nossos caminhos se cruzaram, se colidiram, e a gente percebeu que este contato era especial e podia criar coisas lindas. Ansioso por tudo mais que está por vir!

Um obrigado especial aos criadores de conteúdo do Brasil. Vocês são uma verdadeira potência e movimentam nosso mercado de uma forma criativa, brilhante e especial. Obrigado a todos que já falaram dos meus livros. Obrigado a todos que nunca mencionaram meu nome também. Vocês são a minha comunidade, as pessoas que quando crianças eram consideradas as mais esquisitinhas por amarem livros, mas definitivamente as mais interessantes do mundo.

Tiago Valente, obrigado por acreditar nos livros e ter abraçado de uma forma tão bonita o Alessandro e o Benício! Rê Nolasco, obrigado por usar seu talento para colocar em uma ilustração linda os personagens que povoaram minha cabeça por tanto tempo!

Aos amigos da vida, que sempre demonstraram seu apoio e crença inabalável em mim. Carlos, Raiza, Babs, Amanda, Leo, Wandrofski, Thais, Camilinha, Maju, Cahon, Bia, Gabriel, Josi, Aline, Cordeiro, Pavão, Naira, Valéria, e mais alguns poucos que fizeram parte desta caminhada. Carlos Rodrigues, por ter visto algo especial em mim anos atrás e ter me abraçado; Dennis, pelo seu entusiasmo ser o maior do mundo; e Tácio, pela cumplicidade, pelo tarô e por ser um dos primeiros a entrar no Cruzeiro.

Bruna Ceotto, no dicionário português ainda não inventaram uma palavra maior do que gratidão para que eu possa lhe agradecer apropriadamente. Se não fosse por você, este livro não veria a luz do dia. Você é mais que uma fada madrinha, minha *vigilante shit*. Te amo mais do que minhas músicas favoritas da Taylor Swift.

Aos meus amigos literários, que sofrem comigo, que choram comigo, mas que celebram junto também: Clara, Ray, Juan, vocês são meu quarteto fantástico. Agatha, Ana Rosa, Thati, Deko, Paula, Amanda e Maria, por me permitirem compartilhar meus medos. Vitor Martins, pelos cafezinhos e conselhos. Obrigado por tudo! Cada um à sua maneira, vocês ajudaram a me manter são.

Minha família, que tanto me apoia e torce por mim. Mãe, meu primeiro grande amor, sem seu incentivo à leitura eu nunca teria encontrado o que mais amo fazer na vida. Pai, obrigado por se mostrar entusiasmado em cada passo que dou e acreditar que sou o melhor do mundo em tudo o que faço. Patrick, por sempre acreditar que tudo vai dar certo, até os sonhos mais difíceis! Ainda vamos celebrar cada um deles. Gustavo, você pediu muito, e agora está aí, um personagem com sua personalidade ácida e que eu amo tanto quanto amo você.

Laura, Silvia, Wirley, Biu, Marta, avós e avôs, por manterem suas fés inabaláveis em mim e no meu propósito. Vó Lacir, que não está mais aqui, mas que sempre estará aqui, porque um pedaço do seu coração sempre baterá junto com o meu. Continua cuidando de mim, tá?

Caique, viver contigo é como estar em um Cruzeiro. Obrigado por estar comigo nos dias de sol e de mar calmo, e nos dias de tempestade e mar revolto. A paisagem sempre fica mais linda com você ao meu lado.

Por fim, obrigado a você, meus leitores. Vocês são a minha âncora, que me mantém firme e forte. Que mesmo em meio ao caos, a gente consiga sempre encontrar o fio dourado de luz que nos liga. Obrigado por chegarem aqui. Obrigado por decidirem ficar. Vocês são meu end game.

Direção editorial
*Daniele Cajueiro*

Editora responsável
*Mariana Rolier*

Produção editorial
*Adriana Torres*
*Júlia Ribeiro*

Revisão
*Suelen Lopes*

Diagramação
*Douglas Kenji Watanabe*

Este livro foi impresso em 2024,
pela Reproset, para a Livros da Alice.
O papel do miolo é Avena 70g/m² e
o da capa é Cartão 250g/m².